UN DÉTRAQUÉ

CALMANN LÉVY, ÉDITEUR

DU MÊME AUTEUR

Format grand in-18

HISTOIRE DU BRIGANDAGE DANS L'ITALIE MÉRIDIONALE.. 1 vol.

LA CAMORRA, mystères de Naples.................. 1 —

LA SOUPE AUX CHOUX, comédie............... ..... 1 —

MOTTEROZ, Adm.-Direct. des Imprimeries réunies, B, Puteaux.

UN

DÉTRAQUÉ

ROMAN EXPÉRIMENTAL

PAR

MARC-MONNIER

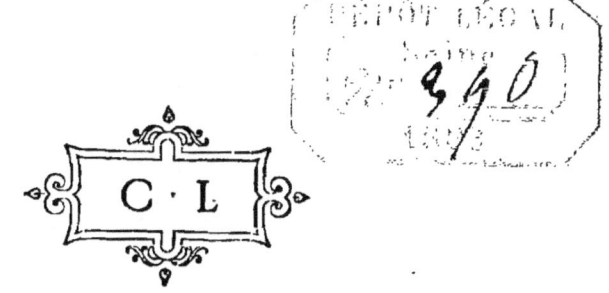

PARIS

CALMANN LÉVY, ÉDITEUR

ANCIENNE MAISON MICHEL LÉVY, FRÈRES

3, RUE AUBER, 3

—

1883

UN DÉTRAQUÉ

I

CLAUDE BERNARD

— Nous sommes à l'hôpital, dit don Ruf au jeune Francisquiel qui le suivait. Regarde bien, car il faut voir; la solennité de l'escalier monte au milieu du silence. Par la haute fenêtre, le soleil entre en nappe d'or qui, déchirée aux barreaux, mystérieusement s'effrange et pend comme un paquet de charpie pour s'attacher aux viscosités des murailles lubrifiées par le mucus de la nuit. Des puanteurs traversent d'un frisson les grands rayons jaunes, comme des fumées chaudes.

Don Ruf parla ainsi pendant dix minutes, parce qu'il y avait cent vingt-cinq marches à gravir et qu'il s'arrêtait à chaque pas. C'était un homme de cinquante ans, sans barbe, aux cheveux encore noirs et coupés courts, aux traits réguliers, quoique plus forts que fins, d'une belle prestance, marchant avec lenteur et né pour le pontificat ; il ne lui manquait qu'une toge pour draper ses gestes. Francisquiel, un grand jeune homme, pétillant, l'œil en feu, la bouche béante, admirait don Ruf.

Quand ils furent devant la porte qui s'ouvrait sur la première salle, celui qui parlait reprit :

— On n'arrivera jamais à des généralités vraiment fécondes et lumineuses sur les phénomènes vitaux, qu'autant qu'on aura expérimenté soi-même et remué dans l'hôpital, l'amphithéâtre et le laboratoire, le terrain fétide et palpitant de la vie. Qui a dit cela ? C'est Claude Bernard. Et il ajoute textuellement, retiens ceci, Francisquiel : « La vie est un salon superbe, tout resplendissant de lumières, dans lequel on ne peut parvenir qu'en passant par une longue et affreuse cuisine. » Tu es averti ; maintenant entrons.

Ils entrèrent et, réveillant un huissier assoupi sur un bahut, dans l'antichambre, don Ruf lui demanda le docteur Scharf. L'huissier bondit sur son séant, se frotta les yeux, poussa un de ces bâillements qu'on n'entend guère que dans les couvents de Naples. Puis, sans se lever ni ouvrir la bouche, il balaya l'air de la main, en indiquant un corridor.

Le docteur Scharf, en tablier, était assis dans son cabinet, l'œil sur un microscope. Un homme monumental touchant à la soixantaine, mais vert encore, alerte et dispos, capable de travailler dix-huit heures de suite, tous les jours de la semaine, y compris le dimanche qu'il ne chômait point. Un sceptique jovial, très savant, très sincère, sans respect pour le bon Dieu qu'il ne trouvait ni Dieu ni bon, se moquant volontiers du genre humain qui lui paraissait moins méchant que bête, et agitant sur la puissante rotondité de sa poitrine une tête de lion qui riait toujours.

Cette hilarité rebondissante et retentissante secouait violemment de la tête aux pieds, le colosse de chair et de science. On ne comprend qu'à moitié Rabelais si l'on n'a pas vu rire le docteur Scharf.

— Tiens, c'est vous ? dit-il à don Ruf qui venait d'entrer. Mes amis, ajouta-t-il en s'adressant aux assistants qui travaillaient avec lui, j'ai l'honneur de vous présenter un écrivain naturaliste.

Les assistants levèrent les yeux pour voir le nouveau phénomène qui leur était offert. Après une crise de rire, le docteur continua :

— Oui, Messieurs, écrivain naturaliste, à cela près que, pour être naturaliste, il faut avoir étudié la nature, et que, pour être écrivain, il faut avoir écrit un volume ou deux. Il n'a encore fait ni l'un ni l'autre, mais...

Le docteur ne put achever, le rire le suffoquait. Don Ruf en profita pour placer un mot :

— En attendant, dit-il, j'expérimente.

— Il expérimente ! cria le docteur, dont le rire devint un glapissement. Parions qu'il va nous parler encore de Claude Bernard.

— Précisément, répondit don Ruf, sans se départir de sa dignité. Claude Beruard estime que le douteur est le vrai savant; il ne doute que de lui-même et de ses interprétations, mais il croit à la science.

— Cela est vrai, dit le docteur en devenant tout à coup sérieux.

Quand il devenait sérieux, son visage s'étirant changeait aussitôt d'expression et commandait le respect aux vieux comme aux jeunes.

— Le savant n'admet donc pas qu'on s'appuie sur l'irrationnel et le surnaturel. Il ne faut rien accepter d'occulte; il n'y a que des phénomènes et des observations de phénomènes.

— Eh bien ? demanda le docteur.

— Eh bien ! poursuivit don Ruf, il faut donc commencer par l'observation. Après l'observation, l'expérience. Qu'est-ce que l'expérience en effet ?... C'est une observation provoquée, dans un but de contrôle, voilà tout. L'expérimentateur est le juge d'instruction de la nature...

— Tout cela, c'est du Claude Bernard, passons maintenant à vous.

— Moi ? s'écria don Ruf.

— Prenez garde, mon cher, vous allez dire une sottise.

— Moi, je cherche le déterminisme des phénomènes sociaux.

— La bêtise est dite.

— Je travaille à la grande œuvre, poursuivit don Ruf en s'échauffant, à la grande œuvre qui est la conquête de la nature, la puissance de l'homme décuplée !...

Le docteur partit d'un second éclat de rire, au grand ébahissement de Francisquiel qui trouvait très beau ce qu'avait dit don Ruf... L'explosion calmée, le savant reprit :

— Mon cher, vous déraillez toujours dans l'éloquence, voilà pourquoi je ne pourrai jamais vous prendre au sérieux.

— Insulter n'est pas raisonner, repartit don Ruf, avec l'adhésion de Francisquiel.

— Soit, raisonnons, fit le docteur, en tâchant d'étirer son visage, mais il n'y arriva pas tout à fait. Vous voulez provoquer des observations, faire des expériences, de la vivisection morale, et cela pour-

quoi ? Pour écrire ce fameux roman que nous n'a-
vons jamais vu...

— Que vous verrez un jour.

— Soit encore. Mais un roman, mon pauvre
homme, est une œuvre d'art. Et dans une œuvre
d'art la personnalité domine tout.

— Erreur profonde.

— C'est Claude Bernard qui l'a dit. Un artiste
est un homme qui réalise dans son œuvre une idée
ou un sentiment qui lui est personnel.

— Claude Bernard a dit cela ?

— En toutes lettres. Il s'agit là d'une création
spontanée de l'esprit, et cela n'a rien de commun
avec la constatation des phénomènes naturels dans
lesquels notre esprit ne doit rien créer.

Francisquiel devint rêveur ; don Ruf, un moment
abattu, releva la tête :

— J'aurais donc le droit de vous représenter
marchant la tête en bas, et je ferais ainsi une œuvre
d'art ! si tel était mon sentiment personnel, je serais un fou, pas autre chose.

Le docteur haussa les épaules, mais Francisquiel
trouva l'argument très fort.

— Réfutez-moi cela, fit triomphalement don Ruf.

— Je connais beaucoup de gens, répondit le docteur, qui marchent la tête en bas : ce sont les théo-
logiens, les métaphysiciens et autres aliénés qui

mettent la cime à la base. Vous êtes un peu de la famille, mon pauvre homme, avec votre atavisme et vos autres théories d'halluciné. Mais laissons cela, parlons de vos expériences. Faites-en si vous voulez, mais notez-les telles quelles. Si vous y mettez de l'art, c'est-à-dire du vôtre, si vous ajoutez un mot, un seul, pour l'effet ou pour la phrase, aux yeux de tous les savants vous serez un misérable, et aux yeux de tout le public, un charlatan.

Et, disant cela, le docteur fit partir deux coups de feu de ses beaux yeux gris qui avaient gardé toute leur jeunesse. Puis il ôta son tablier et changea une vingtième fois de visage en tendant la main à don Ruf avec un sourire bon enfant.

— Vous voulez voir l'hôpital, lui dit-il, c'est moi qui vous conduirai. Passons d'abord dans ma chambre et frottons-nous d'acide phénique.

En entrant dans la chambre du docteur, le naturaliste eut un étourdissement et dut se retenir au fer du lit.

— Oui, je vous comprends, soupira l'excellent Scharf en lui serrant la main, vous vous rappelez cette horrible nuit... Il y a de cela cinq ans... Ah! la pauvre femme!...

Cela dit, il emmena don Ruf et le promena de salle en salle. Francisquiel les suivait un peu pâle, avalant sa salive et tâchant de montrer du cœur. Peu

à peu, remis de son émotion, le naturaliste s'efforça
d'observer, mais l'esprit tourné en dedans, chargé
de réminiscences littéraires et préoccupé de changer en phrases tout ce qu'il voyait. Ce qui l'intéres-
sait par dessus tout, c'était l'éclairage et l'olfaction ;
il notait sur les voûtes, sur les parois, sur les lits,
tous les caprices du soleil, et mettait les odeurs en
musique. Le docteur, qui l'examinait avec une certaine inquiétude, avait l'air de se demander si le
bonhomme vendait de l'orviétan, ou s'il en mangeait.

Ils arrivèrent ainsi dans la petite salle où sont
déposés les morts attendant la fosse commune. Là,
devant un corps caché sous un suaire, un prêtre
agenouillé priait. En se retournant au grincement
de la porte, il reconnut le docteur Scharf qui reconnut l'abbé Simplice ; l'aumônier et le médecin qui se
rencontraient chaque jour au chevet des malades,
s'entr'aidaient souvent dans une œuvre commune
et bonne, mais bien malgré eux, parce qu'ils ne
pouvaient se souffrir. Ils croisèrent deux regards
froids, et l'abbé, qui s'était levé, serait sorti sur-le-
champ, s'il n'avait pas craint d'abandonner le cadavre au diable. Don Ruf qui le connaissait, le tira
de peine en lui tendant la main.

— Oh ! lui dit-il, bien trouvé ! (*ben trovato*).

— Bienvenu, répondit Simplice. En quoi puis-je
vous servir ?

— M'obliger toujours.

— Je suis à vos ordres.

— A mes prières.

Les compliments durent longtemps à Naples, et l'abbé Simplice était le Napolitain le plus aimable avec tout le monde, excepté pourtant avec le docteur Scharf. Il ne fallait pas lui parler de ce « tudesque ». On avait beau lui répéter : C'est une vaste intelligence et un grand savoir, de plus, un homme de bien, très bon pour les indigents, très doux pour les malades.

— Oui, répondait Simplice, mais c'est un protestant.

Pareillement, quand on vantait la chasteté, la candeur, l'obligeance, l'abnégation de l'abbé qui vivait de lésine en donnant tout son bien, toute sa vie aux autres, le docteur répliquait obstinément :

— Oui, mais c'est un jésuite.

A la vérité, l'un n'était en rien protestant, car il en voulait à Luther qu'il appelait « ce moine », autant qu'à Jésus-Christ qu'il appelait « ce juif ». L'autre était si peu jésuite, qu'il avait été persécuté par les Révérends Pères, au temps des Bourbons. Mais on n'y regarde pas de si près quand on a des idées fixes. La science et la foi ne s'entendront jamais, parce qu'elles ne se connaissent pas.

Cependant le docteur avait découvert la face du

1.

cadavre ; don Ruf à ce spectacle, poussa un cri d'admiration.

— Stupéfiant ! *(stupendo)* des pustules qui se
touchent, une bouillie informe, un tas d'humeur et
de sang, une pelletée de chair corrompue jetée sur
une planche de peuplier peinte en noir. Un œil a
sombré dans le bouillonnement de la purulence. Et
quelle odeur ! et quelle lumière ! Approche, Francisquiel, flaire et vois !

Mais Francisquiel, hors de lui, venait de se sauver dans le corridor. Don Ruf continua plein d'en-
thousiasme :

— L'expérimentateur est le juge d'instruction de
la nature. Claude Bernard...

— Encore ! grommela le docteur.

— Claude Bernard reconstruit tout un monde
avec le nerf ou le muscle qu'il observe ; moi, je dé-
couvre toute une vie dans cette chose informe : oui,
toute une vie, y compris les réactifs, les modifica-
teurs, les milieux perturbants.

— Le voilà parti ! s'écria le docteur.

— Nous avons sous les yeux une victime de l'al-
coolisme. Cette femme, jeune encore, eut pour parents des êtres abjects, poussés fatalement au *delirium
tremens*. Elle a grandi dans le vice ; elle s'est livrée, tout enfant, au premier venu. Elle s'est mon-
trée sur les planches dans une opérette ignoble.

Cette exhibition l'a mise à la mode, elle a eu pour amants un banquier, un chambellan, un prince royal. C'était logique : ainsi le veut le déterminisme des phénomènes sociaux. Mais elle n'eût pu rester dans ces hautes sphères : l'hérédité l'a reprise, détraquée par la nostalgie de la boue et la griserie de l'égoût. Cela devait être. Elle est retombée de plus en plus bas, s'abandonnant à la rudesse alcaline du guano natal... Elle ne pouvait que finir ainsi, putréfiée...

— Doucement ! objecta le docteur : ce qui l'a emportée, c'est la petite vérole, une maladie que peuvent attraper dans la rue les plus honnêtes gens. Il suffit d'un tapis secoué d'une fenêtre...

— Et cette pauvre âme, ajouta l'abbé, s'adressant à don Ruf, parce qu'il ne voulait pas avoir l'air d'appuyer le docteur, cette pauvre âme était une jeune fille, la plus sainte de Naples ; je suis resté près d'elle hier, toute la journée ; dans les intermittences du délire, elle ne m'a parlé que de son père et de Dieu.

Le docteur fronça les sourcils, don Ruf poussa un *che !* toscan qui voulait dire : Allons donc ! Vous me la baillez belle !

— Son père, elle le connaissait à peine, poursuivit doucement l'abbé. Elle ne le voyait que de temps à autre et n'était jamais allée chez lui, ne sachant

même pas où il habitait. Quant à Dieu, elle le connaissait bien, car elle était élevée dans une sainte
maison...

Le docteur, impatienté, s'approcha de la fenêtre
ouverte et plongea ses yeux dans la rue.

— ... Dans une sainte maison tenue par des
sœurs...

Don Ruf pâlit.

— ... Par des sœurs qui se sont adressées à moi
l'autre hier. La pauvre fille était tombée malade
chez elles, tout à coup, on ne sait comment : un ange
de douceur et de dévotion ; elle voulait se faire religieuse... Les bonnes sœurs qui l'aimaient bien,
l'avaient soignée de leur mieux, tout en cachant sa
maladie. L'envoyer à son père ? impossible ; il n'avait
pas donné son adresse, alléguant qu'il n'habitait pas
le pays. Bref, comme on craignait la contagion, je
fus prié d'accueillir la malade à l'hôpital...

Don Ruf tremblait de tous ses membres.

Il ne put que bégayer, avec le claquedent de
l'effroi :

— Des sœurs, dites-vous, quelles sœurs ?... Des
sœurs françaises ?...

— Précisément, répondit l'abbé, mais qu'avez-
vous donc ?

La porte se referma violemment ; don Ruf s'était
élancé dehors. Le docteur, se retournant au bruit,

se trouva seul avec l'abbé. Il eût bien voulu lui demander ce qui était advenu, mais n'aurait consenti pour rien au monde à interroger un jésuite ; l'abbé, de son côté, avait grande envie de consulter le docteur sur cette étrange escapade, mais il lui répugnait d'adresser la parole à un protestant. Ils échangèrent encore un regard froid et se quittèrent sans rien se dire.

Cependant don Ruf, oublieux de sa dignité, avait descendu en courant les cent vingt-cinq marches de l'escalier monumental. Dans sa précipitation, il ne prit point garde à Francisquiel qui l'attendait, encore tout pâle et le visage défait, assis sur une borne et qui se mit à trotter derrière lui dans la rue. Une carrozzelle accourut ; les cochers de fiacre, à Naples, vous voient venir d'un mille et viennent droit à vous, au grand galop, en faisant claquer leur fouet, que vous les vouliez ou non, mais il faut que vous les vouliez, car ils vous barrent le passage. Don Ruf monta dans la carrozzelle et Francisquiel voulut s'élancer à côté de lui, mais une voix de tonnerre lui cria : « Va-t'en ! » Le pauvre enfant s'éloigna, fort penaud, et le cocher repartit, sans demander où on allait, car on va toujours, pour commencer, à la rue de Tolède, aujourd'hui rue de Rome ; après quoi, le cheval tourne de lui-même à gauche, vers Saint-Ferdinand, à moins qu'un fort coup de bride ne le tire à droite vers le Mercatel. Don Ruf cependant fit signe au cocher de ne prendre ni à droite ni à gauche, mais d'aller tout droit, par une ruelle montante, au Corso. Le cocher poussa un bras en l'air et secoua la tête, indiquant par là que c'était raide ; à quoi don Ruf répondit en levant sa canne et en la pointant vers la ruelle, geste menaçant et impératif.

C'était raide en effet : une mince entaille noire entre deux pâtés de maisons hautes de cinq étages ; cinq étages de Naples, qui chez nous en feraient dix ; une pente abrupte, pavée de dalles humides que ne visitaient jamais les balayeurs ni le soleil. Le cocher descendit de son siége en maugréant et en se vengeant sur son cheval qu'il rouait de coups ; la pauvre bête, exténuée, la tête basse, gravissait la montée en haletant ; ses sabots ferrés glissaient à chaque pas dans la boue. A un coup trop fort qui lui ensanglanta la croupe, elle se retourna vers son maître, avec un regard très doux ; comme pour lui dire : « Vous voyez bien que je fais tout ce que je peux. » Le pommeau du fouet lui remit la tête en avant et le cheval s'évertua encore à piétiner les dalles gluantes, mais il glissa sur une écorce de pastèque et s'abattit, se coucha sur le flanc, cassant le brancard. Des femmes avaient jailli des sous-sols pour voir le spectacle, les balcons étaient couverts de monde, des enfants riaient; l'un d'eux, plus hardi, donna un coup de pied à l'animal qui s'agitait, tâchant de se relever, et râlait d'angoisse. Don Ruf, irrité, mais honteux, descendit de la voiture et paya le cocher, qui, étonné de cette munificence, fit une caresse au cheval.

Qu'avait donc le naturaliste ? Où allait-il avec tant de hâte, et pourquoi s'était-il obstiné à couper court par cette ruelle escarpée où les fiacres ne passaient jamais ? Ah ! cette morte, défigurée, méconnaissable, le récit de l'abbé Simplice, le pensionnat, les sœurs françaises, le père inconnu qui n'avait pas donné son adresse et laissait mourir sa fille à l'hôpital, toutes ces images, toutes ces idées l'obsédaient, non plus comme des documents humains qu'on peut consulter à froid, pour la Science, avec une S majuscule ; c'étaient des émotions vivantes qui le bouleversaient. Il continua sa route à pied, rare effort chez un Napolitain, même naturaliste, et, après vingt minutes de marche, arriva essoufflé, ruisselant de sueur, devant une grande maison blanche, sans balcons, aux fenêtres grillées, qui ressemblait à un couvent. Une corde pendait à la porte ; don Ruf la tira fiévreusement et entendit à l'intérieur un son de cloche : ce glas, qu'il connaissait pourtant, lui fit peur. Il attendit une minute ou deux qui lui parurent deux siècles, et, pendant ces

deux minutes, il sonna dix fois ; enfin une vieille
fille vint lui ouvrir.

— La petite vérole est-elle à la maison ? lui
demanda-t-il sans préambule...

— Hé ! Jésus-Marie, c'est le signor don Ruf,
s'écria la portière en joignant les mains.

— Je vous demande si la petite vérole est à la
maison ?

La portière se signa, le croyant fou, et voulut
refermer sur lui le guichet ; mais il entra résolument ; alors la pauvre fille s'enfuit appelant au secours. En tout autre moment, don Ruf eût admiré
une aile de cloître au pavement bossué, gonflé de
dévotion, les arcades crevant de soleil ; en face, une
éruption de myrtes, de cactus, de citronniers, de
lauriers roses, qui mettaient dans le silence un
spasme bariolé ; dans un coin, le poulailler, d'où
sortait la tiédeur fétide des lapins et de la volaille.
Mais il n'avait pas la tête aux phrases ; aussi suivit-
il, sans rien regarder, la portière, qui le conduisit,
en criant toujours, au premier étage de la maison.
Une sœur française, une Bourguignonne, pleine de
vie et de joie, montrant dans toute sa personne
la santé, la gaieté du bien, lui demanda ce qu'il
voulait. Il répéta la question qui avait si fort effrayé
la portière.

— Est-ce que la petite vérole est à la maison ?

La Bourguignonne rit de franc cœur, mais don Ruf murmura si tendrement, avec un air de supplication si lamentable : « Dites-le moi, je vous en prie ! » que la bonne sœur se hâta de le rassurer.

— Non, lui dit-elle, et encore non. Est-ce qu'on peut être malade ici ?

— Mais Romaine ?

— Elle se porte bien.

— Je veux la voir.

— Ce n'est pas jour de visite.

— Je le veux ! commanda don Ruf en haussant la voix.

Et comme la sœur le regardait sans sourciller, de ses yeux placides, il reprit doucement :

— Je vous en prie ! La voir seulement et je m'en vais.

La sœur ouvrit une porte et appela Romaine. Une tête brune apparut dans le couloir ; don Ruf prit cette tête dans ses deux mains et la baisa, au front, puis il fouilla dans son portefeuille et tendit une carte à la sœur.

— Voici mon adresse, lui dit-il. Si elle est malade, n'est-ce pas, je le saurai tout de suite. Je vous en prie, ne l'envoyez pas à l'hôpital.

Et il sortit les yeux déjà rouges. La portière persistait à le croire fou, mais la bonne sœur sentait bien qu'il ne l'était pas.

II

Don Ruf était le fils unique d'un employé à la douane appelé Scopone, homme très actif qui se contentait d'un traitement modique : l'État lui donnait 12 ducats (51 fr.) par mois, mais il y avait un casuel payé par les négociants et gagné par d'utiles services. Le système de Scopone était fort simple : quand il avait à examiner les marchandises débarquées sur le port, il fermait un œil et l'autre voyait trouble ; cette infirmité lui valut beaucoup d'argent. Quand il en eut assez, il en voulut davantage et donna sa démission de douanier, mais continua de soutenir le libre échange ; à cet effet il imagina des procédés de débarquement grâce auxquels la bijouterie suisse et les livres français arrivaient tout droit chez lui sans passer par la douane ; cette lutte obstinée contre le protectionnisme lui mit en quinze an-

nées un million dans chaque main. On lui payait la
moitié des droits, et il se chargeait de tout en galant
homme; il avait d'ailleurs des mœurs austères, ne
mangeait que du vermicelle à peine cuit, sans
beurre, et ne buvait que de l'eau. Son métier eût
été dangereux partout ailleurs, mais à Naples on
n'inquiétait pas trop les gens de bien; Scopone avait
des amis partout, même à la police, et les gros bonnets de la douane, dont il savait par le menu tous les
secrets, se gardaient bien de le dénoncer. Un évêque,
auquel il passait clandestinement des livres prohibés, l'abritait du côté de l'Église. C'est ainsi que
Scopone était devenu une puissance, et, quand il
mourut, en 1847, le commerce, une partie de la
banque, un groupe de gens de lettres, la maison
de l'évêque étaient au service, sans compter la con-
frérie et les pauvres de Saint-Janvier. Il défila plusieurs centaines de cierges que portaient des
hommes vêtus et coiffés de linges blancs; on eût dit
des fantômes; près des céroféraires marchaient des
gamins qui recueillaient les gouttes de cire dans des
cornets de papier; la bière ou plutôt le catafalque
ambulant disparaissait avec les porteurs sous une
draperie rouge brodée d'or; c'était superbe. Le roi,
qui croisa le cortège, fit arrêter sa voiture et salua.

Scopone avait épousé, en 1830, une petite fille assez
laide ne possédant rien : c'était un acte de charité,

car il n'avait pas de temps à perdre en amourettes.
Il croyait du reste que Persiquelle, ayant toujours
été pauvre, apporterait en dot un revenu d'écono-
mie, erreur qui, Dieu merci, ne tend pas à s'accli-
mater chez nous. A peine mariée, la petite fille voulut faire la grande dame et se crut de noblesse plus
vieille que les Avalos; elle exigea un carrosse avec
un cocher et un chasseur en livrée : comme elle
était fort sotte, et par conséquent fort têtue, elle
obtint tout ce qu'elle voulait. Depuis lors elle se fit
voiturer tous les jours, trois heures durant, de Tolède à Mergelline : c'est toujours dangereux pendant
les grossesses, aussi mourut-elle en donnant le jour
à un fils, c'est ce qu'elle pouvait faire de mieux. Le
petit Ruf, ainsi nommé parce que son parrain, per-
cepteur des contributions directes et bon latiniste,
avait les cheveux roux, fut élevé solitairement, dans
la maison veuve, sous les yeux d'une bonne et d'un
portier. La bonne, qu'on nommait Rose, bien qu'elle
fût noire, bavardait toute la journée à la fenêtre; le
portier, vrai Suisse de Fribourg, apprit à l'enfant à
lire en français. Or, il y avait beaucoup de livres
dans la maison ; ces livres, tous prohibés, venaient
de France; les caisses n'allaient pas tout droit aux
librairies où la police aurait pu les surprendre et
les confisquer, mais étaient déposées chez Scopone
qui les ouvrait lui-même et en livrait peu à peu le

contenu. Aussi avait-il toujours les poches de son
paletot, des poches célèbres, bourrées de littérature :
il n'en usait pas lui-même, faute de temps et aussi
de goût, car il savait à peine lire, ou du moins ne
comprenait, dans les manuscrits et les imprimés,
que ce qui pouvait lui rapporter de l'argent. Si
bien qu'à dix ans, le petit Ruf ne savait qu'Alexandre
Dumas, Eugène Suë et le patois de Naples ; le parrain latiniste trouva cette instruction insuffisante,
et, sur son conseil, l'enfant fut envoyé à l'école, où
il s'ennuya beaucoup.

Les maîtres, tous en soutane, malpropres et
ennuyés, lui donnaient des coups de règle sur les
doigts ou le tenaient à genoux une heure durant
dans un coin, le bonnet d'âne sur la tête. Aussi,
l'écolier prit-il en horreur les langues mortes dans
lesquelles toutes les choses sensées ont été dites
clairement. Pour se remettre en joie, il montait sur
l'*astrico* (terrasse supérieure) de sa maison qui
commandait Naples et la mer, du Vésuve au fort
de l'Œuf; tout ce bleu qui, jaunissant ou rougissant
au coucher du soleil, devenait verdâtre ou violet,
donnait à ses yeux un régal de couleur et de lumière; il lisait alors *Monte-Cristo* ou les *Mystères
de Paris*, et se trouvait parfaitement heureux.

Un soir, au théâtre des Florentins, où son père
l'avait conduit et laissé (Scopone avait à voir des

commis-voyageurs dans une auberge voisine) Ruf,
alors âgé de quatorze ans, se trouva assis au par-
terre entre un homme chauve et un homme chevelu
qui se disputaient. Ce dernier se disait romantique.
Ce fut pour l'adolescent une révélation. Il apprit
l'existence de quantité d'auteurs anglais, allemands,
français même qu'il ne connaissait pas, et dès le
lendemain, ayant trouvé chez son père les œuvres
complètes de Victor Hugo, dans la contrefaçon com-
pacte de Méline et Cans, il sauta sur cette proie
avec une furie vorace. Au bout de huit jours il
avait tout lu. La semaine suivante, il devint amoureux d'une jeune modiste française qui travaillait
chez Cardon. Au bout du mois, la rencontrant dans
la rue un carton sous le bras, il lui glissa cette
strophe :

> Hier la nuit d'été, dans sa blancheur de brune,
> Était digne de vous, tant elle avait de lune ;
> C'est vous qui la rendez plus belle que le jour ;
> Fée aux savantes mains, sur le front des matrones,
> Mêlant la paille aux fleurs, vous posez des couronnes,
> Et dans mon cœur l'amour.

Un an après, il perdit son père qui lui laissa
cinq cent mille ducats en rente de Naples ; aussitôt
la modiste, qui jusque-là s'était moquée de lui, le
prit au sérieux ; mais Ruf, ou plutôt don Ruf (car

depuis lors on lui attribua le don), avait changé
d'avis : il voulait voir le Nil jaune tacheté d'îles,
Stamboul aux mille flèches se berçant dans la mer,
comme une flotte à l'ancre qui dort; il voulait voir
Erzeroum aux chemins pavés, les lis pâles de
Damanhour, la molle Setiniah qu'en leur langage
impur les Barbares nomment Athènes; il voulait
aller de Janina à Tebelen sur les chevaux d'Ali-
Pacha, visiter lady Esther Stanhope à Palmyre et
traverser l'Hellespont à la nage comme Léandre
et lord Byron. Mais Ali-Pacha était mort en 1822,
lady Stanhope en 1839, l'Hellespont très houleux ne
se prêtait point aux exercices de natation, don Ruf,
au pied du Parnasse, fut dévalisé par des Klephtes à
l'œil noir et il prit une ophtalmie au pied des
Pyramides. Il alla se faire soigner au Caire où un
habile praticien le retint trois mois dans un cabinet
obscur. A quelque chose malheur est bon : il
échappa ainsi aux événements de 1848, et ne revint à Naples que le 20 mai, cinq jours après la
mitraillade. On le mit bien en prison, parce qu'en
ce temps-là on y mettait tout le monde et que la
police ne s'expliquait pas bien pourquoi ce jeune
homme avait voyagé. Mais il n'y resta que six mois;
après quoi, sans l'avoir interrogé, on le relâcha par
grâce. Il avait alors dix-sept ans.

Ce fut dans la prison qu'il connut l'abbé Simplice,

enfermé avec lui pour avoir crié un jour : « Vive
Pie IX ! » Ce pontife passait alors pour un jacobin.
L'abbé prit don Ruf en amitié, parce que le romantisme était encore dans de bonnes idées : il lui fit
lire les *Hymnes sacrées* de Manzoni, la *Morale
catholique* du même auteur et quelques ouvrages de
dévotion. Le jeune homme devint tout à fait croyant ;
quand il fut rendu à la liberté, il alla tous les matins
à la messe, et chaque soir à la brune il passait
devant la prison pour voir l'abbé, toujours détenu,
qui lui envoyait sa bénédiction à travers les barreaux.
Vers la fin de 1849, le doux prêtre fut relâché à son
tour, parce qu'il était désormais permis de crier :
« Vive Pie IX ! » Le pontife ne passait plus pour
jacobin. Depuis lors don Ruf ne quitta plus son père
spirituel et songea très sérieusement à se faire
prêtre.

Ce qui l'empêcha de donner suite à ce projet, ce
fut une caisse de livres venant de Livourne et adressée
à lui par un ancien client qui le prenait apparemment
pour le successeur de son père. Cette caisse contenait les œuvres de Leopardi. Don Ruf lut dans une
matinée les deux volumes, et courut les porter à
l'abbé Simplice qui n'en comprit pas le premier
mot : ce fut l'élève qui dut les expliquer au maître.
Depuis ce moment le pauvre ecclésiastique fut
dénimbé. Don Ruf se dit avec consternation :

« Comment ai-je pu me livrer si longtemps à un esprit si médiocre ? » Et, s'enfermant dans la maison de son père qu'il habitait encore, il passait tout seul des journées entières, étendu sur un divan, à épeler les vers du sublime désespéré, tout en buvant des verres de limonade. Il faisait chaud, et don Ruf était très paresseux. Petit à petit, il s'enfonça dans des idées noires : « Je suis, se dit-il, donc je souffre. » Or, il se portait à merveille et n'était nullement, comme son poète, phtisique, hydropique et bossu. Il se disait encore : « La vie est un mal ; la création, visiblement mauvaise, ne peut être l'œuvre d'un être intelligent et bon. C'est une force inconsciente et fatale qui l'a faite. Appelons cette force nature ou destin, peu importe, il n'existe rien au monde que la douleur et entre deux souffrances, une seule halte possible, l'ennui. La société est une ligue de coquins contre les honnêtes gens. Sers-la par dévouement, tu es un fou ; sers-la par intérêt, tu seras une dupe, à moins d'être aussi misérable qu'elle, auquel cas tu ne mérites que le gibet. Que faire donc ? Te tuer ? Non pas. C'est indigne d'un philosophe. Jette sur la création un regard de mépris et attends en silence, dans une immobilité dédaigneuse, l'heure de rentrer dans le néant. » Sur quoi don Ruf allumait un cigare.

L'idée lui vint alors d'écrire un livre ; il y pensa

2

jusqu'au 7 septembre 1860, le jour où entra dans
Naples avec une poignée de chemises rouges,
Garibaldi. Ce jour-là, don Ruf fit comme tout le
monde : il descendit dans la rue et acclama l'Italie
une, le roi national, le dictateur, etc.; il eut alors,
comme il dit maintenant, son coup de folie. Cela
dura quelque temps, il parla dans les meetings et
apprit de beaux gestes en demandant Rome, Venise,
Malte, la Corse, la Suisse italienne et le Tyrol. Ce
qui le calma bientôt, ce fut la baisse de la rente et
la hausse des taxes : on a beau être patriote, ex-
pessimiste et même ex-romantique, on n'aime pas
à perdre son argent. Un jour qu'il s'en plaignait
dans un café, un homme robuste qui l'écoutait,
attablé devant une bouteille de bière, se mit à rire
démesurément. Don Ruf fit un haut-le-corps ; avec
la barbe très noire qu'il avait laissé pousser et le
chapeau calabrais qu'il portait sur l'oreille assez
crânement, il ressemblait alors à un brigand d'opéra-
comique.

— Est-ce de moi qu'on rit? demanda-t-il avec
hauteur.

— Allons! ne vous fâchez pas, répondit l'homme
robuste, et buvons ensemble : c'est le seul moyen
de se connaître, et quand on se connaît, on ne se
bat plus.

— Pourquoi? demanda don Ruf, encore fâché,

mais déjà gagné par la cordialité de l'homme robuste
qui, toujours allègre, lui répondit :

— Parce qu'il faut beaucoup s'estimer pour se
battre... Asseyez-vous donc et buvez.

Don Ruf, qui n'avait jamais bu de bière, trouva
cette potion détestable ; le docteur, qui vit sa
grimace, fit venir une bouteille de Falerne blanc,
petit vin du pays, mêlé de sucre et d'alcool, qui
délie la langue. Au troisième verre, les deux buveurs
causaient amicalement de Leopardi.

— C'était un infirme et un difforme, dit l'homme
robuste, et les femmes se moquaient de lui : de là son
pessimisme. Il a découvert, après les anciens, que
la vie ne vaut pas grand'chose, en quoi il n'a pas
tort. Aucune philosophie n'a le sens commun, mais
la plus folle est celle qui attriste. Le grand point est
d'avoir un dada dans ce monde ; moi, j'ai le mien,
l'ichthyologie, qui me console de tout. Sur ce, vidons
la bouteille.

C'est ainsi que don Ruf avait fait la connaissance
du docteur Scharf. Le savant arrivait d'Allemagne,
où il s'était lié très intimement avec un proscrit
italien qui, vers 1861, devint ministre de l'instruction publique. Appelé alors en Italie par l'ancien émigré, qui lui offrait une chaire, un hôpital,
un laboratoire et le très peu qu'il faut, au pays du
soleil, pour ne pas mourir de faim, le docteur s'était

empressé d'y venir et avait choisi Naples à cause de
la mer d'où il espérait tirer quantité de bestioles
inconnues. Il y trouva tous les instruments voulus,
un lit de fer, du macaroni qui ne le maigrit pas, et
des pêcheurs gais qui, tout en le croyant fou,
plongeaient pour lui jusqu'au sable. Le soir, il
buvait de la bière qu'on vendait chez Kaflisch et qui
était plus sure que celle de Munich. On ne lui a
jamais connu qu'un ennui et un chagrin : l'ennui,
c'était le voisinage de l'abbé Simplice, aumônier de
l'hôpital ; le chagrin, ce fut la guerre de 1870 qui le
mit en colère. Aussi comme tous les Allemands
honteux, depuis lors, s'est-il donné pour Alsacien,
et il en a le droit, car il est originaire de Landau.

Don Ruf s'attacha fortement au docteur dont il lut
les livres, ceux du moins qu'il put comprendre, et
dont il adopta les opinions, celles du moins qui ne
lui coûtaient aucun effort. Le docteur estimait qu'un
homme valide doit se lever matin et travailler de dix
à quinze heures par jour ; don Ruf, qui sortait du lit
vers dix heures, et qui n'écrivit jamais son livre, ne
pouvait être de cet avis. Le docteur pensait qu'un
galant homme doit manger tout son bien ; don Ruf,
qui craignait toutes les fatigues, même celles du
plaisir, n'aurait jamais su comment dépenser en un
an la moitié de ses rentes. En revanche, le disciple
entra dans toutes les théories du maître sur le bon

Dieu, la création, l'évolution, la sélection, particulièrement sur le célibat, recommandé par l'excellent Scharf à tous ceux qui n'avaient pas de temps à
perdre. Don Ruf avait beaucoup de temps à perdre,
il n'en fut pas moins un véhément apôtre du célibat. Tous les soirs, dans le café qui le retenait trois
heures, il criblait les maris d'épigrammes et jurait
ses grands dieux qu'il resterait garçon jusqu'au jour
du jugement. Il ne croyait alors à aucun dieu ni à
aucun jugement; mais ce sont des manières de dire.
L'abbé Simplice, qu'il voyait quelquefois par habitude,
et aussi par esprit de contradiction, car il s'efforçait
de le scandaliser avec ses théories, l'exhortait également à ne pas se marier. « On vole au prochain, disait cet homme obligeant, les heures qu'on donne à
la famille. » En quoi il était d'accord avec le docteur, ce qui arrivait souvent, bien que ni l'un ni
l'autre ne voulussent l'avouer.

Cependant, don Ruf avait eu, vers 1865, une fai-
blesse de cœur. Le cabinet de toilette où il passait
une heure ou deux tous les matins, ouvrait sa fenêtre
sur la terrasse d'une maison basse habitée par de
pauvres gens; les locataires changeaient d'année en
année. Le 4 mai — c'est le jour où l'on déménage
à Naples, — don Ruf assista de son observatoire à
l'installation d'une lavandière très laide, accom-
pagnée d'une jolie fille, qui, le jour même, sur la

2.

terrasse, se mit à repasser en chantant; aussi
prolongea-t-il un peu sa toilette, et, comme la
vieille était sourde, et par conséquent, parlait fort,
il apprit bientôt que la jeune fille, appelée Mariannine, était sage, malgré sa bouche fraîche et ses
dents blanches, mais qu'elle ne mangeait pas à sa
faim. Il n'y avait guère au logis que du grain turc
et des fèves. Le panier aux provisions, vidé en un
clin d'œil, était resté sur la terrasse et avait l'air de
demander l'aumône; don Ruf, qui avait bon cœur,
y jeta le soir, sans être vu, un pain blanc, des
oranges et quantité de petits gâteaux, puis, fermant
sa fenêtre, à travers le trou du rideau, il épia gaiement la surprise de Mariannine. Il y eut à ce sujet
une dispute; la vieille déclara que ce ne pouvait
être qu'une tentation du diable, et peut-être n'avait-
elle pas tout à fait tort, mais la jeune fille préféra
croire que ces bonnes choses lui tombaient du ciel;
elle les mangea donc avec beaucoup d'appétit et en
toute innocence. Le miracle se répéta plusieurs fois
(il s'en fait beaucoup à Naples); enfin, un soir, la
vieille surprit le diable en flagrant délit de tentation : aussitôt elle lui cria des injures d'autant plus
véhémentes qu'elle ne pouvait entendre les ré-
ponses, très douces, adressées à Mariannine par
le mystérieux inconnu, dont la voix tombait du
ciel...

— Qu'est-ce qu'il te dit? demanda la mère avec une rage de sourde.

— Il dit qu'il veut vous donner son linge à blanchir.

Ce n'était pas vrai ; mais que celles qui n'ont jamais menti lui jettent la première pierre ! Cette inexactitude fit tomber la colère de la vieille et inaugura des relations régulières entre la terrasse de la maison basse et la fenêtre de la haute maison. Don Ruf avait alors trente-deux ans et le cœur très chaud ; Mariannine lui voulait du bien et acceptait volontiers, parce qu'elle était très gourmande, les *sfogliatelle* et les *mustaccioli* qu'il lui offrait journellement ; mais elle ne consentit jamais à lui apporter son linge ; c'était la vieille qui se chargeait de ce service avec un louable empressement.

— Mais elle n'entend pas mes ordres, objectait don Ruf.

— Donnez-les moi de là-haut, répondait Mariannine.

Des semaines, des mois se passèrent ainsi, tranquillement, gaiement ; les causeries se prolongeaient souvent entre la terrasse et la fenêtre. La jeune fille chantait des chansons, contait des histoires, mangeait des gâteaux, mais ne permettait pas à don Ruf de l'appeler *gioja mia* (mon joyau ou ma joie). Elle se laissait tutoyer parce qu'elle était repasseuse, lui, patron et galant homme ; mais elle ne lui aurait point donné sa main à baiser.

— « *Cheste no nun cunvene* (cela non, ça ne convient pas) », disait-elle. Un jour, en passant à Sainte-Lucie, devant la boutique du *corallaro*, il eut l'idée d'acheter pour Mariannine un gros chapelet en grosses boules de corail bien rouge (le corail rose, plus rare, était pour les étrangers). Elle le refusa tout net et quitta la terrasse.

— Mariannine ! cria don Ruf.

— Allez-vous-en.

— Tu es en colère ?

— Oui, Monsieur.

— Qu'est-ce que je t'ai fait ?

— Vous me prenez pour une mauvaise femme.

— Parce que je t'offre un chapelet ?

— Vous savez bien que *nun cunvene*.

— Il est béni par le Pape.

— La méchante idée ôte la bénédiction.

— Tu acceptes bien des petits gâteaux.

— Ce qui entre dans la bouche n'est pas péché, dit-elle avec énergie.

Don Ruf devint amoureux comme un écolier de seize ans. Dans un accès de désespoir, il alla pleurer chez le docteur Scharf, qui se moqua de lui intérieurement, mais s'efforça de ne pas trop le laisser paraître.

— Eh bien ! dit-il à don Ruf, puisque vous aimez cette fille, il faut l'épouser.

— Mais le célibat que vous prônez tant ?

— C'est l'état des sages. On ne prescrit pas de douche aux hommes qui se portent bien. Mais quand on a perdu la tête, il en faut passer par là. Le mariage est le remède indiqué contre l'amour... D'ailleurs, ajouta-t-il en prenant son air sérieux, c'est la seule chose à faire avec une honnête fille.

Don Ruf parut consterné du conseil ; l'idée ne lui était pas encore venue d'offrir son nom à Mariannine.

Dans son trouble, il voulut avoir l'avis de l'abbé Simplice qui lui dit sans hésitation :

— Épousez-la. Le célibat est pour les saints, vous êtes un pécheur. A tout péché il faut une pénitence ; le mariage est la pénitence de l'amour. D'ailleurs, ajouta-t-il comme le docteur Scharf (ces deux hommes, on l'a vu, arrivaient souvent aux mêmes conclusions), il n'y a pas d'autre chemin à suivre avec une fille honnête.

Don Ruf ne trouva rien à répondre ; toutes ses théories étaient emportées par un coup de vent. Ne sachant que résoudre, il monta dans une carrozzelle et se laissa conduire où le cheval voulait, jusqu'à la pointe de Pausilippe. Alors seulement le cocher se retourna en disant :

— *Signo'*, *addo' jammo ?* (Monsieur, où allons-nous ?)

— A la maison, répondit don Ruf, qui s'aperçut non sans étonnement, qu'il s'était laissé conduire à une lieue de la ville. Quand il fut rentré, il ouvrit sa fenêtre ; Mariannine, sur la terrasse, repassait et chantait.

— Que dirais-tu, lui demanda-t-il, si l'envie me prenait de t'épouser ?

Elle partit d'un grand éclat de rire.

III

L'ATAVISME

Mariannine eut beaucoup de peine à prendre au
sérieux la proposition de don Ruf; elle lui dit vingt
fois : « *Vuje da vero dicite* (dites-vous bien vrai)? »
Puis elle se remettait à rire, un peu de joie, parce
qu'au fond elle avait sa petite vanité de plébéienne,
et qu'après tout n'ayant pas encore trouvé, bien
qu'elle eût déjà seize ans, un homme selon son cœur,
elle ne détestait pas le *galantuomo* (le monsieur)
qui lui offrait sa vie, mais l'idée lui paraissait curieuse (*curiusa*), c'était son mot qui voulait dire
bizarre et drôle. Elle demanda cependant à réfléchir
et elle réfléchit un bon quart d'heure, gaiement,
avec des éclats de rire qui lui auraient valu bien des
questions si sa mère avait pu les entendre. D'un côté,
sans doute, elle serait une dame et n'aurait plus à
repasser que ses propres hardes; elle irait à la messe

avec une belle robe et des souliers de satin. Puis elle mangerait à sa faim du macaroni tous les jours et de la pâtisserie. Quand elle aurait soif dans la rue, elle trouverait toujours dans son porte-monnaie (elle aurait un porte-monnaie) un demi-sou pour se payer en plein air un verre d'eau glacée blanchie par une larme de sambucine, ou encore une limonade, et elle y mettrait du sucre : elle en aurait toujours dans sa poche, c'est si bon ! Oui, mais don Ruf avait deux défauts : il portait toute sa barbe et n'allait pas à la messe. Sur quoi elle s'endormit, et fit des rêves friands.

Le lendemain soir, Mariannine, qui n'avait pas consulté sa mère, de peur d'avoir la main forcée, posa ses deux conditions.

— D'abord, dit-elle, vous couperez votre grosse barbe.

— Je couperai ma barbe, répondit don Ruf qui comptait bien la laisser repousser au prochain hiver.

— Et puis vous irez à la messe...

— Mais je n'y crois pas...

— Qu'est-ce que ça fait ?

Don Ruf pensa qu'il y avait plus de trois cents églises à Naples, et que d'ailleurs, quand il aurait rasé sa barbe, on ne le reconnaîtrait pas. C'est pourquoi il céda aussi sur l'article de la messe, et obtint le consentement de la fille et celui de la mère ; ce

dernier ne fit pas un pli. Il lui fut permis de descendre sur la terrasse et de serrer autant qu'il voulut
les mains de Mariannine, rien de plus, car on est
très convenable en ce pays de soleil, au moins avant
le mariage; après, je ne sais pas.

Oui, mais le monde! Don Ruf avait tant parlé,
dans les lieux publics, contre le plus sacré des liens,
le trouvant médiocre et bourgeois, bien plus : garde
national, — c'était son épithète la plus sarcastique,
— qu'il craignait les railleries de ses amis. Puis la
mésalliance indignerait tous les oncles, les tantes,
les cousins, les cousines surtout, particulièrement
les vieilles, du côté paternel. Que faire?

— Je serai pendant six mois, se dit don Ruf, la
risée de Naples. Tout le café me fera les cornes,
toute la famille me tournera le dos...

Il lui vint une idée et il la soumit adroitement à
l'abbé Simplice.

— Le mariage, lui demanda-t-il, est un acte
religieux?

— Assurément, répondit l'abbé.

— Donc l'acte religieux suffit devant le ciel.

— Indubitablement, mais devant la loi civile...

— Ce n'est pas votre affaire. Voulez-vous gagner
mille ducats pour les pauvres?

— Pour les pauvres, de bien grand cœur, si je les
gagne honnêtement.

3

— Mariez-nous, Mariannine et moi, dans une petite chapelle domestique... sans que le gouvernement en sache rien.

— Mais c'est un délit.

— Ce n'est pas un péché...

— Et il y a des peines...

— Puisque le gouvernement n'en saura rien.

— Vous tenez donc à vous cacher ?

— Nullement, je tiens à éviter les cérémonies. Tous ces papiers qu'il faut, c'est l'ire de Dieu, Notre âge est impatient, abbé très cher ; vous ne comprenez pas cela, vous qui êtes un saint, mais vos pénitents et vos pénitentes ont dû vous le dire. Enfin voici mon dernier mot : Si vous ne nous aidez pas, vous l'aurez sur la conscience ; mais nous nous passerons de l'Église comme de l'état civil. Est-ce que je m'explique bien ?

L'abbé, qui vit encore, a un défaut, grâce auquel il a commis beaucoup de sottises et gardé toute sa foi, il n'aime pas à réfléchir. S'il avait réfléchi un moment, il n'eut pas contenté don Ruf, mais il fut peut-être devenu schismatique. Il ne vit d'emblée dans le service qu'on lui demandait, qu'un crime abominable à empêcher et mille ducats à donner aux besoigneux ; or, il y a toujours eu beaucoup de misère à Naples. C'est ainsi que, par dévotion et par charité, il maria religieusement un athée qui esquivait la loi. On voit d'étranges choses dans ce monde!

Mariannine et sa mère, ignorant les lois civiles, acceptèrent cette bénédiction quasi-clandestine dans une chapelle fermée au public, et don Ruf qui avait coupé sa barbe, alla cacher son bonheur à Vico, entre Castellamare et Sorrente : il y a là un château couché dans la verdure au frais de l'ombre et de la mer. Mariannine y fut bien heureuse : elle y trouva des fruits, des huîtres, du poisson plus qu'on n'en pouvait manger, des ânes surtout, oh! les ânes! Cela dura trois mois : c'est rare, trois mois de plein bonheur. Puis les feuilles tombèrent et les pluies de novembre défoncèrent tous les chemins; il fallut revenir à Naples et se cacher dans un quartier éloigné autour de Santa-Maria in Portico, au fond d'une impasse, car don Ruf tenait toujours à dissimuler son bonheur. L'abbé seul le savait, et l'abbé avait intérêt à se taire. Alors Mariannine s'ennuya. Dans le voisinage elle ne connaissait personne; sa famille et ses amis logeaient près du port. Elle fit venir sa mère auprès d'elle et peu à peu la vieille, qui se disait sacrifiée, devint la maîtresse de la maison. Quand sa fille riait avec don Ruf, elle fondait en pleurs, prétendant qu'on se moquait d'elle; on était tenu de causer à tue-tête pour ne pas l'exclure de la conversation. Le soir elle ne voulait pas aller se coucher, et elle exigeait qu'on lui tînt compagnie.

Mariannine lui passait tous ses caprices : le sentiment filial, à Naples, est une dévotion. Un à un, les
parents, les amis revinrent, des pêcheurs, des portefaix, avec leurs femmes et leurs sœurs; c'était un
peu loin, mais tous voulaient faire honneur au sort
de Mariannine. Un marmiton, frère cousin (cousin
germain) de la jeune femme, s'établit comme cuisinier dans la maison. Dès lors table ouverte; don
Ruf trouva l'emploi de son argent; il le donna sans
murmurer, parce qu'il n'était pas ladre, mais avec
étonnement, parce qu'il n'était pas habitué à dépenser. En compensation, il laissa repousser sa barbe
et n'alla plus à la messe. Petit à petit, il devint étranger dans sa famille; tout le monde lui disait *vous*,
même Mariannine; on l'appelait le signor et le
patron. Quand il rentrait le soir, il trouvait quelquefois vingt personnes attablées chez lui; on l'invitait
alors à souper, en lui disant en toscan napolitain :
favourichque! D'où il résulta qu'il reprit sa vie de
garçon et se réinstalla dans son ancien logis qu'il
avait gardé, en y laissant les meubles : c'était toujours son domicile légal. Le soir, au café, il pérorait,
p rêchant l'athéisme et se vengeant sur le bon Dieu
de ses mésaventures, puis il allait bâiller une heure
au théâtre Saint-Charles, et retournait dans sa solitude en fumant un douzième cigare; le matin, de
son cabinet de toilette, il regardait mélancoliquement

la terrasse, où Mariannine ne chantait plus. De loin
en loin, les jours de pluie, il lui faisait une visite,
espérant la trouver seule, parce que les Napolitains,
même ceux du peuple, ne sortent pas quand il pleut.
La vieille était toujours là, mais il l'endormait avec
du rosolio, liqueur douce. Il disait alors à sa femme,
d'une voix tendre : « Me veux-tu du bien ? » Et elle
répondait avec soumission : « Oui, Monsieur. »

Don Ruf était très paresseux, très pacifique, la
vieille lui faisait peur et il voulait la tranquillité
dans la maison. Tout ce qu'il avait d'audace et
d'énergie était dans sa tête. Aussi devint-il féroce,
en paroles, quand éclata la guerre de 1866 : Ah !
si c'était lui qui eût commandé à Custozza et à
Lissa. Les généraux, les amiraux étaient des traî-
tres ; il fallait détrôner Victor-Emmanuel. Pour le
calmer, on lui donna Venise, mais il voulut Rome.
Et comme une petite fille lui naquit le jour même
où les Autrichiens durent quitter les lagunes :

— C'est Rome, s'écria-t-il, qu'il faut l'appeler.

L'abbé Simplice fit des objections : le nom de
Rome n'était pas sur son almanach : pourquoi pas
Romaine ?

— Va pour Romaine, dit don Ruf, sans penser
que ce nom-là était catholique beaucoup plus qu'italien. L'enfant, que le père et la mère accueillirent
avec transport, eût pu resserrer entre eux le lien

relâché, sinon rompu, mais l'enfant fut pour la vieille. Elle le tenait dans ses bras du matin au soir et ne permettait pas à don Ruf de l'approcher. Si bien que le pauvre homme déserta de nouveau la maison, sans se plaindre, mais devint au dehors si hargneux dans la discussion, qu'il inspira des inquiétudes au docteur Scharf.

— Mon ami, dit le savant, vous me faites de la peine. Est-ce que vous seriez marié par hasard?

— Moi? quelle idée! bougonna don Ruf qui ne voulait ni dire vrai, ni mentir.

— Si vous n'êtes pas marié, reprit le docteur, vous êtes malade d'oisiveté. J'ai connu bien des gens qui en sont morts. Faites donc quelque chose : où en est votre livre?

— Il est là, répondit don Ruf en se frappant le front.

— Il y restera toute votre vie, puisque vous êtes trop paresseux pour écrire, essayez donc d'une autre distraction : voyagez.

— Où voulez-vous que j'aille?

— A Paris, si vous voulez; il y aura cette année une exposition...

Don Ruf partit pour Paris au printemps de 1867. Comme il craignait de passer par Rome, où le pape, qui régnait encore, ne devait pas l'aimer, il s'embarqua pour Marseille, en quittant sa femme qui

lui souhaita bien tranquillement un bon voyage et
un heureux retour, et son enfant qui jeta les hauts
cris quand il voulut l'embrasser. Quant à la vieille,
elle se contenta de lui dire : *Salute a nuje,* ce qui
ne signifie pas absolument « tant mieux pour nous ! »
mais quelque chose comme : « ça nous est bien
égal ». L'abbé Simplice était chargé d'apporter de
l'argent à Mariannine (il avait à cet effet un crédit
ouvert chez un banquier); comme elle ne savait pas
écrire, il écrirait pour elle.

  A Marseille, don Ruf prit un train du matin et
monta dans un wagon où une vieille femme l'empêcha de fumer, ce qui lui donna le mal du pays;
pourquoi diantre avait-il quitté Naples? cette mélancolie dura jusqu'à la gare de Plassans. Là, un
groupe de jeunes gens allègres, verbeux, qui
tous fumaient, monta dans une voiture de troisième classe. Don Ruf descendit en toute hâte et
alla s'asseoir au milieu d'eux. C'étaient des hommes
de lettres dont les uns n'avaient pas fait d'études,
et les autres avaient manqué leur baccalauréat; ils
partaient pour Paris dans l'intention de refaire
l'éducation du public; ils comptaient de plus gagner
beaucoup d'argent et devenir célèbres. Ils disaient
entre eux quantité de polissonneries entremêlées de
considérations sur l'atavisme; leur intention évi-
dente était « d'épater » don Ruf, qui les « épata »

eux-mêmes en entrant sans discussion dans leurs
idées ; il prit feu pour leur atavisme et leur offrit du
vin de l'Ermitage (il y en avait encore) à la gare de
Lyon. A Paris, il descendit avec eux dans un petit
hôtel du quartier Latin et les suivit dans leurs recherches, en fiacre, car il ne savait pas aller à pied ;
c'était lui qui payait. Que cherchaient-ils donc ? Le
Louvre, Notre-Dame, la Sorbonne ou le palais de
l'Exposition qui venait de s'ouvrir ? Point du tout ;
comme Diogène, ils cherchaient un homme. Ils allèrent d'abord le demander à Montparnasse, puis aux
Batignolles, dans un pavillon au fond d'un jardin ;
on ne les reçut pas, on leur dit : « Il travaille. »
A la treizième visite, on leur dit : « Il vous attend. »
Dès la première poignée de main, don Ruf sentit
que c'était fini, que sa vie était prise.

Cependant l'abbé Simplice et le docteur Scharf
se rencontraient tous les jours au chevet des malades
et se gardaient bien d'échanger le moindre mot. Le
docteur n'en était pas moins inquiet, ne sachant à
qui demander des nouvelles de don Ruf, qui ne
donnait pas signe de vie. Il pria un jour un assis-
tant de questionner l'abbé sur ce point, « mais
adroitement, sans me nommer, ajouta-t-il, prenez-y
bien garde ! » L'abbé ne savait rien, ne recevant
jamais que des billets d'affaires ; il ne put fournir
d'autre indication que l'adresse de l'absent. Cela

suffisait au docteur, qui se hâta d'envoyer à Paris quelques points d'interrogation. Plusieurs mois après il reçut la lettre suivante :

« Mon cher, je tiens mon livre. J'ai un beau sujet, l'atavisme, et je suis définitivement enrôlé dans l'école naturaliste. J'avais trop trempé dans la mixture romantique ; je plantais des plumets au bout de mes phrases, je me drapais dans la chinure brouillée des oripeaux. J'avais l'effarement et le détraquement des coups de folie. Aujourd'hui je n'admets qu'une chose, la Science ; je cherche le document humain. A cet effet, je visite les Halles dont les toitures ont un aspect saisissant : on dirait un entassement de palais babyloniens empilés dans le grandissement de la nuit tombante. L'esprit humain a passé successivement par le sentiment, la raison et l'expérience, le moment est venu d'expérimenter. Je rêve une immense nature morte. L'atavisme est l'explication de tout. C'est la fatalité du sang qui s'affirme. Tout ce qu'on appelait autrefois péché originel, prédestination, etc., n'est plus surnaturel et irrationnel ; cela suinte de génération en génération, de veine en veine ; il n'y a ni vertu, ni vices, il n'y a qu'une hérédité de tempéraments. Voilà mon livre. Le temps est doux ; la Seine qui coule au bas de ma maison sort de là-bas, du rêve, pour venir à moi,

3.

dans son gonflement puissant, qui s'épanouit. Un gros bateau de charbon trop chargé dort lourdement sur l'eau noire. »

Le docteur répondit courrier par courrier :

« Mon pauvre don Ruf, vous subissez en ce moment l'influence d'un homme d'esprit qui vous tient pour une bête. Votre atavisme est un lieu commun. Les maladies héréditaires étaient connues avant le déluge; la pire de toutes est la vie, dont tout le monde mourait déjà cent ou mille siècles avant le père Adam. Vous expliquez tout par l'hérédité, ce n'est pas bien neuf; il y a longtemps qu'on a dit que l'homme est une résultante. Le difficile est de déterminer scientifiquement de quoi on résulte, sans tomber dans les conjectures et les imaginations. Làdessus vous ne trouverez de documents ni dans les toitures des Halles, ni dans les bateaux de charbon; tâchez d'abord de vous étudier vous-même. C'est encore dans cette étude que vous vous tromperez le moins, si vous y mettez de la bonne foi. Votre père, m'avez-vous dit, était un négociant très actif; votre mère, une femme d'humble naissance qui aimait à se mettre *in fiocchi*, vous êtes très paresseux, point marchand du tout, vous n'avez rien de plébéien et vous ne tenez pas à faire figure; ce qui vous a fait tel que vous êtes, ce n'est donc pas la

fatalité du sang. Auriez-vous eu quelque aïeul dans
un hospice d'aliénés? C'est une recherche à entre-
prendre; cependant, moi qui vous parle, j'en ai eu
deux, complètement fous, un bisaïeul paternel et
une tante maternelle qui vit encore, cependant j'ai
l'esprit sain, relativement à vous. Croyez-moi, mon
ami, ne vous lancez pas dans cette physiologie où
vous n'entendez rien; la physiologie des gens de
lettres, c'est encore de la métaphysique, c'est-à-dire
du *doigt dans l'œil*. Et par saint Ruf, votre patron,
ne dites plus : la Science. La Science, je n'ai jamais
su ce que c'était. Je ne connais que les sciences;
il ne suffit pas de toute une vie pour en étudier une
seule et la faire avancer un peu; c'est bon pour
nous qui ne perdons pas notre temps à décrire la
Seine sortant du rêve. Je vous parle tout franc,
parce que je ne vous tiens pas pour un sot; ce qui
vous a détraqué, comme vous dites, ce n'est pas
l'hérédité, ce ne sont même pas les milieux, car,
sauf l'abbé Simplice, qui ne vous a mystifié qu'un
instant, et moi qui n'ai pu vous remettre d'aplomb,
vous n'avez connu presque personne. Ce sont les
livres, plus dangereux qu'on ne croit : les romantiques d'abord, puis les pessimistes, aujourd'hui les
naturalistes; tâchez de ne plus lire pendant quelques années; c'est le meilleur moyen pour vous de
revenir à la raison. »

Cette lettre ébranla don Ruf qui alla pourtant la montrer à qui de droit. Il lui fut répondu : ~

— Ce docteur Scharf est un érudit; il n'entend donc rien à la Science.

Depuis lors, et pendant plusieurs années, on n'eut plus de nouvelles de don Ruf. L'abbé Simplice lui écrivit de loin en loin, à une nouvelle adresse inconnue au docteur, mais ses lettres n'obtenaient plus de réponse. Un soir, l'excellent Scharf, qui aimait le peuple, le trouvant bon et gai, buvait en plein air à Pausilippe un verre d'Asprino, avec un pêcheur qu'il employait, quand un cri perçant lui fit tourner la tête. Une jeune femme se débattait en proie à une crise de nerfs. Il lui jeta cavalièrement à la tête le contenu d'un pot d'eau qui la calma sur-le-champ, puis il lui demanda pardon de la liberté grande. Cette femme était Mariannine qui soupait à la taverne avec sa famille; elle venait de voir Romaine debout sur un des montants de la tonnelle et elle avait pris peur.

Elle se calma si l'on veut, mais sa langue allait grand train, battait un peu la breloque. En moins d'un quart d'heure, le docteur sut tout ce que nous savons et même beaucoup de choses que nous ignorons encore : les conséquences du changement de vie, surtout depuis le départ de don Ruf. Mariannine avait cessé de travailler et, par conséquent, de chanter : elle se levait tard, se couchait après minuit, se nourrissait de sucre et de fortes épices, engraissait à vue d'œil et ne dormait pas bien. Elle avait des cauchemars, surtout dans la matinée, se réveillait en sursaut avec des cris qui agitaient le voisinage; sa mère, à cinquante ans, avait eu des attaques d'épilepsie; elle-même des convulsions quand elle faisait ses dents. La moindre chose l'effrayait, elle croyait toujours que c'était le diable. Le soir elle regardait sous son lit avant d'y monter. Son humeur, si égale autrefois, changeait d'heure en heure; tantôt, sans raison, d'une gaieté folle, elle avait aussi, Dieu sait pourquoi, des crises de larmes et pleurait sans chagrin comme elle riait sans plaisir. Un jour elle mangeait l'enfant de caresses, le lendemain elle ne la regardait même pas. Souvent, à l'église, elle avait des extases muettes. Un soir, en pleine rue, elle avait pris tout à coup le grand galop, affirmant que derrière elle quelqu'un était sorti de dessous terre et marchait sur ses talons. Cependant (le docteur le lui fit dire) elle était restée sage, non seulement parce qu'elle avait peur du diable, mais aussi parce que les hommes lui déplaisaient.

— J'ai compris, pensa l'excellent Scharf, il faut que le mari revienne.

Et très doucement, il parla de don Ruf à la jeune femme, insinuant que si ce brave homme prolongeait

son absence, tous les torts n'étaient peut-être pas de
son côté; qu'une femme devait aussi quelque chose
au père de son enfant : avant tout lui rester fidèle et
aussi faire un pas vers lui pour qu'il revînt. De plus,
elle devait travailler, se lever tôt, se promener à
pied et prendre des bains d'eau douce. Mariannine
ouvrit de grands yeux; c'était à peu près ce que lui
avait dit une heure auparavant le bon Simplice.
Seulement l'abbé parlait au nom de la foi, le docteur, de la bonne foi; voilà pourquoi ils ne pouvaient
pas se souffrir.

Le lendemain, les deux hommes, chacun de son
côté, écrivirent à don Ruf pour le rappeler à Naples,
l'un invoquant la religion, l'autre la sagesse. mais
tous les deux s'appuyant, en somme, sur les mêmes
raisons d'honnêteté. Tous les deux invoquèrent, de
plus, des motifs de prudence : c'était en 1870, et
Paris allait être cerné par « les barbares », écrivait
le docteur Scharf; l'abbé Simplice écrivait : « par
les païens ». Tous deux étaient d'accord même en
ceci qu'ils détestaient la Prusse. Les deux lettres
arrivèrent ensemble deux jours trop tard et furent
envoyées à Berlin, où on les lut sans intérêt. Pendant le siège, le docteur et l'abbé pensèrent souvent
ensemble, en soignant les mêmes malades, à don
Ruf, qui devait souffrir du froid et de la faim, mais
ils ne se parlaient pas. Mariannine aussi, grâce à

eux, finit par s'intéresser à son mari; tous les deux, séparément, allaient la rassurer plusieurs fois par semaine, et, pendant le bombardement, tous les jours.

IV

LES DOCUMENTS HUMAINS

Après le siège, l'abbé écrivit de nouveau à Paris, pas de réponse ; le docteur, très inquiet parce qu'il s'était attaché à Mariannine et voulait lui faire du bien, se rendit chez elle un soir et lui annonça qu'il partirait le lendemain pour la France. Le lendemain, en effet, il prit le premier train de Rome : on pouvait passer par là sans craindre de tracasserie, parce que le pouvoir temporel du Pape était depuis plusieurs mois confiné au Vatican. A peine installé dans le compartiment qu'il avait choisi, le docteur y vit entrer l'abbé Simplice.

Aussitôt trois Napolitains quittèrent la voiture : on sait que tous les prêtres ont le mauvais œil et qu'il faut les éviter en voyage ; le moindre malheur qu'on puisse craindre en leur compagnie, est un déraillement.

Le docteur suivit le mouvement, bien qu'il ne crut pas à la jettature. Il remonta dans le wagon le plus éloigné en se disant :

— Patience ! Cet intrigant doit ce soir s'arrêter à Rome, où il baisera la mule de son chef.

Le docteur se trompait, il retrouva son homme à la gare de Florence. Le pauvre abbé, très myope et cherchant son chemin, ahuri par l'émotion du premier voyage, assourdi par le roulement des roues, le hoquet, le sifflet de la machine, effaré par le tumulte, l'encombrement du quai, tâtonnant, trébuchant, se heurtant contre les ballots et les brouettes, finit par se glisser entre les jambes du docteur qu'il prit à bras-le-corps, non sans lui marcher sur les pieds.

Alors seulement il le reconnut et, reculant d'horreur, alla se cacher dans un fourgon entre deux caisses : on ne l'y retrouva qu'à Bologne où on le prit d'abord pour un voleur.

Les deux voyageurs se rencontrèrent encore à Turin, à Modane, où le hasard les mit l'un près de l'autre pendant l'inspection des douaniers ; à Culoz, où ils furent forcés d'échanger quelques mots parce qu'au buffet l'abbé, par mégarde, s'était assis sur le chapeau du docteur. On dîna le soir assez tard, à Mâcon ; le bon Simplice ne parut pas à la table commune.

— A la bonne heure! pensa l'autre, il est donc arrivé à sa destination, m'en voilà délivré!

Et le docteur, qui jouait de la fourchette, arriva lestement à l'omelette soufflée dont le buffet de Mâcon régalait volontiers les voyageurs. Tout à coup un homme éperdu, ruisselant de sueur, vint s'asseoir auprès de lui : c'était l'abbé qui depuis une demi-heure au moins, son sac à la main, son parapluie sous le bras, avait couru en tous sens, d'un bout à l'autre de la gare. Il ne savait pas le français; pourquoi donc les employés n'entendaient-ils pas l'italien?

Enfin à Paris, où il arriva de grand matin, le docteur poussa un cri de délivrance. En passant devant l'abbé, qui était en conférence avec un portefaix, il surprit un seul mot de la conversation : rue de la Condamine. Il héla aussitôt un cocher qui accourut :

— Savez-vous, lui demanda-t-il, où est la rue de la Condamine?

— Oui, bourgeois, répondit le cocher.

— Eh bien! conduisez-moi vite à l'autre extrémité de Paris.

Le cocher partit pour l'Observatoire; il y avait alors, non loin de ce monument, une petite auberge où un homme peu exigeant pouvait coucher. Une heure après le docteur battait le pavé de Paris à la recherche de don Ruf. Il eut l'idée d'entrer chez un libraire auquel il demanda une adresse.

— Rue de la Condamine, répondit le libraire après avoir consulté un dictionnaire volumineux.

— Rue de la Condamine! s'écria le docteur en pâlissant. Est-ce qu'il y aurait vraiment des puissances occultes?

Il alla pourtant à l'adresse indiquée; le pavillon était désert et le jardin fermé; un voisin lui apprit qu'avant le siège on était parti pour Marseille. Il télégraphia aussitôt à Marseille, la réponse quoique payée se fit attendre plusieurs jours et n'arriva pas de Marseille, mais de Bordeaux : elle apprit au docteur que don Ruf allait s'établir à Castelsarrasin, comme chef de cabinet à la sous-préfecture. Les hommes d'esprit se trompent aussi souvent que les badauds, parce qu'ils n'admettent que les choses vraisemblables. Le docteur crut donc à une mystification et il eut tort. Don Ruf avait bien effectivement émigré à Marseille avant le siège; il y était devenu le principal actionnaire d'un petit journal à un sou, *la Marseillaise*, tiré d'abord à dix mille exemplaires, puis, faute d'outillage, réduit à languir et à périr. Après le siège, il s'était transporté à Bordeaux où il avait déjeuné, dîné même, avec un délégué du gouvernement de la Défense nationale, et il venait bien réellement d'être attaché, comme chef de cabinet, au nouveau sous-préfet de Castelsarrasin.

Le docteur resta donc à Paris où, tout en poursuivant ses recherches, il visitait nos établissements scientifiques et donnait des bons conseils aux directeurs. Comme il se disait Alsacien (et il l'était historiquement), il se fit beaucoup d'amis, malgré son accent de Bavière rhénane, et il étonna tous ses confrères, un peu par sa science, beaucoup parce qu'il n'était pas décoré. Cependant ses recherches n'amenaient aucun résultat, car habitué à se tirer d'affaire tout seul, il n'avait pas voulu s'adresser à la légation d'Italie, encore moins à la police. Enfin, un jour que, trépignant d'impatience, il usait ses bottes sur le boulevard, il aperçut deux hommes qui descendaient la Chaussée-d'Antin et qui avaient l'air de se disputer. C'était lui et l'autre. L'autre, l'intrigant, le jésuite, l'ennemi, l'abbé, lui partout, lui toujours.

Comment donc le doux Simplice avait-il retrouvé son ami ? Mon Dieu ! le plus simplement du monde. De la rue de la Condamine, où avait logé don Ruf, on avait envoyé le prêtre à Marseille, et le prêtre y était allé, bien qu'il n'eût plus d'argent : les gens d'Église, les Napolitains surtout, en trouvent toujours. De Marseille on l'avait renvoyé à Bordeaux, où, dès son arrivée, en passant sur le port, il entendit partir à trois pas de lui un de ces jurons qui n'ont pas de sens et qu'on n'entend qu'à Naples :

— *All'aria toja !* criait don Ruf.

Ils tombèrent aussitôt dans les bras l'un de l'autre : les Napolitains s'embrassent partout. Puis ils commencèrent à se disputer ; don Ruf ne voulait pas revenir à Naples. Il s'était fait naturaliser Français, et se devait à sa patrie nouvelle. Dans ce moment surtout, après l'année terrible, elle avait besoin de lui.

— Je veux porter ma méthode, dit-il à l'abbé, dans un nouveau champ d'observation. Cette politique, antre obscur où grouillent tant d'ambitions visqueuses, dans l'enténèbrement du chaos, pourquoi n'y pas épandre à flots l'irradiation de la Science ? Ou la république sera naturaliste ou elle ne sera pas. Je vais à Castelsarrasin ; je suis chef de cabinet à la sous-préfecture.

Don Ruf n'alla pourtant pas à Castelsarrasin, parce que le sous-préfet avait changé d'idée, et revint à Paris avec l'abbé Simplice qui le sermonna tout le long du chemin.

— Vous avez une femme et un enfant, lui disait-il.

— Je me dois à la Science.

L'abbé cependant, tenace comme sa foi, revint tous les jours à la charge, et la discussion, com-

mencée à l'avenue de Clichy, avait continué jusque
sur le boulevard, le jour où le docteur s'y promenait
tout seul en trépignant d'impatience.

— Non, non, encore non! criait don Ruf en tournant à droite...

— Mais écoutez, ami cher...

— Je vous ai dit que non. Suffit à présent!

— Votre femme, votre enfant...

— Allez vous faire frire!...

Cela dit, don Ruf tourna le dos à l'abbé et se
trouva face à face avec le docteur qui marchait derrière eux.

— Ah! vous voilà, lui dit-il. Vous venez à propos.
Délivrez-moi de ce maudit crabe.

Et embrassant le docteur en plein boulevard, il
l'entraîna dans un café. Il ne se doutait pas que le
savant était venu à Paris pour lui, comme le prêtre,
avec l'intention de le ramener au bercail. Aussi ré-
pétait-il avec tendresse :

— Cet excellent Scharf! Que je suis heureux de
vous revoir.

— Vous n'avez donc pas reçu ma lettre?

— Quand donc m'avez-vous écrit?

— Avant le siège. Je vous disais, mon ami, que
je sais vos petites affaires de famille. J'ai vu votre
Mariannine et votre Romaine...

—Vous aussi! cria don Ruf, qui voulut se sauver;

mais le docteur le retint, et le docteur était le plus fort, d'esprit comme de poigne; acculé au mur, le naturaliste ne trouva bientôt qu'une objection désespérée : les documents humains.

— Et pardieu! des documents humains, vous en trouverez partout, même à Naples...

— Il n'y en a qu'ici, déclara don Ruf.

Pour le prouver, il fit venir une voiture et conduisit le docteur rue de la Condamine, à la fenêtre d'une maison d'où l'on voyait un pavillon et un jardin contenant un grand arbre et plusieurs petits. Dans ce jardin, un homme vêtu d'un tricot et d'un pantalon couleur de terre, était en train de construire une cabane pour ses poules et ses lapins.

— Voilà, dit don Ruf, en montrant l'homme, la cabane, les lapins, les poules, le pavillon, le grand arbre et les petits, voilà où on trouve des documents humains, pas ailleurs.

Le docteur haussa les épaules et se mit à regarder le logement du Napolitain. Il y avait une grande table couverte de livres ouverts : un de ces livres était un *Traité du Sublime*, où il était question de liqueurs fortes; un autre était un *Dictionnaire de la langue verte;* un autre était l'*Imitation de Jésus-Christ.* Le docteur vit encore un *Traité de l'hérédité naturelle*, une *Histoire du coup d'État,* plusieurs catalogues de plantes rares, une *Dissertation sur les fromages*, une *Liturgie romaine*, les *Souvenirs d'un valet de chambre*, des planches d'anatomie, des menus de grand dîner, un prospectus de parfumeur, un missel, des photographies gaillardes. Le docteur se mit en colère et, avec ce froncement de sourcils qui faisait peur à tout le monde :

— Voilà donc, rugit-il, vos documents humains!

Pendant ce temps, à Naples, Mariannine s'agitait beaucoup, et la *none* (la grand'mère) prenait la petite fille en grippe. Autrefois, avant que l'enfant pût marcher, la *none* l'avait regardée comme un chef-d'œuvre, qu'elle tenait empaqueté l'hiver dans un ballot de linges multicolores : toutes les vieilles nippes y avaient passé. En été, elle la montrait nue aux amis : on n'avait jamais rien vu de si blanc, de si dodu, même au Palais-Royal. Et quelle intelligence! La petite faisait à tout le monde de ces grimaces convulsives qu'on appelle des risettes; elle avait alors une fossette à la joue gauche; c'était à pleurer d'admiration. Un jour, miracle! elle eut aussi une fossette à la joue droite : toutes les perfections et un cœur! Quand elle venait de grignoter un biscuit, elle le tendait, encore tout mouillé, à la *none*. Elle criait bien quelquefois et tâchait d'égratigner, mais c'étaient les dents. Puis elle montrait déjà du goût pour les arts : quand on lui chantait la *Nina-Nonna* (la berceuse que savent toutes les nourrices), elle

accompagnait le chant d'une plainte continue sur
une seule note, toujours juste, qui petit à petit allait
s'assoupissant (comme eût dit don Ruf), et bientôt
rompue, trémulante, en vibrations de plus en plus
molles, vaguement, expirait. C'était superbe. La
vieille se pâmait d'aise ; quant à la mère, elle n'était
là que pour faire la nourrice, occupation qui dura
vingt-cinq mois ; à la fin, la petite quittait le sein
pour monter sur la table et vider les plats et les
verres. Elle s'était ainsi sevrée toute seule ; on
n'avait jamais rien vu de pareil.

Elle n'en était pas moins devenue insupportable,
surtout avec la *none* qu'elle méprisait. Ce sentiment
éclata le jour où elle put faire preuve d'indépendance. Jusque-là, vers son quatorzième mois, elle
avait été menée à la lisière par la *none*, mais la *none*,
hélas ! n'était plus forte, et Romanelle, comme on l'appelait encore (ou Manelle, ou Nelle, ou Nelloutche)
tirait, tirait !... Un jour elle tira tant que la *none*, en
poussant un grand cri, laissa échapper la lisière. Nelloutche tomba sur ses pattes de devant, mais se releva
bientôt, en se tenant aux pieds d'une chaise, puis,
se lançant dans le vide, fit quatre ou cinq pas toute
seule, jusqu'au bras d'un fauteuil qu'elle atteignit
triomphalement. La *none*, épouvantée, se précipita
sur elle et voulut la reprendre, mais l'enfant, poussant des cris qu'on entendit jusque dans l'église, se

4

débattait comme si on eût voulu l'étrangler. Et, en se débattant, elle répétait des mots que lui avait appris la *none* :

—*No, no, aaaté* (non, non, va-t'en).

A partir de ce jour, elle ne voulut plus de lisière et ne permit à personne de la porter. Si on l'eût laissée faire, elle serait allée se promener toute seule à la Villa Reale. Un dimanche, en revenant de la messe, Mariannine la surprit à plat ventre sur l'escalier, s'évertuant à descendre ; la vieille dormait dans un fauteuil, s'étant accordé le matin un petit verre de rosolio. Il s'ensuivit une querelle où la *none*, chargeant sa fille d'invectives, répétait éperdument :

— Tu avais bien besoin d'aller à la messe !

On acheta le lendemain une cage d'osier en forme d'entonnoir renversé, prison mobile où l'on enferme les marmots qui veulent courir trop vite et trop tôt ; ils sont forcés alors de marcher comme les escargots, en traînant leur coquille. Mais Nennelle — on l'appelait aussi Nennelle — ne voulut jamais entrer dans ce meuble, et la *none* lui donna raison. Depuis lors on n'eut de repos au logis que lorsque l'enfant dormait, encore fallait-il la veiller, parce qu'elle avait des réveils brusques. Mais de jour en jour elle devenait plus forte et plus agile, si bien que la *none* ne put bientôt plus la retenir ni la rattraper. Nelloutche alors, ayant appris à monter sur les chaises, et par conséquent à ouvrir les portes, descendait dans la rue quand sa mère était chez le marchand de gâteaux ou le marchand d'épices; l'enfant s'amusait surtout les jours de pluie, quand elle pouvait mettre les mains dans la boue et les pieds dans le ruisseau. Mariannine, qui avait du jugement pour trois les jours où elle n'en manquait pas pour elle-même, s'avisa que sa fille était mal élevée et s'en plaignit à l'abbé Simplice, qui visita toutes les écoles des environs. L'une de ces écoles était tenue par une Allemande, qui tâchait de germaniser les citoyens par la méthode Frœbel; mais comme il est impossible de germaniser les petits Napolitains, cette école ne faisait pas de mal et valait mieux que la rue. L'Allemande voulut montrer à l'abbé les talents variés de ses élèves : ils savaient frapper ensemble dans leurs mains avec une rare précision, assembler des morceaux de bois de forme ovoïde et danser des rondes en prenant un air gai qu'on leur avait appris, mais du coin de l'œil ils disaient à l'abbé qui semblait assez satisfait de son inspection :

— Si vous saviez comme ça nous embête!...

— L'enfant est un créateur; l'aider à créer, c'est tout, conclut l'Allemande qui était aux anges. Par malheur l'abbé la consulta sur le chapitre de la religion. Elle dut avouer qu'elle était luthérienne. Le

bon Simplice agita devant lui ses mains frémissantes,
et se sauva.

Après quoi il visita une école municipale. Le
maître, un jeune homme barbu, n'était pas sans talent.
Il y avait contre les murs des écriteaux portant de
grosses lettres qui n'étaient point rangées suivant
l'ordre alphabétique; l'enfant devait les chercher, les
montrer du doigt, les assembler du geste pour com-
poser des mots désignés par le visiteur. L'abbé indiqua *Immacolata* (Immaculée). Un marmot de
quatre ans dont les yeux lançaient des fusées, leva
la main pour tenter l'épreuve : il était vêtu tout entier
du pantalon de son père qui lui montait jusqu'au cou
(les poches lui servaient de manches) et ne fré-
quentait l'école que depuis trois mois.

— Pas toi, dit le maître, tu es trop petit.

Mais l'enfant avait déjà montré toutes les lettres à
la file.

Émerveillé de ce résultat, l'abbé demanda s'il y
avait une école de filles aussi bien dirigée; l'ins-
tituteur en indiqua une très proche où sa propre
femme enseignait.

— Et en religion qu'apprenez-vous à ces enfants?
demanda le prêtre.

— Absolument rien, ni saints, ni vierge, ni dieu
mort. Pas de mythologie.

Le bon Simplice n'agita pas les mains devant lui,

en signe d'horreur, mais les leva au ciel avec un soupir d'affliction.

— Allons! se dit-il, pas d'école possible en ce temps de protestantisme. J'irai tous les jours chez Mariannine et je donnerai des leçons à son enfant.

Et tous les jours, il trouva du temps pour faire deux fois à pied la belle lieue qui séparait l'hôpital de Santa-Maria in Portico. Les leçons allèrent bien et la petite y prit goût; il se trouva que l'abbé, qui était un homme fort ignorant, avait le génie pédagogique. Il n'y a qu'un bon système d'éducation, c'est d'aimer les enfants. Le bon Simplice avait fini par s'attacher très fortement à Tetelle — il l'appelait Tetelle. Les choses en étaient là, quand le saint homme partit pour Paris à la recherche de don Ruf.

Après son départ, la petite, abandonnée à elle-même, montra en même temps plusieurs goûts qui ne paraissaient pas d'accord. D'abord la lecture : elle ne pouvait voir un livre sans le dévorer avidement. Puis la musique et surtout la musique triste. Quand la *none* qui avait gardé, quoique sourde, un filet de voix fraîche et juste, fredonnait la chanson populaire :

> Te souvient-il de l'heure
> Où nous étions ensemble,
> Où sur ta main qui tremble
> Mes pleurs coulaient ainsi...

4.

Romaine, sur sa petite chaise restait longtemps
les coudes sur ses genoux, le menton sur ses poings
et les yeux mouillés. D'autre part, elle avait des
instincts de clubiste et montait des chaises sur la
table, de la table sur les rayons du buffet et des
rayons sur la corniche, où assise les jambes ballantes,
elle tirait la langue à la *none* qui ne pouvait
l'attraper.

Mais quand Nelloutche était attrapée, on la
fouettait — pas bien fort — et on la gâtait tout de
même.

Quant à Mariannine, elle n'avait plus de crises
nerveuses depuis qu'elle suivait les conseils du docteur, et ses lubies d'imagination avaient cessé depuis
qu'elle éprouvait une inquiétude réelle. Très sérieusement, elle pensait à don Ruf. Le docteur et l'abbé
lui avaient rappelé fort à propos qu'elle était en
pouvoir de mari. « C'est vrai, pourtant, » pensait-
elle. Elle ne se rappelait plus bien exactemeut ce
qui était arrivé : quand était-ce ? Une terrasse, au
temps où on avait faim, un panier mystérieux où l'on
jetait de bonnes choses, un collier de corail refusé,
puis une belle chapelle dans un grand palais, un
grand festin à la campagne, où il y avait des pêches
énormes, et de longues parties à âne, des *tchiou-
chiate*, comme elle les appelait ; en y pensant, elle
sautait encore. Tout cela lui revenait assez nette-

ment, mais après ? Plus rien. Il était parti, bon
voyage ! De là elle sautait à la guerre, et voyait un
homme enfermé dans une ville assiégée et mourant
de faim, tandis qu'à la maison il y avait tous les biens
de Dieu. Elle devint ainsi rêveuse et dit deux ou
trois fois à Nennelle qui ne la comprenait pas :

— C'est pourtant ton père.

Rêveuse et peureuse : cet affreux siège dont lui
avait parlé l'abbé, l'effrayait. Elle ne dormait plus
guère et s'éveillait en sursaut, comme si elle entendait les Prussiens bombardant Naples. Le soir,
avant de se coucher, elle regardait sous son lit. Et
ni le docteur, ni l'abbé n'écrivait ; le pauvre homme
était mort sans doute. Une nuit enfin, plus troublée
que jamais, elle ne put, c'était son mot, *piglià sonno*,
prendre sommeil. Elle entendait des bruits partout,
sous les carreaux de la chambre, jusque dans les
murs, les volets battaient. Elle se mit à la fenêtre,
un coup de vent referma les volets sur elle : c'était
donc le sirocco qui avait fait tout ce vacarme ; elle
se recoucha bientôt, rassurée pour elle, et pensa aux
pauvres gens qui étaient en mer. Un quart d'heure
après, il y eut dans le corridor un bruit de pas
étouffés, comme de pieds nus qui venaient. Et la
porte, sans verrou, n'était fermée qu'au loquet, la
clef en dehors. On est confiant à Naples. Était-ce le
marmiton, qu'elle avait chassé et qui venait régler

ses comptes? Jésus, Marie! un coup de couteau est bien vite donné! Effarée elle regarda la Madone accrochée au mur et sous laquelle jour et nuit brûlait une lampe. Puis ses yeux se fixèrent sur la porte dont le loquet luisant sous la lampe de la Madone se leva tout à coup.

Elle poussa un cri.

V

L'ÉDUCATION NATURALISTE

C'était don Ruf qui venait faire une surprise à
Mariannine. Après avoir cédé aux bonnes raisons du
docteur, il l'avait prié de ne point annoncer son retour ; l'abbé, qui partit devant et qui arriva le dernier, parce qu'il voyageait économiquement, avait
promis aussi de se taire. Pour être mieux venu, le
naturaliste s'était fait de nouveau raser la barbe
dont quelques poils s'argentaient aux tempes et au
menton. Il avait gardé une clef de la maison conju-
gale et s'y était glissé furtivement comme un mal-
faiteur, mais il ne faut pas abuser des surprises. Don
Ruf trouva sa femme évanouie, il la crut morte et
perdit la tête, bien qu'il eût blanchi sur les documents humains. Le bruit qu'il fit n'éveilla ni Nelloutche qui dormait comme un enfant, ni la *none*
qui dormait comme une sourde. Les gens de ser-

vice, une bonne et un homme sûr qui cirait les
souliers et tirait l'eau du puits (il y en avait d'autres :
le marmiton, le faquin, la couturière, mais ils cou-
chaient dehors) accoururent lentement, en se frot-
tant les yeux ; quand ils virent un inconnu dans la
chambre de la patronne, ils se sauvèrent dans la
cave.

Mariannine finit par reprendre connaissance,
mais en voyant don Ruf qu'elle ne reconnut pas,
elle le conjura de ne pas la tuer : il l'avait crue morte
il la crut folle, et ne se trompait qu'à moitié, car
elle délirait et elle trembla le grelot toute la nuit.
Le lendemain, le docteur prescrivit impérativement
la campagne où la malade alla passer plusieurs étés
de suite : elle s'y remit sans médicaments, grâce au
grand air, à l'eau fraîche et au lait pur. La *none*,
en revanche, ne put survivre à tant d'émotions
qu'elle tâchait de noyer dans le rosolio : que la terre
lui soit légère ! Les voisines arrivèrent en nombre
et poussèrent des cris déchirants ; le lendemain on
n'y pensait plus. Le docteur dit tout franc que c'é-
tait un bon débarras, l'abbé murmura d'un ton ré-
signé : Que la volonté de Dieu soit faite ! Don Ruf se
tut par respect humain, mais s'il avait osé montrer
sa satisfaction ! Quant à Nennelle, en sa parfaite candeur, elle sauta de joie. Seule Mariannine, de loin en
loin, pensait à la pauvre vieille et ses yeux se mouil-

laient, mais elle gardait cela pour elle ; à Naples, et
ailleurs aussi peut-être, on n'aime pas à parler des
morts.

Cependant La Cava, malgré ses ombrages sains,
ne fit aucun bien à don Ruf : comme beaucoup de
naturalistes, il avait la nature en horreur, et lui préférait les hommes qu'il méprisait en phrases bien
écrites. Le couvent, dont la bibliothèque est fort
riche, eût pu le distraire, mais ce n'étaient que de
vieux livres et la Science ne s'intéresse qu'aux
choses du jour, les six mille ans du passé connu ne
valant pas la peine qu'on s'en occupe. C'est pourquoi don Ruf qui tenait à la mode (il l'appelait la
modernité) fit venir de Paris toutes les nouveautés à
couvertures jaunes écloses au soleil des Batignolles ;
cette lecture, où il s'enfonça éperdument, tourna en
peu de temps à la monomanie ; il passait des nuits
blanches à compter combien de fois le verbe *mettre*
revenait dans le livre de son auteur. L'excellent
Scharf, qu'il alla consulter sur ce trouble d'esprit,
lui ordonna de revenir à Naples.

Aussitôt don Ruf se mit à chercher un appartement. Ce fut une affaire d'État, parce qu'à force
d'étudier la femme dans les documents écrits, il
était devenu d'une jalousie féroce. Sans croire à la
mère Ève qu'il rejetait dans la légende, il estimait
que toutes les filles de cette pécheresse n'avaient

qu'une idée en tête, le fruit défendu. C'était là le
péché originel, non au point de vue religieux qu'il
repoussait, mais au point de vue physiologique. Le
docteur Scharf, auquel il exposait cette théorie, lui
demanda tranquillemeut :

— Et alors ?

— Il faut donc les surveiller de près.

— Pourquoi cela ?

— Pour les empêcher de mal faire.

— Qu'appelez-vous mal faire ?

— Tromper son mari, par exemple.

— Pourquoi est-ce un mal ? Dans votre système il
n'y a aucun mal à cela, puisque toutes, sans excep-
tion, ne pensent pas à autre chose. Elles suivront
donc la loi de leur nature, et au point de vue naturaliste elles ne peuvent rien faire de mieux. Conclusion : il faut les laisser faire. Que diable ! soyez logique, et vous aurez ... ce que vous méritez.

Don Ruf ne sut que répondre, les documents des
Batignolles n'avaient pas prévu ce raisonnement.
Il n'en trouva pas moins le docteur très immoral et
résolut de ne pas trop lui montrer Mariannine.
Quant à l'abbé Simplice, il soutint en d'autres
termes l'opinion de son mortel ennemi.

— Les honnêtes femmes, dit-il à don Ruf, sont
moins rares que vous ne pensez, vous pouvez en
croire un directeur spirituel qui, à l'hôpital, en con-

fesse au moins vingt par semaine. Celles qui ont le
plus de penchant à se mal conduire sont celles
qu'on surveille le plus. Le meilleur préservatif,
c'est la confiance.

Don Ruf estima cette morale beaucoup trop facile
et défendit à Mariannine de revoir l'abbé. L'habi-
tation qu'il avait choisie, après une minutieuse en-
quête, paraissait la moins dangereuse de toute la
ville, il n'y voyait que des milieux relativement inof-
fensifs. Aux Batignolles, on lui avait parlé d'une
maison de Paris offrant cette singularité que tous
les locataires étaient continuellement invités les uns
chez les autres, et bien qu'il n'eût jamais connu un
seul de ses voisins dans les divers hôtels, garnis ou
non, qu'il avait habités sur les deux rives de la Seine,
il s'était mis en tête que toutes les maisons de Paris
devaient ressembler à celle-là; bien plus, toutes
celles de Naples. Aussi, avant de retenir un logement dans une ruelle qui montait à l'Infrascate,
s'était-il assuré qu'aucun jeune homme, et surtout
aucun commis en nouveautés (les commis en nouveautés lui étaient particulièrement antipathiques)
ne demeurait à un étage supérieur.

Alors, il avait examiné avec le plus grand soin « le
palais », comme on dit à Naples : une porte cochère,
une vaste cour intérieure, un escalier ouvert à tous
les vents. Grande sécurité pour un chef de famille.

5

— Ah! l'escalier, dit au portier don Ruf qui con-
fiait ses impressions à tout le monde, c'est le grand
criminel. Ici pas de luxe violent, pas de figure de
femme portant sur la tête une amphore d'où sortent
trois becs de gaz garnis de verres dépolis. Pas de panneaux blancs à bordure rose, pas de rampe de fonte
imitant le vieil argent avec des épanouissements de
feuilles d'or. Je monte loyalement sur des degrés de
pierre, un peu bossués, mais froids, et non sur un
tapis lascif retenu par des tringles de cuivre. Et
surtout, notez bien ceci, pas de portes d'acajou sur
les paliers ; défiez-vous des portes d'acajou qui ne
peuvent cacher que des infamies. L'air et le
jour, entrant partout, mettent une probité sur ces
murs.

Le portier qui le suivait crut que le bonhomme
avait une pointe de folie ; aussi résolut-il de l'é-
loigner par des prétentions extravagantes. Il lui
demanda six mille francs pour une enfilade de dix
pièces sans dégagement, au quatrième étage, altitude qui devait éloigner les voleurs. On n'arrivait
à la chambre bleue, qui était la dernière, destinée
à Mariannine, qu'après avoir traversé tout l'appartement. Don Ruf demanda s'il y avait un escalier
de service.

— Il n'y en a pas et il n'y en aura jamais, dit le
portier, qui tenait toujours à décourager le visiteur.

Et que Votre Excellence ne demande aucune réparation, le patron est trop ladre.

— C'est bien, fit don Ruf. Je prends le logis, et je
t'en donne trois mille francs.

Il faut toujours un peu marchander à Naples. Le
portier ouvrit de grands yeux : c'était encore quinze
cents francs de trop. Il n'osa pas manquer une
pareille affaire. D'ailleurs, si le locataire était fou,
tant pis pour les voisins. Au pis aller, il pourrait en
tuer deux ou trois et se jeter par la fenêtre. Ces
réflexions faites, le portier accepta le marché et se
barricada dans sa loge les premiers soirs.

Sur quoi don Ruf entreprit l'éducation de Mariannine. Romaine avait été mise en pension chez une
institutrice née dans la Suisse française et qui avait
beaucoup vécu en Angleterre, dans une grande
maison ; cette vieille fille se faisait appeler miss
Bess parce qu'elle avait cru devoir traduire en
anglais son nom d'Élisabeth. Elle était venue à
Naples avec une ancienne élève, et y était restée
pour régénérer le pays ; dans ce but, elle recevait
deux ou trois pensionnaires. Bonne fille, du reste,
un peu romanesque, avec des yeux en l'air et des
cheveux en tire-bouchon ; de plus, fort instruite :
elle savait la hauteur de toutes les montagnes et
lisait des romans de Walter Scott. Son plus grand
défaut était de trop aimer les chats et aussi les

fleurs; elle faisait avec ses pensionnaires de grandes
promenades à pied et dévastait la campagne. Ces
pauvres fleurs achevaient de mourir à huis clos, les
tiges dans l'eau d'un vase, et miss Bess, qui les avait
tuées, se mettait à genoux devant elles, tant elle les
aimait.

Don Ruf n'eut donc plus à s'occuper de la petite;
c'était Mariannine seule qui inquiétait ses médi-
tations. En la regardant bien, il s'aperçut qu'elle
s'épanouissait dans tout l'éclat de la beauté : vingt-
cinq ans tou. au plus, tandis qu'il était en train de
passer la quarantaine. Elle avait des attitudes non-
chalantes, un frisson de narines, qui ne présageait
rien de bon. Le regard fuyait dans un trémolo trou-
blant; la chair prenait une fatale odeur qu'il appelait « le parfum des grasses ». Dans son inquiétude, il demanda conseil aux Batignolles, qui lui
répondirent aussitôt :

« Prenez garde! pas de mensonge; montrez-lui
la vie comme elle est. Pas d'idéal, pas de lectures
affadissantes (il est heureux qu'elle ne sache pas
lire, pensa don Ruf). Tout cela encourage les......
les réserves jésuitiques, les compromis et les détours
du cœur. Walter Scott a fait plus de filles coupables et de femmes adultères que Balzac. Chez une
femme qui prend un amant il y a toujours la lecture
d'un roman idéaliste. Le détraquement cérébral et

la perversion sensuelle sont au bout. Prenez, au contraire, un roman naturaliste, et vous en tirerez continuellement les leçons du réel. Les rêveries dangereuses ne sont plus permises; voilà le mal dans son horreur; voilà la faute dans les tourments et les saletés de ses conséquences; voilà comment on aime, et toujours sort cette conclusion que la vertu et le bonheur sont dans la logique, dans l'acceptation du vrai, dans le juste équilibre de l'homme avec la nature qui l'entoure...»

Suivaient des phrases que don Ruf ne put lire tout haut qu'au café. Dès lors, son chemin était tracé : il n'y avait qu'un moyen de protéger Mariannine contre tous les dangers qui la menaçaient, c'était la littérature naturaliste.

Il se mit aussitôt à la besogne et commença par les fouilles, car on ne peut construire un monument sans faire des creux. Aussi voulut-il avant tout démontrer à Mariannine que le miracle de saint Janvier, celui du Christ à qui poussent des cheveux une fois l'an, les âmes du Purgatoire, l'œil crevé de sainte Lucie, l'eau sacrée de Mercoliano, celle du comte bolonais, la jettature, la Madone, et tout ce qui s'ensuit, tout cela n'avait pas le sens commun. Mariannine, point scandalisée, se jetait en arrière, paresseusement, sur le dossier de sa chaise basse et répétait les mains jointes :

— Que voulez-vous ? J'y crois.

Jusque-là, don Ruf n'avait pas eu de succès; il tâcha de prendre sa revanche avec l'enfer et proféra des paroles facétieuses sur les cuves, les chaudières bouillantes, les damnés qu'on met au four, à la broche ou sur le gril, dans la cuisine en sous-sol des cinq cent mille diables.

— Mais s'il n'y a pas d'enfer, objecta Mariannine, faisons-nous voleurs; entrons cette nuit au Palais-Royal, et mangeons tout.

Don Ruf reconnut là toute la perfidie de la femme. Il se fâcha un peu, puis s'efforça de faire comprendre à Mariannine que c'était la peur du gendarme, non celle de l'enfer, qui empêchait de détrousser les passants; Mariannine hochait la tête.

— Le gendarme, dit-elle, on l'évite ou on le tue; le diable, non.

Décidément, don Ruf n'avait pas de succès. Cependant il ne perdit pas courage, et puisque sa femme avait un rocher dans la tête, il résolut de bâtir sur ce roc.

— Tu avoues, lui dit-il, que si on ne fait pas de mal, c'est qu'on craint de tomber sous la griffe du diable. Cela te prouve à quel point le monde est mauvais.

Et partant de là, il fit un tableau navrant de la société, en citant des exemples. Le voisin du premier, un vieux prince, avait empoisonné sa femme, au temps du choléra, pour en épouser une plus jeune qui après l'avoir ruiné de fond en comble, s'était enfuie avec un sous-ténor du théâtre Neuf. Le voisin du second, ancien policier de Ferdinand II, avait gagné beaucoup d'argent en rançonnant les patriotes; il leur demandait tant par mois pour ne pas les mettre en prison. Don Ruf tenait ces documents de la femme du portier qui savait beaucoup de choses. Le voisin du troisième étage était un industriel qui avait fait pendant trente-cinq ans le métier de faux témoin : il se tenait tous les matins dans la cour de la Vicairie où les avocats qui avaient besoin de lui l'appelaient d'un clignement d'œil. Le locataire du cinquième...

— Et celui du quatrième? demanda Mariannine avec un petit air ingénu.

— Le locataire du quatrième, c'est moi.

— Vous voyez donc qu'il y a de braves gens dans le monde.

Alors don Ruf eut recours aux grands moyens : il lut à sa femme, en le traduisant à livre ouvert, un roman qui venait de paraître. Le premier chapitre était une longue description du bois de Boulogne : à la cinquième page, où l'on voyait des taillis, des futaies basses, des feuilles roussies, des branches grêles, des cavaliers à la taille mince soulevant

dans leur galop des fumées de sable fin, puis des
pelouses étroites, un lac propre, un pont qui faisait
une barre grise, des falaises aimables, des lignes
théâtrales de sapins, tout cela dans une ombre
légère, une vapeur bleuâtre qui donnait aux lointains
un charme exquïs, un ton d'adorable fausseté ; et
encore un chalet qui avait des luisants de joujou
neuf, des rubans de sable jaune, des branches de
fonte, du vert attendri, une peau d'ours à longs poils,
un huit-ressorts s'éloignant à grand fracas par une
allée latérale...— Mariannine dormait profondément.

Le lendemain, don Ruf, renonçant à traduire en
patois napolitain ce français trop compliqué, raconta
l'histoire en style courant, sans fioriture. Mariannine
la trouva ennuyeuse et invraisemblable : il y avait
une vieille femme (les femmes du peuple à trente
ans sont vieilles), qui devenait amoureuse du fils de
son mari. Ah! la jolie société! Tous les hommes
étaient des coquins, toutes les dames des coquines,
et, dans le nombre, pas un seul locataire du quatrième, une bonne âme à qui s'attacher un petit moment! Quel était donc le pays où pouvaient se trouver réunis tant de porcs?

— C'est Paris, répondit don Ruf.

— Canailles de Français! s'écria Mariannine.

— Ce ne sont pas les Français seulement qui se
comportent ainsi, c'est tout le monde, à Naples

comme ailleurs, aujourd'hui comme aux temps anciens. Les poètes nous parlent d'une Grecque, nommée Phèdre, qui s'éprit également de son beau-fils, mais elle eut horreur de cette passion, ce qui la rend intéressante : voilà où est le mal. Tandis que la Française n'eut pas le moindre scrupule, et l'auteur donne tous les détails, voilà où est la moralité.

— Je ne comprends pas, dit Mariannine.

Elle ne comprenait pas, et ne cherchait pas à comprendre ; cependant sa pensée, jusque-là si tran-quille, se peupla d'images qui la troublaient. Par surcroît de malheur, ses parents qui l'avaient perdue de vue, n'étaient point revenus, bonnes gens des bas quartiers qui, eux aussi, racontaient des histoires et disaient des gaudrioles, mais ils les disaient gaiement, à la bonne franquette et l'on en riait sans penser à mal. A vrai dire, ces plébéiens sans lettres n'étaient pas sans péché : tous un peu menteurs, un peu voleurs, très experts dans l'art de vendre neuf sous ce qui en valait trois ; un ou deux avaient fait le mouchoir dans leur enfance, un autre avait tiré le couteau dans un moment de colère et passé quelques années en prison, mais l'herbe poussa vite et cachait depuis longtemps ces peccadilles. D'ailleurs, pour Mariannine, un jour de bourrasque, ils se seraient tous jetés à la mer. Du temps qu'elle était pauvre, ils lui avaient donné tout l'argent qu'ils ne

5.

mettaient pas à la loterie. Tous bons, très chauds,
si gais surtout! Il n'y a de méchants que les tristes.
— Mais, hélas, ils ne revinrent plus.

Don Ruf eut l'imprudence de s'en réjouir, et,
maître absolu de sa femme, il lui servit si souvent
certaines histoires faisandées, que, ma foi, — que
voulez-vous que j'y fasse? — elle finit par y prendre
goût. L'odeur du tabac donne d'abord des nausées,
on s'y fait pourtant à la longue, et il arrive enfin
qu'on ne peut plus vivre sans nicotine. C'est ainsi
que la jeune femme, ennuyée d'abord et dégoûtée,
s'habitua petit à petit au ragoût nidoreux qu'on lui
offrait assidûment; elle demanda des détails avec une
curiosité redoutable, et son regard, autrefois si clair,
pétilla de temps à autre avec une sournoiserie de
mauvais aloi.

Certes, il n'y avait pas de jeune homme dans la
maison, mais il en passait dans la rue; quand don Ruf
allait au café pour y soutenir ses théories, Mariannine
s'asseyait sur le balcon, son tricot à la main, et
apprenait à voir sans regarder. Les ânes montaient
péniblement, la tête basse, portant des hommes
riches qui retournaient à leur villa, quelques-uns
jeunes et bien vêtus, mais tous un peu ridicules :
un don Juan à âne ne saurait inspirer de passion.
D'abord, vus d'en haut, avec leur chapeau de paille
et leur col cassé, ils ressemblaient à des citrons dans

des cornets, puis la bête au pas lourd, inégal, avec
sa marche en zigzag, ses écarts violents, ses fantaisies
rétives, ses brusques attentions qui l'arrêtaient net,
les idées étranges qui lui venaient quand elle chau-
vissait des oreilles, les lubies musicales qui lui
dressaient le museau d'où sortait un long braiment
sciant l'air, la bête elle-même imposait au cavalier
toute sorte de mouvements d'une incorrection extra-
vagante. Mais l'ânier svelte, élancé, brun et luisant
comme un sou tout neuf, superbe sous le bonnet
phrygien qui lui pendait sur l'oreille, fièrement
campé sur ses pieds nus qui montaient droit, d'un
pas sûr et martial... ah! Mariannine, Mariannine!
Elle baissa trop souvent la tête et oublia son tricot.
On était en octobre, le plus beau moment de la
villégiature; l'ânier conduisait chaque jour à vingt-
trois heures (quatre heures et demie à la française),
un tailleur, joli homme qui avait une villa près
d'Antignano. En ce moment-là don Ruf exposait au
café la méthode expérimentale. Le tailleur, dont le
veston ne faisait pas un pli, prit pour lui l'attention
de Mariannine : il commença par lever la tête en
souriant, puis il risqua un coup de chapeau, bientôt
enhardi, bien qu'on ne lui répondît pas, il fit des
signes, mit la main sur son cœur, leva au ciel des
yeux désespérés, dessina du geste un couteau qu'il
se plongeait dans la poitrine.

Cela dura ainsi pendant plusieurs semaines ; le galant, pour mieux plaire, endossait chaque jour un habit différent ; l'ânier qui plaisait ne portait que le bonnet phrygien, une chemise et une culotte de grosse toile.

Un jour enfin, don Ruf, qui n'avait trouvé personne au café, rentra plus tôt que d'habitude, et, prenant son âne, car il prenait toujours le même, sur la place de la Charité, monta lentement derrière le tailleur qui, rasé de frais, étrennait des bottes à l'écuyère, des gants gris perle et un habit de cheval bien serré.

Mariannine était au balcon, comme d'habitude ; quand le tailleur passa au-dessous d'elle, il agita son chapeau en l'air, et pour la première fois, de sa main gauche, qui lâcha la bride, il lança au balcon un baiser. Mal lui en prit, car le baudet, n'étant plus tenu, s'affaissa béatement, et le galant, désarçonné, sentit une forte main qui le serrait à la gorge. Mariannine regardait, comme toujours, l'ânier qui ne s'en doutait pas.

Quand le tailleur eut reçu, sans la rendre, une volée de coups de canne, don Ruf monta l'escalier quatre à quatre, et, arrivant chez lui, vomit des mots violents. Mariannine, qui le trouva très laid, ne prit pas la peine de se défendre ; elle avait d'ailleurs la supériorité de l'innocence, puisqu'on la soupçonnait d'avoir pris garde à l'homme bien vêtu. Aussi répondit-elle avec une certaine audace :

— Vous êtes fou, mais quand ça serait, je vaux encore mieux que les autres. Ce *doñcicillo* (ce petit crevé) n'est pas votre fils.

VI

PREMIÈRE EXPÉRIENCE

— Je vaux pourtant mieux que les autres, avait
dit Mariannine. Telle était la morale qu'elle tirait
des livres de son mari. Elle ajoutait dans son
examen de conscience :

— Après tout, quel mal ai-je fait ? Je me mets
au balcon, non pas les bras croisés, mais en trico-
tant, pour voir les gens qui passent. Un beau garçon
monte la rue tous les jours, à la même heure ; est-
ce moi qui lui ai dit de monter là ? Ce garçon me
plaît, qu'y puis-je faire ? Je ne lui demande rien,
est-ce un péché de le regarder ? On regarde toutes
les belles choses : les fleurs de la Villa, les colonnes de Saint-François de Paule, un collier de
perles, le Vésuve, la mer. Et quand je pense qu'il
y en a tant d'autres qui font ceci et cela — là-dessus
elle tâcha de se rappeler toutes les histoires de don

Ruf — si je lui faisais signe de venir, à ce garçon...
eh bien! quoi? Ce serait le premier, et les autres
en ont des vingtaines. Non, vrai, je suis trop sage
quand je songe à toutes les infamies qui se font...

Sur quoi elle se remit au balcon, à l'heure ordinaire, mais le tailleur ne vint pas, car il prit depuis
ce jour le plus long pour monter de la rue de Tolède à Antignano, et il ne sortit plus sans un revolver dans sa poche. En revanche, une demi-heure
après, ce fut don Ruf qui apparut à l'horizon, plus
tôt que de coutume, suivi du bel ânier qui marchait si bien.

— Vous avez changé d'âne? lui demanda Mariannine.

— Oui, ma fille, je n'ai pas trouvé le mien et j'ai
pris celui de Francisquiel.

— Qui est Francisquiel?

— C'est ce gamin qui conduisait hier ton amoureux. Il n'a pas encore passé, le bel homme?

— Vous pensez encore à lui?

— On ne saurait trop penser aux voleurs. Je l'ai
attendu plus d'une demi-heure sur la place de la
Charité. Si je l'avais vu, je lui aurais cassé la
tête.

— Est-ce que vous connaissez ce Francisquiel?

— Ma foi, non; mais l'âne est bon et le garçon me
plaît. Je le prendrai tous les jours.

Depuis lors Mariannine se mit au balcon un peu plus tard, pour voir rentrer son mari. Que pouvait-on dire ? Et pour causer, car, pensait-elle, ce n'était pas ses affaires, elle ramenait volontiers la conversation sur Francisquiel.

— Regarde-le bien demain, lui dit un jour don Ruf.

— Je n'y manquerai pas.

En effet, elle le regarda bien, et put dire à son mari qui, en rentrant, s'informa si elle l'avait bien regardé :

— Pour vous obéir.

— Eh bien ! quel âge lui donnes-tu ?

— Vingt ans peut-être, ou vingt-et-un

— Il n'en a que seize.

— Pauvre fils ! dit Mariannine avec un air de commisération.

Quelques jours après, ce fut don Ruf qui parla le premier de Francisquiel.

— Décidément, ce garçon me plaît, reprit-il seulement c'est un romantique.

— Est-ce qu'il s'occupe de ces choses ?

— Nullement, mais le romantisme est dans l'air ; c'est ce qui perd la jeunesse. Sais-tu qui est le parrain du *tchioutchiare* (de l'ânier) ?

— Comment voulez-vous que je le sache.

— C'est l'ex-roi François II. Voilà pourquoi il se nomme Franscisquiel.

— Oh ! celle-là est bonne !

— C'est l'exacte vérité. J'ai fait causer le petit homme qui me va tout à fait. As-tu remarqué que sa chemise, son caleçon, même ses mains, même son âne, sont toujours propres ?

— Je ne l'ai pas tant regardé que ça, dit Mariannine qui ne mentait qu'à moitié, car elle n'avait pas pris garde à tout.

— Eh bien ! continua don Ruf, c'est qu'il est d'assez bonne famille. Son père, homme très riche, était un espion du roi Ferdinand. Tu fais la grimace ?

— Vilain métier ! dit-elle en fronçant le nez.

— Pas plus vilain qu'un autre : il s'agit seulement de le faire avec majesté

> ... e maestosamente
> *Faró la spia.*

disait un homme de jugement. Le père a donc fait son chemin et le fils a été tenu sur les fonts baptismaux, en 1859, par le prince héréditaire, à Gaëte.

— Et il mène les ânes à présent ?

— Voilà le romantisme. Quand vint Garibaldi, le père se sauva d'abord à Capoue, puis à Rome, avec son argent, et l'enfant qui dans la fuite eût été un embarras, dut rester à Naples, dans la maison d'un oncle qui vendait du tabac, du papier et des cordes à violon.

— Tant de choses ?

— Et beaucoup d'autres encore : du papier tim-
bré, des boutons de chemise et des cornes en corail.
De plus, cet oncle, bourbonien retourné, appartenait
à la police piémontaise.

— Jolie famille ! dit Mariannine, qui commençait
à se détacher de Francisquiel.

— L'enfant fut mis à l'école, mais il y a des po-
tins partout ; on le dénonça un jour à ses camarades
comme fils et neveu d'espion. Aussitôt tout le monde
lui fit les cornes.

— Pauvre petit ! soupira Mariannine qui voyait
l'enfant roué de coups.

— Alors sais-tu ce qu'il fit ? Il se sauva de l'école
et ne voulut pas rentrer chez son oncle. On le chercha pendant quelque temps, mais sans beaucoup de
soin : on l'aurait déniché dans une grotte de Pizzofalcone où il avait élu domicile. Il faut croire que
l'oncle ne tenait pas essentiellement à le retrouver,
vu que cet oncle avait lui-même de la famille à qui
reviendrait, en cas d'accident (dont Dieu nous garde),
le patrimoine de Francisquiel. Voilà, conclut don
Ruf, où peut nous mener le romantisme.

— Et Francisquiel ? demanda Mariannine.

— Francisquiel avait eu probablement pour an-
cêtre un des douze pairs de Charlemagne. Ah ! ma
belle, le romantisme est partout, jusque sur le môle ;

il y a là des chante-histoires qui détraquent le peuple
en lui contant les hauts faits de Roland et de Renaud.
Autour de lui les lazzaroni, assis ou debout, res-
tent des heures à écouter, bouche béante, abrutis
par la griserie des chimères, tandis qu'à l'horizon,
derrière l'encombrement du port où poussent les
mâts et les vergues en forêt de sapins sans feuilles,
le Vésuve, accroupi comme un Turc, fume dévotement.

— Et Francisquiel ? répéta Mariannine.

— Francisquiel ne voulut plus manger un seul
morceau de pain payé par la délation. Est-ce assez
hors nature ? Il disait répétant un de ces proverbes
qui hébêtent les nations :

> A qui mal gagne
> L'or est magagne.

Et il se tira d'affaire comme il put, vendant
d'abord ses habits et ses cheveux qu'on n'avait
jamais coupés ; il n'a gardé qu'une bague en argent
qu'il tient de sa mère, et il la porte encore. Après
quoi il se mit à marcher. Quand on marche du matin
au soir, les yeux baissés, c'est singulier ce qu'on
trouve : des bouts de cigares, des épingles, des boutons, des jouets d'enfant, des livres d'école, beaucoup de chiffons, beaucoup de bouchons, des sous
quelquefois, pas de pièces d'or (il n'y en a plus),

mais de loin en loin, dans les grands jours, un carré
de papier-monnaie. Après quoi il alla se promener
à la campagne entre Pouzzoles et Cumes, où grattant
avec ses ongles, il trouvait des morceaux de mosaïque ou des plaques de marbre, à tout le moins
des gonds de porte en bronze. Une fois, miracle!
une statuette verdegrisée, haute comme le petit
doigt. Les antiquaires lui donnaient de l'argent
qu'il mettait à la Caisse d'épargne. Un jour, enfin,
sur la hauteur qui commande le lac Averne et le lac
Lucrin, il déterra un de ces vases grecs qui plaisent
tant aux badauds, même à moi; il était assis sur une
touffe d'herbe brûlée et contemplait sa trouvaille
avec admiration, quand un banquier qui possédait
près de lui une pinède, fit arrêter sa voiture et lui
demanda ce qu'il tenait là. Francisquiel apporta le
vase. — « En veux-tu mille livres ? demanda le banquier. — C'est trop », répondit Francisquiel.

Tous les mêmes, ces maris ; don Ruf ne se doutait pas que son récit exaltait Mariannine.

Elle s'écria naïvement :

— Ah ! le brave cœur !

— Ah ! la grosse bête ! riposta don Ruf. Ne vois-
tu pas que ces sentiments-là sont contraires à la nature et à la logique ? Que deviendrait le naturalisme,
s'il se repaissait de pareilles insanités ? Et note que
le banquier — un banquier ! — aussi fou que toi,

trouva cette réponse adorable. Il fit monter Francisquiel sur le siège de la voiture et le conduisit à sa
banque, place du Château, où il commanda au cais-
sier ahuri de remettre à l'enfant deux mille francs
en or. Encore la vertu récompensée ! Nous ne
sommes plus dans la réalité, nous retombons dans
la berquinade. Ces choses-là ne sont pas vraies,
donc elles n'auraient pas dû arriver.

— Et que dit Francisquiel ? demanda Mariannine.

— Il mit les deux mille francs en or à la Caisse
d'épargne. Seulement le banquier lui avait dit : Mon
garçon, tu n'as pas bonne mine. Combien d'années
as-tu ? — J'en ai douze. — Tu es trop grand pour
ton âge et tu marches courbé en deux. Ce métier ne
te vaut rien, puis l'air est mauvais entre Pausilippe
et Baïa. Il y a trop d'étangs, on y prend les fièvres.
A douze ans, il faut remuer les jambes et marcher
la tête haute. Va-t'en voir le temps qu'il fait du côté
de Sorrente, où l'air est bon. Là tu feras le pêcheur
et le barcarol. » Francisquiel alla passer l'été à
Sorrente, où il fit le pêcheur et le barcarol, mais
on s'ennuie beaucoup en hiver dans ce pays déshonoré pour avoir donné le jour au Tasse, un romantique ! La *Jérusalem délivrée* a fait plus de ravages
parmi les femmes que vingt bandes de brigands n'en
feraient dans un siècle en parcourant tous les cloîtres
de la chrétienté.

— Et Francisquiel ? demanda Mariannine.

— Francisquiel revint à Naples, où il acheta un
âne, et il y est resté depuis quatre ans. Singulier
garçon qui a du feu dans le sang, mais ne sait rien
du monde; je cause avec lui tous les jours et je veux
l'éclairer. Il se figure qu'il n'y a sur terre que des
honnêtes gens et se laisse gagner par tous ses camarades. Tout à l'heure encore, il a donné à un vieux
mendiant plus riche que lui une poignée de gros
sous. Ce n'est pas naturel. Croirais-tu qu'il ne regarde
pas les femmes ? A seize ans, c'est fort.

— Je voudrais bien le voir de près, dit étourdiment Mariannine.

— Ouais ! fit don Ruf.

Imprudente ! A ce cri du cœur, le naturaliste
sentit tout à coup la sottise qu'il venait de faire, et
quantité de scènes qu'il avait vues dans ses livres
lui sautèrent à l'esprit tumultueusement.

— Ah ! tu veux le voir ? Ah ! tu veux le voir ? ré-
péta-t-il plusieurs fois en se promenant à grands pas
dans la chambre. Puis il s'arrêta court devant elle,
tendant le bras avec un geste impératif :

— Eh bien ! déclara-t-il, tu ne le verras pas !

A partir de cette explication, il ne changea ni d'âne
ni d'ânier, mais descendit cinquante pas plus bas à
l'angle de la ruelle. Cinquante pas à pied, en mon-

tant, ce fut un grand sacrifice, mais la paix domestique était à ce prix.

Il en résulta chez Mariannine une curiosité plus vive et un peu irritée : toute femme se croit plus ou moins martyre, même quand on ne la contrarie pas, à plus forte raison quand on la contrarie. Il en résulte que le mariage, à un certain moment, devient un état d'hostilité. Alors la femme se venge, ordinairement par des accès d'humeur. Aux maris qui s'en plaignaient, l'abbé Simplice répondait d'un ton gai :

— Réjouissez-vous-en. Quand une femme grogne, c'est qu'elle est sage.

Mariannine, éclairée par le naturalisme, ne grogna pas, mais quand don Ruf était sorti, elle sentait le besoin de prendre l'air. Sa promenade favorite était aux environs de la place de la Charité, là où on prend les ânes. La première fois qu'elle y vit l'ânier, elle lui dit en passant :

— Bonjour, Francisquiel.

— Salut, Excellence, répondit le jeune homme qui ne la reconnut pas, n'ayant jamais pris garde à elle, et resta un moment stupéfait, son bonnet à la main. Huit jours après (car il ne se tenait pas tout le jour à la même place, il n'y était guère qu'à l'heure des clients), Mariannine revint et l'abordant sans façon, lui demanda de la conduire chez elle.

— Je n'ai qu'une selle d'homme, dit Francisquiel.

— Il faut acheter une selle de femme.

Et elle monta sur un autre âne, un peu lourdement (car il faut le dire) elle engraissait.

Cette injonction déplut à l'ânier, qui était très fier
et ne tenait pas à compliquer son industrie. Une
selle de femme? Où la mettrait-il? Et supposé
même qu'un boutiquier voisin voulût la lui garder,
il faudrait à chaque instant seller, desseller, ressel-
ler la bête. Cela ne se pouvait pas.

— Savez-vous? dit-il une heure après à don Ruf;
il y a *une* qui est venue et qui veut que j'achète,
pour elle, une selle de femme.

— Achète-la! conseilla aussitôt le naturaliste.
C'est sans doute une étrangère (les Napolitaines ne
vont pas seules) à qui tu as donné dans l'œil. Va de
l'avant, ta fortune est faite.

Francisquiel devint rêveur.

— Va de l'avant, répéta don Ruf. Toute femme a
envie de mordre au fruit défendu, fût-ce, comme tu
l'es, une pigne sauvage à écailles dures. Est-elle
jolie au moins?

Francisquiel n'en savait rien; il ne regardait pas
les femmes.

— Et la connais-tu? poursuivit don Ruf.

— Qui la connaît? répondit Francisquiel.

Trois jours après, l'ânier fut accosté de nouveau
sur la place de la Charité.

— As-tu acheté une selle de femme ?

— Pas encore.

— Tant pis pour toi.

Et Mariannine monta sur un autre âne. Cette fois il la regarda mieux et la trouva vieille : il est certain qu'avec son chapeau de Paris, sa robe trop serrée, à traîne trop longue, carguée trop court et dodelinant derrière elle, ses hauts talons qui l'empêchaient de marcher franc, l'ombrelle qu'elle ne savait pas tenir, les gants qui lui faisaient des mains raides et l'embonpoint comprimé qui l'étouffait, Mariannine ressemblait à quelque sous-préfète du Principat ultérieur qui serait venue faire des emplettes à Naples. Puis elle avait dix ans de plus que Francisquiel.

Elle pensa que le malotru méritait une leçon, et resta dix jours sans descendre à la place de la Charité. Le onzième et le douzième elle ne trouva pas celui qu'elle cherchait ; le treizième elle lui dit :

— Et la selle ?

— La selle ? murmura Francisquiel étonné, les yeux en l'air.

— Oui, la selle de femme ?

— La selle de femme ?

— Où est-elle ?

— Elle sera chez le tanneur.

— Quelle citrouille ! grommela Mariannine très fâchée, en lui tournant le dos. Francisquiel faisait

6

la bête, comme Hamlet et Brutus, deux romantiques.
Le même jour don Ruf lui demanda :

— As-tu revu ta belle dame ?

— Oui, seigneur patron.

— Où en êtes-vous?

— Elle ne me plait pas.

Don Ruf tomba de son haut, le cas d'antipathie
n'était pas prévu dans ses livres. On lui avait dit
aux Batignolles que tout homme a envie de toute
femme et réciproquement; le cœur n'entre pour
rien dans la question, parce que le cœur, aux yeux
de la science, n'est qu'un viscère. Aussi s'écria-t-il,
en haussant l'épaule et en regardant Francisquiel
avec un profond mépris :

— Quelle citrouille !

L'ânier ne fut pas sans remarquer que don Ruf et
l'inconnue avaient manifesté sur lui la même opinion.
La chose lui déplut parce qu'il était très fier. Cependant le patron revenait continuellement à la charge,
et demandait chaque jour, avec l'insistance d'un
naturaliste en quête de documents humains :

— Est-elle revenue ?

Au commencement, Francisquiel n'y pensait guère,
mais la manie de don Ruf finit par l'intriguer. Il
lui demanda un lundi :

— Si elle revient, que faut-il que je fasse?

— Il faut, nigaud que tu es, prier un de tes compagnons de te prêter une selle de femme. Et après, tu la conduiras où elle veut, tu monteras l'escalier derrière elle...

— Et mon âne?

— Il s'agit bien de ton âne ! Il t'attendra un moment; puis, s'il s'impatiente, il connaît son chemin et retournera tout seul à l'écurie.

— Et l'autre qui attendra sa selle ?

— Il aura la tienne et montera des hommes à ta place.

— Ça ne va pas bien, dit Francisquiel après un moment de réflexion.

Cependant, l'entêtement de don Ruf commençait à lui brouiller la cervelle. Ce fut lui qui, le lendemain, ramena la conversation sur l'étrangère. Don Ruf continuait à l'appeler l'étrangère; il avait décrété qu'elle devait venir de Londres ou de Saint-Pétersbourg.

— Et quand j'aurai monté l'escalier derrière elle? demanda l'ânier.

— Elle ouvrira sa porte et tu entreras.

— Et si elle se fâche ?

— Les femmes ne se fâchent jamais (don Ruf avait appris cela aux Batignolles).

— Mais c'est un péché ! objecta Francisquiel.

— Le juste pèche sept fois par jour...

— Mais... si cette dame était la vôtre ?

— C'est ma femme ! s'écria don Ruf, en se retournant d'un mouvement si brusque que l'âne faillit
chavirer...

— Je n'en sais rien (Francisquiel ne mentait pas) ;
je dis seulement : Si cette dame était la vôtre, est-
ce que vous me donneriez le même conseil ?

— Assurément ! répondit don Ruf qui, dans la
discussion, ne voulait pas reculer d'un pouce. Mais,
en même temps, il se disait à part :

— Ce ne peut être Mariannine. Elle est trop instruite pour se lancer dans une aventure avec un va-
nu-pieds. Il est vrai qu'un jour elle a montré une
forte envie de le voir. Mais c'était de la curiosité
pure. Je ne l'ai pas laissée dans le vague du sentiment et dans là sacro-sainte ignorance du mal. Elle
sait, donc elle n'a rien à craindre. N'importe, je la
surveillerai.

— A quoi pensez-vous ? demanda Francisquiel.

— A rien. Tu ne sais pas où elle demeure ?

— Je n'ai pas voulu la conduire...

— Tu as mal fait. Elle a l'accent étranger, n'est-
ce pas ?

— L'accent étranger ? Qu'est-ce que c'est ?

— C'est quand on parle sans ouvrir la bouche ou
qu'on tire les *r* du gosier, ou qu'on crache les
mots...

— Ah oui ! comme ceux que je menais à la Solfatare ? Eh bien ! oui, il me paraît bien qu'elle a l'accent étranger.

— Grande ou petite ? Grasse ou maigre ?

— Couci-couça...

— Et ma femme, reprit don Ruf, tu ne l'as jamais vue ?

— Jamais !

— A la bonne heure ! Je dis donc que si c'était elle... tu sais, je ne nage pas dans l'azur. Il faut avant tout être logique. Je ne suis pas de ces fats qui se fâchent quand on fait une expérience à leurs dépens. Il n'y a d'ailleurs ni bien ni mal, il n'y a que le vrai ; le vrai, c'est ce qui doit être. Aucune force humaine ne peut l'empêcher. Le libre-arbitre, chimère ; parlez-moi du déterminisme...

Francisquiel ne comprenait pas.

— Enfin, conclut le patron en descendant de son âne, si c'était elle... va ton chemin, mon bonhomme, et ne t'inquiète pas de moi.

Ayant ainsi parlé, don Ruf descendit majestueusement de son âne. Le lendemain, il s'esquiva sans mot dire et alla tout droit sur la place Médine où il acheta un caban de marin, puis chez le coiffeur du théâtre des Florentins qui lui mit une perruque et de gros favoris rouges. Le naturaliste recourait à des stratagèmes de comédie, oubliant son profond mépris pour ce genre définitivement périmé. Grimé

6.

de la sorte, il alla se poster chez un marchand de tabac, en face de l'endroit où stationnaient alors les *tchioutchiares*. Il vit Francisquiel desseller son âne qu'il appelait *Tchitchil* (un autre diminutif de François) et lui mettre sur le dos un siège à bras et à dossier, muni d'une planchette servant de tabouret; une femme pouvait s'y asseoir à l'aise. L'opération à peine terminée, Mariannine parut sur la place, et allant droit à l'ânier, lui dit à mi-voix:

— C'est bien, Francisquiel; à présent, tu me plais.

VII

L'EXPÉRIENCE CONTINUE

Mais Francisquiel répondit à part, en regardant Mariannine, qui décidément lui parut vieille :

— Si je te plais, tu ne me plais pas...

Puis, tout haut, quand elle voulut monter sur l'âne :

— Excusez, Excellence, j'attends une étrangère qui doit venir.

Don Ruf n'entendit que ce dernier mot qui semblait jeté là exprès pour lui, et ne vit pas le regard furibond de Mariannine. Il lui en voulut pourtant de la belle peur qu'elle lui avait faite et se promit de la tancer le soir un peu vertement. Pour le moment, il la laissa remonter chez elle sur une autre selle dont l'arçon de devant portait à gauche un croissant : c'est ce qu'on appelait dans le pays une selle à l'anglaise. Et il resta chez le marchand de tabac, à son poste d'observation, pour guetter le roman de Francisquiel.

Le hasard voulut qu'une étrangère, toute jeune celle-ci, toute rose, toute seule, abordant l'ânier, montât lestement sur la bête, et avec une brusquerie gaie et un vif mouvement de parasol :

— A la villa Majo !

Francisquiel prit par les Monts (c'est le plus court, et il y a moins de monde), don Ruf le suivait à distance, sur un baudet qui avait l'air de trouver le chemin très dur.

Il remarqua que la jeune femme causait familièrement avec l'ânier et pointait en tous sens le bout de son parasol, comme si elle l'eût interrogé sur tout ce qu'elle voyait...

— Curieuse, pensa don Ruf, fille d'Ève, femme perdue.

Quant à Francisquiel, il inclinait manifestement vers le naturalisme. Ses pieds restaient derrière l'âne, mais son corps penché en avant à gauche, et sa tête levée de côté avaient une ondulation serpentine ; cependant don Ruf cherchait un mot plus vif pour rendre son impression et ne la trouva pas. Arrivé à la porte de la villa, l'inconnue sauta gaiement à terre, lançant à l'ânier une pièce de cent sous en argent ! Cent sous, en argent, alors, à Naples ! La course coûtait dix sous en papier ! Fran-

cisquiel retournait la pièce entre ses doigts et finit
par murmurer, non sans émotion :

— Signorine, reprenez-la, je n'ai pas de quoi
vous rendre.

— Eh bien ! gardez-la, dit l'étrangère qui s'engagea dans une allée montante, pleine d'ombre.
Francisquiel, oubliant son âne, se mit à marcher
derrière elle, et don Ruf les suivait tous deux cau-
teleusement. Au bout d'une minute, la jeune personne, agitée sans doute par le bruit de pieds qui
rôdaient à ses trousses, hâta le pas, Francisquiel en
fit autant. Don Ruf trouva qu'ils allaient bien vite.
Bientôt, tournant à droite, elle s'engagea dans une
allée sombre, Francisquiel s'arrêta, don Ruf le
rejoignit.

— Va donc, nigaud ! lui dit-il à l'oreille.

L'ânier ne fut pas peu surpris en reconnaissant la
bouche et la voix du patron entre ces deux touffes de
barbe rousse. Il eût bien voulu, distrait de sa première idée, poser un point d'interrogation.

— Va donc ! répéta don Ruf, c'est une invite.

Francisquiel s'élança dans l'allée. Les arbres de
la villa Majo sont les plus touffus de la colline ; le
soleil était couché, le rossignol chantait ; ce fouillis
de feuillées et de ramures n'ombrageait plus l'allée,
mais noircissait le gris bleu de l'air...

— Il y a ici, pensait don Ruf, une langueur d'al-

côve, avec des balbutiements d'amour à peine dis-
tincts, tombant brusquement à un spasme muet.

Et jouissant de cette phrase qui lui montait la tête,
il tendit l'oreille. Tout à coup, que pouvait-ce être?
Il entendit comme un bruit d'applaudissement.

Un moment après, Francisquiel revint en se frot-
tant la joue.

— Eh bien? lui demanda don Ruf.

— Eh bien! vous m'avez donné un beau conseil;
un beau conseil vous m'avez donné.

— Tu l'as retrouvée?

— Oui, là-bas, dans le bosquet, sur un banc où
elle s'était assise...

— Palpitante?

— Parfaitement tranquille...

— Elle regardait la nuit?

— Elle ôtait ses gants.

— Qu'as-tu fait alors?

— Je me suis approché d'elle, très honteux, son
écu à la main. Elle m'a demandé si ce n'était pas
assez, si je voulais encore un pourboire. Je lui ai
répondu que non, au contraire. Alors elle s'est mise
à rire.....

— Ainsi font toutes, observa don Ruf.

— J'ai pensé (vous me l'aviez appris) que ça voulait dire : « Courage, Francisquiel! »

— Ça ne voulait pas dire autre chose.

— Alors j'ai voulu prendre sa main... celle qui était dégantée, avec une rage de mettre un baiser dessus.

— Et tu l'y as mis, heureux gaillard.

— Ah oui! pif, paf! je l'ai eue, seigneur patron.

— La main?

— La giffle.

Et le pauvre garçon fondit en larmes. Don Ruf essaya de lui persuader qu'un soufflet de femme n'a jamais déshonoré un joli garçon. Au contraire, c'est de leur part un encouragement; cela signifiait : « Venge-toi donc, imbécile! » Mais cette fois, Francisquiel ne se laissa pas persuader; il était d'ailleurs inquiet pour son âne. Fort heureusement l'autre ânier, celui qui venait d'escorter don Ruf, avait eu soin du pauvre *Tchitchil*. Bien plus, il lui avait permis d'entrer dans la villa et d'y brouter à son aise. Les *tchioutchiares* se rendent volontiers entre eux de ces petits services, à moins qu'ils n'échangent (mais c'est rare) des coups de couteau.

Alors le naturaliste entra chez le premier barbier venu pour se défaire de ses favoris et de sa perruque rouge. Le barbier, comme ses confrère de Naples, maniait la lancette et posait des sangsues; il était, de plus, un peu médecin et donnait des consultations. Tout en lavant son homme, il lui apprit qu'il venait de saigner une femme qui avait fait une chute.

— Jolie ? demanda don Ruf.

— Superbe, répondit le barbier, qui entra dans les détails. Le naturaliste se frottait les mains; les détails l'alléchaient, bien qu'il vantât volontiers l'austérité de sa vie.

— Pauvre femme, conclut le barbier, si belle et si jeune! Vingt-cinq ans tout au plus.

Ce mot de vingt-cinq ans détourna les pensées de don Ruf.

C'était l'âge de Mariannine; il se promit de lui représenter en rentrant qu'une honnête femme ne doit jamais sortir seule et surtout s'aventurer sur un âne sans autre escorte qu'un ânier probablement mal-appris.

— Je crains, continua le barbier qu'elle n'y reste.

— Elle est donc blessée ? demanda tranquillement don Ruf.

— Pas de blessure apparente, c'est ce qui m'inquiète, déclara péremptoirement le barbier. Je crains quelque lésion intérieure, et, en tous cas, la commotion et le contre-coup.

— D'où est-elle donc tombée ?

— D'un âne, en montant à l'Infrascate. Ceux qui l'ont relevée m'ont dit qu'elle n'était pas bien en selle, que sa jambe est restée prise dans le croissant de l'arçon...

Don Ruf, oubliant de s'essuyer, de payer, de

prendre son chapeau et son caban, s'était élancé dans la rue. Quand il arriva chez lui, Mariaunine, qui n'avait pas repris ses sens, montrait une pâleur de morte. Autour d'elle il y avait foule et tout le monde s'apitoyait. Don Ruf redevint aussitôt un homme comme un autre ; il congédia d'abord toutes ces pitiés indiscrètes et voulut sa femme pour lui seul. Alors, ployé en deux sur le lit, il s'évertua longtemps à la ranimer du chaud de son haleine. Enfin, il put pleurer, ses yeux crevant de larmes, et il sanglota désespérément ; même il cria : mon Dieu, mon Dieu!

Le docteur Scharf, appelé le premier, ne fit aucune question, ne prononça pas un mot, mais appuya son oreille sur le cœur de Mariannine.

— Elle vit, dit-il à don Ruf en lui serrant la main fortement. Je veillerai avec vous toute la nuit.

Et il fit alors tout ce qu'on fait en pareil cas, la vie se remit à circuler, le souffle voila un miroir, la chaleur revint, le pouls battit, la main détendue fit un mouvement comme pour saisir quelque chose. Seulement, les yeux qui étaient restés grands ouverts ne voyaient pas. C'était effrayant, cette pupille sans regard que n'arrivait pas à contracter la flamme de la lampe. Don Ruf ne pouvait supporter cela ; il essaya de baisser les paupières, mais elles firent résistance et tout le visage parut souffrir.

7

— Est-ce que je lui fais du mal? demanda-t-il au docteur.

— Je n'en sais rien, je ne crois pas, mais laissez la tranquille.

Les paupières finirent par se baisser d'elles-mêmes, et la malade parut dormir tranquillement. Au bout de quelques heures, elle ouvrit les yeux comme si elle se réveillait. Elle regarda la chambre avec effroi.

— Où suis-je ? demanda-t-elle.

— Chez toi, répondit don Ruf, et je suis là.'

Alors elle demanda à boire et referma les yeux. Le lendemain, elle paraissait tranquille et n'avait plus qu'un grand mal à la tête.

— Une céphalalgie! dit le barbier qui arriva de grand matin, rapportant un chapeau, un caban, des favoris et une moustache rousse. Il faut, ajouta-t-il, lui mettre sur la tête un bourrelet de neige.

— Je ne sais pas, dit le docteur; essayez si vous voulez.

Le barbier sortit aussitôt pour aller chercher de la neige.

Don Ruf tombait des nues, stupéfait de voir un si grand savant s'incliner devant un simple frater.

— Mon cher, dit le docteur, la médecine est un art, affaire de foi, d'intuition et de pratique.

Quant à la science, plus elle étudie, plus elle apprend qu'elle ne sait rien.

Don Ruf trouva cet aveu bien médiocre : ce n'était pas le ton de ses auteurs. Il ne se fiait qu'aux opinions proclamées avec arrogance. Celles-là, du moins pensait-il, prouvent une conviction.

— Ces gens-là, poursuivit le docteur, en parlant du barbier, ont plus de conviction que nous, et, par conséquent, plus d'audace. Quand nous sommes appelés près d'un malade, ils l'ont déjà saigné. C'est ce que nous pouvons commander de plus terrible. Après la saignée, le malade est déjà sauvé, ou perdu.

— Décidément il baisse, pensa don Ruf.

Le barbier revint, apportant de la neige, et Mariannine, une heure après, parut soulagée.

— Vous voyez, dit le docteur en riant, c'est un remède de vieille femme ; mais dans l'art de guérir, les vieilles femmes en savent plus que nous. Sur ce, je m'en vais et je ne reviendrai pas, car je vois bien que je ne vous inspire aucune confiance.

Quoique naturaliste, don Ruf était un homme bien élevé : il dit au docteur des mensonges obligeants et le reconduisit jusqu'à la porte. Il l'y retint même un instant pour le prier de revenir... quelquefois.

— Volontiers, dit le docteur. Je viens de temps à autre dans votre quartier : j'ai à la villa Majo une

petite élève, une Américaine, habitant là-haut chez
des amis communs. Elle étudie la médecine...

— Une blondine toute rose, demanda don Ruf,
qui va toute seule dans les rues ?

— Précisément, et elle fait bien. En allant toutes
seules, les femmes apprennent à se défendre sans
nous et contre nous. Adieu donc; je ne reviendrai
plus comme médecin — pourtant, si Mariannine a
besoin de moi, je serai tout à vos ordres.

Don Ruf allait fermer la porte, quand Francisquiel
apparut sur le palier. Il avait l'air tout contrit, —
non de l'accident de la veille qu'il ignorait encore,
— mais d'une autorisation qu'il avait à solliciter;
aussi tournait-il son bonnet entre ses doigts, ne sachant comment s'y prendre.

— Patron, dit-il enfin, il y a un Anglais qui veut
se promener tout un mois sur les montagnes en
Basilicate et dans les Calabres, pour se faire arrêter
par les brigands. C'est, dit-il, une sensation qui lui
manque. Il m'offre beaucoup d'argent pour que je
l'accompagne. Faut-il y aller?

— C'est insensé, répondit don Ruf; encore des
aventures et du romantisme !

— C'est que je suis décidé à partir. J'ai déjà mon
paquet.

— Alors, pourquoi me demander conseil?

— *Pe creanza* (par savoir vivre). Je ne pourrai

plus vous conduire pendant ce temps-là sur mon âne,
et je ne voudrais pas vous « faire une mauvaise
action ».

— Si ce n'est que cela, liberté pleine. D'ici à
quelque temps je ne descendrai pas à Naples. Mais
songe bien à ce que tu vas faire. Les brigands...

— Ils ne prendront pas un pauvre diable. Tout au
plus m'enverront-ils ici pour chercher la rançon de
l'Anglais. Et puis, s'ils me tuent!...

Francisquiel n'acheva pas et se garda bien de dire
sa véritable raison. Le fait est qu'il sentait encore
sur sa joue le soufflet de l'Américaine; la veille, en
rentrant à la nuit tombante, il lui avait paru que tout
le monde le regardait. Or, il était très fier; voilà
pourquoi il voulait quitter Naples.

— Tu ne seras jamais qu'un romantique! lui dit
don Ruf. Je ne t'en aime pas moins. Bon voyage et
heureux retour!

L'ânier brûlait de se distinguer par un acte de courage. A la gare, où il courut avec *Tchitchil* pour
rejoindre l'Anglais, — on devait aller en chemin de
fer jusqu'à Salerne, — il rencontra un Prussien bel
esprit qui descendait de wagon. Le Prussien, le prenant pour un portefaix, lui jeta son sac sur le bras en
lui disant :

— Hé! l'ami, est-ce qu'il y a toujours autant de
canailles à Naples?

— Oui, monsieur, répondit l'ânier, et renvoyant le
sac : il en arrive tous les jours.

C'était bien commencer; Francisquiel partit un
peu moins triste.

Cependant don Ruf appela auprès de Mariannine
une célébrité médicale. Le docteur Vongoli, Napolitain de naissance, avait « fait », disait-il, toute
l'Allemagne, et en revenait lesté de grands mots : au
lieu de rhume, il disait bronchite ; au lieu de croup,
diphtérite ; il ne prescrivait que des médicaments de
la dernière nouveauté, ne comprenait que la musique
de Wagner, et déclarait que tous les médecins de
Naples étaient des ânes. Interrogé sur la maladie de
Mariannine, il répondit avec conviction :

— C'est un cas très intéressant. Je vois là un
virus qui, secondé par la dyscrasie, a produit un
orgasme, une jectigation, un blestrisme, une péri-
blepsie inquiétante, au moins pendant l'anabase;
mais s'il n'y a pas de métaptose, ou d'hypercrise,
après l'antapodose et le paracme, l'analepsie ne tar-
dera pas. J'ai dit.

— A la bonne heure! s'écria don Ruf en serrant
les mains du docteur Vongoli. On sait au moins à
quoi s'en tenir avec un pareil homme.

Cependant la malade, sur qui furent essayés tous
les remèdes nouveaux, allait de plus en plus mal, et
don Ruf, très sincèrement affligé, passait près d'elle

de longues nuits blanches, qu'il tâchait d'abréger en lisant; mais ces livres à couverture jaune qui lui arrivaient de Paris, avec des dédicaces, lui tombaient souvent des mains, et il prenait doucement les doigts brûlants de Mariannine. Enfin, dans un accès de désespoir, il rappela le docteur Scharf, qui ordonna de ne plus rien faire. La malade guérit.

Elle guérit très vite, trop vite. Pendant sa convalescence, elle pria son mari, qui ne la quittait pas, de lui traduire en napolitain tous ces volumes nouveaux qui traînaient dans sa chambre sur tous les meubles, et, en l'écoutant, elle poussait des petits cris étouffés, fermait ses paupières humides. Sa belle couleur de brune lui revenait à vue d'œil. Le docteur Scharf lui conseilla d'aller passer un mois à la Cava, dans le frais des ombrages; elle refusa net.

— C'est pour don Ruf, disait-elle. Le pauvre homme! il s'ennuierait trop à la campagne, seul avec moi. Voyez comme il est pâle! Dites-lui donc qu'il retourne au café; c'est là qu'il se fera du bien.

Don Ruf retourna au café, et Mariannine sortit seule tous les jours; elle allait à la place de la Charité, d'où elle revenait avec un air de désappointement, des accès d'humeur, des crises de rage. On la voyait alors quinteuse, cherchant querelle aux gens de la maison, criant contre son dé qu'elle ne trouvait plus, accusant celle-ci ou celle-là de l'avoir volée, demandant une limonade au citron vert et à la neige. Vite, vite, elle n'avait jamais le temps d'attendre ; quand la limonade arrivait, elle n'en voulait plus. Il lui fallait alors un sorbet ou un granite, et il n'y en avait de bons qu'à la rue de Tolède ; quand le sorbet ou le granite arrivaient, un peu fondus, c'était une scène ! Elle jurait comme une comédienne qui aurait donné sa démission.

Un jour enfin, n'y tenant plus, elle s'attarda un peu trop à la station des ânes, et n'y voyant pas venir, après une longue attente, celui qu'elle cherchait, elle héla un ânier.

— Dis donc, toi !

— Excellence ?

— N'y avait-il pas un des vôtres ?... Tu sais bien ?

— Je ne sais pas.

— Un qui avait un âne...

— Nous avons tous des ânes.

— Un âne blanc et feu...

— Ah ! Francisquiel ?

— Oui je crois bien qu'il s'appelait Francisquiel.

— Qu'en voulez-vous faire ?

— Je n'en veux rien faire, répondit Mariannine qui devint très rouge, parce que tous les âniers la regardaient en goguenardant ; je voudrais seulement (elle ne trouva rien de mieux) lui demander un service.

— Quel service? crièrent en chœur tous ces garnements en se pressant autour d'elle, nous sommes tous ici.

En ce moment l'un d'eux reçut un coup de canne; son voisin un coup de poing, l'autre voisin un coup de pied, et une figure sinistre qui s'était frayé un chemin par ces actes violents se dressa devant Mariannine. C'était don Ruf. Il ne dit qu'un mot, d'un ton sec :

— Montons, madame.

VIII

L'EXPÉRIENCE TOURNE MAL

Mariannine et don Ruf montèrent à âne ; elle devant, lui derrière, pour la surveiller. Ils n'échangèrent pas un mot jusqu'à leur maison : les deux âniers, rangés derrière eux, imitaient leur silence. Sur l'escalier, ce fut le maître qui passa devant ; il gravit les marches lentement, pour ménager sa voix ; Mariannine tremblait de tous ses membres. Elle avait été prise en faute et s'attendait à une scène, mais ce n'était pas cela qui l'effrayait le plus ; que savait-il ? Le maître tira de sa poche un passe-partout, luxe très rare à Naples, où les portes se ferment en dedans au moyen d'un gros verrou : il avait jugé prudent de pouvoir entrer chez lui sans se faire annoncer par un coup de sonnette.

La sonnette, estimait-il, a été inventée par un galantin, pour avoir le temps de se sauver.

La porte ouverte, il poussa Mariannine dans le salon qu'il ferma soigneusement derrière lui. Alors il croisa les mains et hocha la tête :

— Hé bien! dit-il de sa plus grosse voix, tu es sortie seule, nie-le donc!

— C'est la première fois, je vous le jure.

— Tu mens. C'est la seconde pour le moins.

Mariannine respira. Don Ruf en ignorait au moins une cinquantaine.

— Le jour où tu es tombée malade, poursuivit-il, d'où es-tu tombée ?

— D'une échelle, en accrochant un rideau. Ne vous l'a-t-on pas dit ?

— Oui, on me l'a dit, mais on mentait, et tu mens encore...

— Comme Dieu est vrai...

— Dieu n'est pas vrai. Tu es tombée d'une selle à l'anglaise où tu ne savais pas te tenir.

— Qui a pu vous dire ça?

— Je l'ai vu. Tu étais sortie seule, malheureuse. Tu étais allée seule sur la place de la Charité. Tu t'es approchée seule de Francisquiel. Tu lui as demandé son âne et il ne t'a pas voulue...

Ce mot déplut à Mariannine qui devint rouge de colère.

— C'est lui qui vous a fait cette histoire. Espion, va! Fils et neveu d'espion!

— Il ne m'a rien dit, j'y étais.

— Où étiez-vous ?

— Sur la place.

— A quel endroit ?

— Ce sont mes affaires.

— Vous voyez bien que vous n'y étiez pas. C'est lui qui vous a fait un mensonge. Espion, *pfoui !* fils et neveu d'espion !

— Quand je te dis que j'y étais...

— Quand je vous dis que vous n'y étiez pas !

Les femmes de tout pays ont un grand talent pour détourner une querelle. Les deux conjoints ne se disputaient plus sur la sortie de Mariannine, mais, ce qui était beaucoup plus avantageux pour elle, sur la présence de don Ruf. Cependant le mari, qui avait des idées quelquefois, reprit un instant l'avantage :

— Si je n'y étais pas, demanda-t-il, comment le sais-tu ?

— Et les yeux que voici, pour qui les prenez-vous ?

— Les yeux que voilà étaient donc sur la place de la Charité... Tu vois bien que tu te dénonces.

Mariannine se mordit les lèvres ; mais bientôt relevée, ce fut elle qui croisa ses bras avec un air de défi.

— Eh bien ! oui ; après ?

Don Ruf perdit aussitôt contenance.

— Est-ce une vie que je mène ? Toujours enfermée à coudre, à tricoter, à filer. Vous ne me traitez pas comme votre femme. Je suis une lavandière que vous avez prise chez vous après l'avoir menée devant le prêtre, parce qu'elle n'y serait pas venue autrement. Vous me cachez, comme si je vous faisais honte. Vous avez des amis, leurs femmes ne me voient pas. Vous êtes toujours en voiture, jamais avec moi; pas un plaisir, une course en bateau, une régalade chez le tavernier, une soirée au théâtre. Vous m'avez donné des bijoux pour les tenir au fond d'un tiroir. Les autres, je le sais, vont au bal, aux fêtes; elles roulent carrosse, elles ont leur loge à Saint-Charles ou aux Florentins. Eh bien! moi, je veux faire comme les autres! Et si vous dites non, je m'en vais.

Là-dessus, une crise de larmes :

— Ah! pauvre Mariannine, pourquoi ne t'a-t-on pas laissée où tu étais? Tu aurais épousé un brave garçon, tout simple, mais fait pour toi, tout cœur et jeune. Vous auriez vécu en famille. Si tu avais eu un enfant, on ne te l'aurait pas arraché des bras pour le donner à des étrangères. Ma fille au moins connaîtrait sa mère; elle ne saurait ni lire ni écrire, et n'apprendrait pas tout ce qu'il faut pour me mépriser. Quand je vais la voir, elle me dit madame, et il faut que sa maîtresse la reprenne pour lui enseigner qui je suis. Nous serions là, toi près de moi, moi près de toi, et je ne pourrais songer à mal. La mère marche

droit quand l'enfant la mène. Je ne te dirais que de
bonnes choses ; les autres, je ne les saurais même pas.
Qui me les a donc apprises ?

Ici la colère revint :

— C'est celui-là qui ne veut pas que je sorte.
Il me dit que toutes les femmes, toutes sont des
diables, et qui n'ont que les hommes en tête, toutes :
riches ou pauvres, allant en voiture ou à pied, élevées dans des palais ou dans la rue, toutes, toutes !
Si elles sortent, si elles s'habillent, si elles se désha-
billent pour aller au théâtre ou au bal, si elles
rient, si elles pleurent, si elles montrent leurs belles
épaules — est-ce que je les montre, moi ? — c'est
pour un homme ! Elles le prennent, le volent, le tuent
— est-ce que je fais rien de pareil ? Une seule doit
rester chez elle et bâiller toute seule tout le jour.
C'est moi. Pourquoi ? Est-ce que je ne suis pas de
chair et d'os comme les autres ? Comment ! c'est car-
naval pour toutes, et carême rien que pour moi ?
Toutes se gobergent et il n'y en a qu'une qui jeûne.
Elles font toutes les diableries de l'enfer et je ne peux
pas même — espion, fils et neveu d'espion ! —
monter de la rue de Tolède ici sur un âne ? C'est trop
à la fin, cette vie-là, vous m'entendez, je ne la veux
plus. Non, non et non !

Cela dit, elle entra dans sa chambre dont elle ferma
la porte à clef. Don Ruf, muet de stupeur, l'entendit

crier, sangloter, casser des meubles. Il lui ordonna
d'ouvrir, elle ne répondit pas. Alors, pour la calmer,
il baissa le ton, devint persuasif, conciliant, tendre
même ; il descendit jusqu'à la prière, en suivant les
règles de la rhétorique démodée qu'il réprouvait. Le
bruit diminua, mais la porte resta close. Vers minuit,
l'oreille collée au trou de la serrure, le naturaliste
entendit le souffle égal, quoique un peu sonore, des
femmes grasses qui dorment. Alors il s'étendit sur
un canapé du salon et réfléchit profondément.

Le résultat de cette méditation fut une résolution
pratique et une conclusion morale. Don Ruf se promit de ne plus aller au café pour mieux surveiller
sa femme. Quant à la conclusion morale, la voici :

« Il n'y a que le naturalisme qui voie les femmes
telles qu'elles sont ; il n'y que lui qui puisse les
guérir. »

Il s'endormit là-dessus ; quand il se réveilla,
Mariannine était déjà sortie. Il eut un moment de
vive angoisse en pensant qu'elle ne reviendrait pas.
Le docteur Scharf, qui entra chez lui en ce moment,
se garda bien de le rassurer.

— Ce qu'il y a de pis dans votre cas, lui dit-il, c'est
que vous n'êtes marié qu'à l'église. En d'autres termes, vous ne l'êtes pas du tout. Donc, elle est libre
et vous ne pourrez pas la reprendre. Les gendarmes

sont pour elle. Ah ! mon cher, il faut toujours mettre les gendarmes de son côté.

Et l'Alsacien poussa un de ces rires puissants qui le mettaient en branle des pieds à la tête. Mais comme il vit deux grosses larmes dans les yeux de don Ruf :

— Rassurez-vous, ajouta-t-il, les femmes reviennent toujours. Allons voir sa chambre.

La chambre était en désordre, les armoires ouvertes, même la commode où Mariannine tenait ses bijoux. Le docteur dit en les montrant :

— Quand elles s'en vont pour tout de bon, voici la première chose qu'elles emportent. Les anciens appelaient cela le monde féminin. Des Pompéiennes qui auraient pu se sauver le jour de l'éruption, se sont laissé asphyxier, parce qu'elles s'attardaient à recueillir leurs breloques. On a retrouvé dans la cendre, à côté d'elles, tous ces brimborions qui ne valaient pas trois sous.

— Quand elle reviendra, gare à elle ! marmotta don Ruf qui couvait un ouragan. Et il leva le bras avec un geste terrible.

En effet, quand elle rentra le soir, assez tard (il s'était assis sur une chaise devant la porte de la maison pour l'attendre), il se dressa devant elle avec une férocité de regard qui ne la troubla pas.

— *Che d'è ?* (qu'est-ce qu'il y a) demanda-t-elle avec une tranquillité parfaite.

— Malheureuse ? d'où viens-tu ?

— Je viens de chez mon frère.

— Tu y es restée tout le jour ?

— Tout le jour.

— Et qu'y as-tu fait ?

— Il m'a menée à Sainte-Lucie, nous avons mangé des fruits de mer, bu de l'eau soufrée et nous sommes allés en barquette jusqu'à la Marinelle, où nous avons mangé une friture de poisson. Je me suis bien amusée.

— Qui te l'avait permis ?

— Moi. Si tu n'es pas content, enrage.

Don Ruf ne sut que répondre ; les gendarmes n'étaient pas pour lui. Que n'était-il plébéien ! Il eût battu Mariannine et peut-être aurait-il bien fait : c'est le meilleur traitement des affections nerveuses. Voilà pourquoi les femmes du peuple en ont moins que les autres : c'était l'opinion du docteur Scharf.

Mais don Ruf n'était pas plébéien. Il se contenta de crier, mais sa femme criait plus fort que lui ; puis elle sentit comme une boule qui lui montait dans la gorge. Alors elle tomba suffoquée ; don Ruf dut la soigner, et il eut une belle peur.

Mariannine avait menti, en disant qu'elle était allée chez son frère ; elle n'avait pas cessé d'arpenter la

rue de Tolède, du Mercatel aux Finances et des
Finances au Mercatel, en faisant à chaque tour de
longues haltes sur la place de la Charité ; les âniers
qui la connaissaient l'avaient vue plusieurs fois en
contemplation devant une statue érigée récemment
à un patriote. Pour passer le temps, elle s'arrêtait
devant les vitrines des boutiques ; vers quatre heures,
étant lasse et ayant faim, elle s'était assise dans
la boutique d'une pâtissier et avait dévoré quantité
de sucreries arrosées d'un affreux vin de Marsala.
Un groupe de jeunes beaux, portant des cols
cassés et des cheveux partagés derrière la tête, la
lorgnaient de la rue, les yeux collés aux vitres,
avec des petits rires agaçants. Les femmes, à Naples,
ne sortaient pas seules, à moins qu'elles ne fussent
étrangères ou qu'elles n'eussent un grand âge ou
une laideur bien accentuée comme garde du corps
ou garde d'honneur. Or, Mariannine était du pays :
cela se voyait du premier regard à son costume et à
sa démarche. De plus elle était jeune encore et jolie ;
elle eût paru belle en se tenant mieux dans son ancienne robe de lavandière, et en marchant dans des
sabots ; si bien que, lorsqu'elle quitta la boutique
du pâtissier, elle fut assaillie d'hommages :

— Ah ! le bel œil ! Une bouche de cerise. Et des
cheveux ! Voulez-vous de la compagnie ?

Ainsi disaient en chœur ces jeunes beaux. Ma-

riannine devint d'abord très rouge et joua de l'é-
paule et du parasol pour se frayer un passage; puis,
comme les jeunes beaux lui marchaient sur les talons, en l'obsédant de leurs exclamations galantes,
elle monta dans une calèche vide qui traversait la
rue, et, la capote relevée, se blottit dans un coin.
Cependant elle ne quitta pas le pavé de Tolède,
et, en passant sur la place, devant la statue du patriote, elle ordonnait au cocher d'aller au pas. C'est
ainsi qu'elle avait passé sa journée.

Depuis ce jour, elle ne fit que mentir. Elle mentit
d'abord pour justifier ses sorties, car elle était toujours dehors avant que don Ruf se fût éveillé. Les
hommes qui se lèvent tard, comme ceux qui se cou-
chent tôt, savent rarement où est leur femme. En
très peu de temps Mariannine acquit toutes les vertus,
la religion d'abord, puis la bienfaisance, l'amour de
la famille, et surtout une exquise propreté. En rentrant, sans attendre les questions de don Ruf, elle racontait avec une étrange volubilité ce qu'elle venait
de faire : elle était allée à la messe ou chez des loque-
teux, ou visité son pauvre frère qui était malade ou
sa pauvre cousine qui venait de perdre un enfant; ou
encore elle était allée au bain, et il y avait un monde !
Elle avait dû attendre trois heures dans l'établisse-
ment de la rue Saint-Marc.

Ce qui se développait surtout dans son cœur,

c'était la passion maternelle. Dix fois pour le moins,
elle affirma très haut qu'elle avait passé tout son
temps chez miss Bess. Nelloutche était un ange ; elle
pétillait d'intelligence, elle avait dit ceci et cela...
Le rapport durait une demi-heure. Mariannine était
arrivée à une exubérance de loquacité plus que na-
politaine : quand elle avait quelque chose à dire, et
même sans cela, la langue lui allait comme un cla-
quet de moulin ; don Ruf ne pouvait arrêter ce flux
de bouche. Il voulut toutefois en avoir le cœur net et
alla demander à miss Bess :

— Avez-vous vu ma femme ces jours-ci?

— Je n'ai pas vu madame depuis six mois, répondit l'institutrice.

— Toutes les mêmes, pensa le naturaliste : le
mensonge incarné.

En rentrant, il voulut vomir tout ce qu'il avait sur
le cœur, mais Mariannine eut des palpitations, des
étouffements, des spasmes. Pas moyen de se fâcher
avec cette femme-là. Cependant, elle mentait toujours, non plus seulement pour avoir des piastres.

Les pauvres lui buvaient le sang, elle était si bonne !
Elle ne pouvait voir un mendiant, sans lui donner au
moins un billet de dix sous. Et il y avait tant d'in-
digence à Naples ! L'Auberge des pauvres, l'Annonciade surtout où étaient les enfants trouvés, c'était
une misère ! Il fallait donner quatre nourrissons à

une seule femme : ces malheureuses créatures mou-
raient de faim. Pourquoi? faute d'argent : l'État
n'en accordait pas et, comme il n'y avait plus de religion, il n'y avait plus de charité dans la ville. Où
donc Mariannine avait-elle appris toutes ces choses?
En tout cas elle les savait, et elle donnait des détails ;
quand on la mettait sur ce chapitre ou sur un autre,
elle ne déparlait plus.

Don Ruf ne plaignait pas son argent, car il en avait
beaucoup, et ne se ruinait guère qu'en carrozzelles
(à vingt sous par heure) et en bric-à-brac : innocente
manie qu'il avait rapportée des Batignolles. Seulement, c'était un homme d'ordre et un arithméticien.
Il notait ses moindres dépenses et faisait des additions
à la fin du mois. Il constata un jour que du 1er au
30 septembre, outre les sommes payées à tous les
fournisseurs, il avait donné à sa femme, pour les
pauvres, 723 livres en papier et 29$^{fr.}$ 55 en gros sous.
C'était généreux, mais extravagant, suspect même,
aussi voulut-il savoir une bonne fois ce que faisait
Mariannine. Mais comment s'y prendre? Elle sortait
toujours avant qu'il fût éveillé. Il n'y avait pour lui
qu'un moyen de ne pas dormir tard. C'était de ne pas
dormir du tout. Il descendit donc une nuit, en cachette, et retourna chez le coiffeur des Florentins qui
le grima en mendiant de comédie : perruque et
longue barbe blanche; des rides aux tempes, sur le

front et sous les yeux ; le costumier fournit une sou-
quenille toute rapiécée. Pour se tenir éveillé, don
Ruf joua jusqu'à l'aube dans un café borgne, avec le
troisième bouffe, en brassant des cartes de tarot où
tous les décrotteurs du voisinage s'étaient essuyé les
mains. Puis il alla se camper devant sa porte d'où il
fut chassé par le portier qui ne le reconnut pas.

— Voilà un succès, pensa le vieux mendiant, tout
fier d'avoir reçu une bourrade.

Mariannine sortit vers neuf heures ; son mari osa
l'aborder le chapeau à la main.

— Excellence, lui dit-il d'une voix dolente et
chantante, pour l'amour de cette madone qui vous a
fait croître sainte, donnez-moi un tornèse par charité...

— Je n'ai pas de monnaie, répondit Mariannine,
et elle passa droit sans regarder le mendiant qui, le
chapeau tendu, marcha derrière elle en continuant
sa cantilène.

— Par la bonne âme de votre mère, par les cent
ans que je souhaite à tous les vôtres, une bouchée
de pain à un pauvre homme qui est à jeun depuis
dix jours !

— Va te faire frire !

— Voilà comme elle aime les pauvres ! pensa don
Ruf.

Elle était moins grasse depuis sa chute et pouvait

marcher vite, aussi glissa-t-elle en zigzag dans le réseau
tortueux de ruelles qui descendent de l'Infrascate
au Musée ou au Mercatel. Son mari, vite essoufflé,
renonça bientôt à la suivre ; s'il avait pu aller cent
pas plus loin, il l'aurait vue s'engager sous une porte
cochère et tourner à gauche dans une grande cour
où un coupé de louage l'attendait. Ce coupé était
déjà connu dans toute la rue de Tolède ; on le voyait
aller et venir tous les jours, pendant plusieurs heures,
et stationner sur la place de la Charité. Les stores
baissés empêchaient de voir qui était dedans, mais il
y avait des trous dans les stores. Les âniers seuls se
doutaient de quelque chose ; et quand un mari, qu'ils
connaissaient bien, montait sur une de leurs bêtes,
ils se poussaient le coude avec un clignement d'œil,
en riant sans bruit, de côté.

Don Ruf, très humilié de n'avoir rien découvert,
alla poser sa barbe et son costume chez le coiffeur des
Florentins. Au moins avait-il appris que sa femme
ne se ruinait pas en charités ; il résolut de l'en railler
vertement et de lui couper les vivres ; aussi l'atten-
dit-il chez lui de pied ferme, en homme qui, cette
fois du moins, ne faiblirait pas. Mais Mariannine
rentra, plus furieuse encore que d'habitude, et ce
fut elle qui fit une scène. Don Ruf avait découché
cette nuit-là, elle le savait ; or, quand une femme
sait quelque chose, elle est très forte. Un mari cou-

pable, quelle bonne fortune! Œil pour œil et dent
pour dent, n'est-ce pas ?

Don Ruf essuya donc une bordée de mauvaises
paroles, et n'eut rien à répondre, car on ne lui laissa
pas le temps de placer un mot. Mais il tenait les cor-
dons de la bourse. Le lendemain, quand on lui demanda de l'argent, il refusa net.

— Va bien ! dit Mariannine.

Tous les soirs, avant de se coucher, don Ruf notait jusqu'au dernier sou ses dépenses du jour ; puis
il comptait son cuivre et ses billets ; il ne dormait
pas de la nuit s'il s'était trompé d'un centime. Un
soir, il constata un déficit de cinquante francs.
Soupçonner sa femme, c'est odieux ; c'est ce qu'il fit
pourtant — rien d'odieux, pensait-il, n'est impossible.

Cependant il ne lui dit rien, craignant les spasmes, les étouffements et les palpitations. Le lendemain, nouveau déficit, c'était trop fort, le porte-
monnaie n'était pas sorti de sa poche. Il résolut de
le mettre la nuit sous son oreiller. Le lendemain,
cinquante livres y manquaient encore. Alors il voulut
serrer son argent dans un coffre-fort où il cachait
ses bijoux et quelques monnaies antiques d'une
grande valeur ; mais, en ouvrant le coffre, il n'y retrouva ni son argent, ni ses bijoux ; il n'y restait que
les monnaies antiques.

— Ah ! pour le coup, pensa-t-il, ce ne peut être Mariannine. Je l'avais soupçonnée à tort.

Et il l'attendit, dans la bonne intention de lui offrir quelques billets pour ses pauvres ; il croyait lui devoir une réparation. Les bonnes intentions sont rarement récompensées. A neuf heures du soir, Mariannine n'était pas rentrée encore, et don Ruf reçut la visite d'un carabinier qui lui dit :

— *Venga meco* (venez avec moi) !

Les carabiniers, en Italie, ce sont les gendarmes, et ils disent toujours *Venga meco* aux gens qu'ils mènent à la police. Aussi les appelle-t-on à Naples des *Venga meco*.

— Monsieur, dit le carabinier à don Ruf, quand ils furent ensemble sur le pavé, vous pouvez marcher s'il vous plaît devant moi ou derrière.

— Pourquoi cela ?

— Pour que le public ne croie pas que vous êtes arrêté.

— Point du tout, nous irons ensemble. Je sais d'ailleurs ce qui vous amène. Un vol, n'est-ce pas, commis chez moi ?

— Je ne sais pas, et, si je le savais, je devrais me taire.

Don Ruf n'insista pas ; il avait d'ailleurs autre chose en tête.

Où pouvait être Mariannine à neuf heures et demie

8

du soir ? Il l'apprit à la police, où on lui dit après
les questions d'usage :

— Une femme bien vêtue et de condition civile, se disant votre épouse, vient d'être mise en
prison.

IX

FIN DE L'EXPÉRIENCE

Hélas! oui, Mariannine avait été prise sur le fait, dans un magasin d'orfévrerie, au moment où elle glissait dans sa poche un couvert, un simple couvert, pas même en argent : ce n'était que du christophle! Le marchand, un grand garçon, philosophe et philanthrope, avait grande envie de la laisser aller, mais des bourgeois s'étaient amassés devant la boutique, et les bourgeois sont partout sans pitié pour les voleurs. Il s'agit là d'un délit dont vous et moi pourrions être victimes. Encore si c'eût été une femme du peuple, mais une belle dame, descendant d'un coupé à deux chevaux : quarante sous l'heure ! A qui se fier, bon Dieu?

Don Ruf, éperdu, fut sur le point de se jeter aux pieds du préfet de police :

— Mais, monsieur le questeur, lui disait-il, c'est une honnête femme, j'en réponds. Rien ne lui a

jamais manqué. Ce ne peut être qu'un coup de
folie!

— Y a-t-il beaucoup de nos actions qui soient
autre chose? répondit le questeur qui avait peu
d'estime pour le genre humain.

Mariannine fut cependant relâchée sous caution,
et le juge instructeur, homme fort entendu, partant
très modeste, demanda l'avis de « l'illustre Scharf ».

— Mon cher, dit le docteur à don Ruf, votre femme
est malade. C'est votre faute, il fallait la laisser repasser du linge et manger des fèves; maintenant
elle mange du sucre et ne fait plus rien. De là une
névrose que j'ai déjà soignée plusieurs fois, puis
une chute et une congestion cérébrale. Avec ces an-
técédents et des idées gaillardes, on ne sait plus ce
qu'on fait. Est-ce qu'elle lit des romans ?

— Elle ne sait pas lire.

— Qu'est-ce que c'est que ces saletés que je vois
dans sa chambre? (Le docteur avait souvent des
mots durs).

— Ce sont des chefs-d'œuvre.

— Oui, j'ai tâché l'an dernier d'en feuilleter un
dont tout le monde parlait. Je n'ai pu en avaler cinq
pages. Est-ce que vous lui lisez ça, par hasard?

— Mon Dieu!... balbutia don Ruf.

— Vous lui lisez ça, malheureux! tout s'explique.
C'est ce que les faiseurs de mots appellent la per-

version des facultés sensitives; je paierais cher celui qui m'expliquerait cette manière de parler. La vérité est qu'elle est malade, très malade. Elle ment, n'est-ce pas?

— Elle ne fait pas autre chose.

— Elle est dissimulée?

— Comme une dévote.

— Et elle vole, c'est tout simple; une manie comme une autre, elles les ont toutes. Elle rougit et pâlit, je l'ai bien observée, elle a des démangeaisons partout, quelque chose, là, qui la suffoque... Elle marche d'une certaine façon... Ah! ces livres, ces livres!... Depuis le roman de Lancelot qui perdit Genièvre, jusqu'à celui-ci qui a perdu votre femme... tenez, c'est écœurant.

Sur quoi, fort imprudemment, le docteur jeta par la fenêtre ce maudit volume aussitôt ramassé par un ânier qui le vendit à un Allemand; l'Allemand le traduisit dans sa langue pour montrer aux gens de son pays ce que c'est que la société française; trente mille exemplaires de la traduction furent achetés et répandus par un homme d'esprit qui était alors à Varzin.

— Elle est donc bien malade? murmura don Ruf.

— Affreusement. Il eût fallu s'y prendre plus tôt.

— Et quoi faire?

8.

— Qu'est-ce qu'on fait aux habits quand les vers s'y mettent?

— On les bat.

— Voilà le traitement...

— Battre ma femme?

— Ou au moins la secouer, et la sortir. Emmenez-la vite au grand air, à la campagne; qu'elle fatigue sa bête et la nourrisse bien. Mais surtout, jetez-moi cette littérature au feu, sans quoi je ne réponds de rien, pas même de vous qui êtes plus fou qu'elle.

Le docteur se leva et prit le grand chapeau de feutre mou qu'il affectionnait.

— Je vais chez le juge, dit-il en sortant : je lui parlerai sa langue; je lui dirai que chez cette jeune femme il y a des troubles nerveux (il comprendra peut-être), que ces troubles nerveux ne constituent pas la folie proprement dite (il comprendra encore); mais qu'ils ont porté une atteinte profonde à l'exercice normal de ses facultés (il comprendra parfaitement, parce que ça ne veut rien dire du tout). Elle est donc livrée sans défense à toutes les sollicitations instinctives (ah! la bonne phrase vide de sens) et elle ne peut être responsable de l'acte délictueux qu'elle a commis. La conclusion vaudra le reste. Ah! les troubles nerveux, l'exercice normal de nos facultés, les sollicitations instinctives, la folie même avec tous ses noms scientifiques, la responsabilité surtout, qu'est-ce que c'est ? Du bruit et du vent : voilà ce que veut le monde. Des mots, des mots !

Le docteur était dans la rue qu'il criait encore :
— Des mots, des mots !

Le juge rendit une ordonnance de non-lieu qui lui fit le plus grand tort. On l'accusa d'avoir reçu de l'argent de don Ruf auquel il avait pourtant renvoyé une statuette en bronze, peut-être antique. Mariannine, très confuse, resta plusieurs jours enfermée dans sa chambre, et ne voulut voir personne ; elle avait pris son mari en horreur. Au docteur qui vint le soir, elle se plaignit de douleurs sourdes au-dessous de l'estomac et refusa très nettement d'aller à la campagne. Elle paraissait fort triste et n'ouvrait plus la bouche. Un beau matin, sans avertir personne, elle sortit seule, le visage caché sous un triple voile, et ne rentra plus.

Cependant Francisquiel, avec *Tchitchil* et l'Anglais, avait couru les montagnes : ils étaient d'abord allés jusqu'à Pœstum, où rôdait, d'après les journaux, une bande de brigands ; pour être plus sûr de son fait, l'Anglais n'avait pas voulu se laisser escorter par les gendarmes. On lui avait recommandé surtout de prendre garde au mont Alburne, dont les forêts inquiétaient les gazetiers ; il y courut aussitôt

et faillit se faire prendre comme braconnier parce
qu'il y avait là une chasse royale. A Pœstum même,
il ne vit que des buffles et des troupeaux de porcs ;
il aperçut aussi des ruines de temples, mais il ne
les regarda pas.

Un berger très maigre, au visage étiré, couleur
fièvre, lui demande l'aumône.

— Es-tu un brigand ? dit l'Anglais au berger.

— Dieu m'en garde !

— Alors où sont-ils ?

— Les brigands ? Il n'y en a jamais eu ici.

L'Anglais déçu retourna coucher à Salerne. Le
lendemain, à Eboli, il monta sur *Tchitchil* et s'a-
ventura dans les chemins les moins fréquentés ; il vit
des vallées étroites, des torrents rageurs, des escarpements farouches, des ruines de châteaux et de
villages abattus depuis une vingtaine d'années par
un tremblement de terre, mais il ne vit pas de brigands. On lui dit à Paloude qu'il en trouverait pour
sûr à Saponare, sur la montagne où fut autrefois
Grumentum ; il partit donc à pied par un petit
sentier en zigzag, grimpant sur un sol gypseux et
crevassé, et il atteignit ainsi les grandes forêts de
châtaigniers où le meurtre et le vol sont chez eux,
mais il n'y rencontra ni meurtrier ni voleur.

A Grumentum on lui montra une dent d'éléphant
laissée là par Annibal : ce fut la première chose

rare qui l'eût intéressé depuis son départ; aussi
l'acheta-t-il fort cher, et le cicerone de Grumentum
dut en faire venir une autre. Quelques jours après,
l'Anglais, arrivé en pleine Calabre, visitait les villages
de Montalte et de Saint-Sixte, où furent traqués
d'abord, il y a trois siècles, quelques milliers de
protestants, puis massacrés par le vice-roi espagnol
et le pape. Mais il n'y vit pas de brigands.

— Vous en trouverez à la Sila, lui dit un aubergiste qui l'écorcha vif dans une petite ville très sale,
autrefois saccagée par les Carthaginois, les Romains,
les Sarrasins et les Normands, plus récemment par
l'armée du roi de Naples.

L'Anglais s'engagea dans d'immenses forêts où
ruisselaient des eaux fraîches : des chênes, des
hêtres, des châtaigniers poussaient haut et loin de
grandes touffes vertes où l'automne entrant par des
trouées, rougissait et rutilait : plus haut, des pins et
des sapins tendaient comme des bras ouverts leurs
feuillées sombres; plus haut encore, d'une altitude
de 1800 mètres, le regard commandait les trois
mers. Il n'y a pas d'Alpes au monde qui offrent aux
yeux une pareille fête. Mais les voyageurs n'y vont
pas, parce qu'ils craignent les brigands, et les brigands n'y vont pas non plus parce qu'il n'y a pas de
voyageurs.

L'Anglais, toujours mystifié par le danger, comme

don Quichotte, ne rencontra sur ce plateau, où
s'étendent solitairement quinze lieues de bois et de
pâturages, que des troupeaux et des bergers, féroces
d'aspect, très doux de cœur. On lui avait dit que les
pâtres calabrais, armés jusqu'aux dents, possédaient
tous un faisceau de fusils cachés dans l'herbe ou
dans les broussailles; il en aborda plusieurs avec un
air de défi; la plupart attachaient sur lui un regard
vaguement étonné; deux ou trois, le croyant fou, se
sauvèrent. Il s'ennuya beaucoup, maugréant contre
ce peuple qu'il trouvait timide, et aussi contre ces
auberges où l'on dînait et où l'on couchait mal. Il
n'y avait pas de baignoire sur l'Apennin, dans certains endroits l'eau même était inconnue. Les in-
sectes, très nombreux et fort affamés, le mangeaient
toute la nuit et le trouvaient bon. Si bien qu'un jour,
tout désappointé, il descendit dans une ville du
littoral où était né, disait-on, saint François de
Paule, et il lança une dépêche à Naples pour qu'on
lui envoyât aussitôt son cutter.

Pendant ce voyage, Francisquiel s'ennuya presque
autant que l'Anglais, non qu'il regrettât comme lui
l'absence des brigands, mais parce qu'il aimait assez
la compagnie de ses semblables. La nature, c'est
beau, quand on a lu Jean-Jacques; mais ceux qui ne
savent pas lire aiment mieux les hommes, à moins
qu'ils ne soient bergers ou troupeaux comme les

habitants de la Sila. *Tchitchil* lui-même avait des
heures de spleen, surtout le soir après les longues
marches. Certes il était le plus campagnard des trois
et, comprenant la montagne à sa manière, qui était
peut-être la bonne, il n'entendait pas la voix des
arbres antiques et vénérables qu'à tort on a crus
muets ; il ne s'imaginait pas que les hautes cimes, les
augustes géants, lui versaient leur âme sereine, pacifique et profonde ; mais il trouva là de quoi satisfaire
ses goûts de grand air et d'herbe fraîche et il lança
de loin, surtout les premiers jours, quelques ruades
de ravissement. Mais cela manquait d'ânes. A peine en
rencontra-t-il quelques-uns, dans les villes ou près
des villes, mais c'étaient des ânes ruraux, mal
peignés, ne comprenant pas la plaisanterie. Les
ânesses mêmes répondaient aux attentions par des
grossièretés. Aussi *Tchitchil* avait-il souvent une
mélancolie de regard qui voulait dire (au moins
Francisquiel le comprenait ainsi) : — Retournons
à Naples.

Pour tâcher de se distraire, l'Anglais était entré
un jour, dans une petite ville de Calabre, chez
l'unique libraire qui vendait aussi du sel, de la
poudre, du tabac et de la mercerie ; quant aux livres,
il n'avait que des alphabets et des grammaires, car
c'était un endroit où l'on apprenait à lire aux enfants,
pour obéir au ministre de l'instruction publique.

Une fois que les enfants savaient lire, ils ne lisaient plus. Outre les alphabets et les grammaires, le libraire possédait un volume dépareillé d'Alfred de Musset, un peu fatigué, qu'un voyageur avait oublié chez l'aubergiste : il en demanda cinq sous à l'acheteur qu'il crut voler. Muni de ce volume, l'Anglais, pour passer le temps, donna des leçons à Francisquiel. Il lui apprit le français d'abord, que l'ânier savait un peu (tout le monde le sait à Naples) puis les lettres, les mots, les parties du discours, la conjugaison des verbes, le tout avec un accent d'outre-Manche qui prenait une sonorité presque arrogante dans la bouche que l'élève ouvrait rondement. Au commencement ce fut dur : Francisquiel, qui était allé pourtant à l'école, ne comprenait pas bien l'utilité de cet exercice fatigant, mais l'Anglais savait vouloir et ne connaissait qu'une pièce du volume : *L'espoir en Dieu;* c'est ce titre rassurant qui le lui avait fait acheter chez le libraire. Il espérait faire d'une pierre deux coups : instruire le jeune homme et lui inspirer des idées saines. Francisquiel, osons le dire, trouva ce poème fort ennuyeux et ne comprit pas très bien ce qu'il signifiait; mais au bout de deux mois, il le lisait couramment d'un bout à l'autre. Ce fut alors qu'il arriva dans la petite ville où saint François-de-Paule était né. Il fallut y rester quelques jours pour attendre le cutter de l'Anglais;

pendant ce temps *Tchitchil* fut enfermé à l'écurie
avec d'autres ânes, et acquit auprès d'eux une certaine notoriété. L'Anglais se promenait en bateau
avec délices, et Francisquiel restait sur le port à
causer de Naples avec des provinciaux qui l'écoutaient bouche béante. Quand le cutter arriva, *Tchitchil*, qui aimait le plancher des ânes, n'y voulut
jamais monter. Il fallut le ramener par terre, et ce
fut long ; pour tuer le temps, Francisquiel rouvrit le
livre que l'Anglais lui avait donné : il ne le comprit
pas bien, mais se fit à cette musique triste. Un
ingénieur français, qu'il rencontra sur le pont de
Campestrino et qu'il mena sur son âne jusqu'aux
oliviers de Pertosa, s'amusa fort en écoutant *La Nuit
de mai*, déclamée avec un accent anglais par un
ânier de Naples. Il corrigea cet accent hybride et y
gagna le prix de la course. Francisquiel n'accepta
de lui à Pertosa qu'un verre de vin.

En arrivant à Naples, il avait l'imagination gonflée
d'idées vagues, de formes élégantes et aussi d'ambitions mondaines ; il rapportait des Calabres une
mélancolie de salon. Si bien qu'à sa rentrée dans la
grande ville, un soir de novembre, l'éclat tapageur
des voitures, des toilettes, des magasins, des becs de
gaz, des vastes fenêtres aux rideaux légers, derrière
lesquels il voyait passer des épaules nues dans la
lumière et dans la musique, l'entraîna, lui, pauvre

diable, dans une folie pleine d'étourdissement et
d'éblouissement; il paradait sur *Tchitchil* comme si
Naples, illuminée pour fêter son retour, lui décer-
nait les honneurs du triomphe. Ce fut alors qu'une
femme, couverte d'un triple voile, sortant tout à
coup de la foule, lui jeta ces mots à la face :

— Espion, fils et neveu d'espion !

Francisquiel n'eut pas le temps de voir qui était
cette femme; avant qu'il eût tourné la tête, elle
avait disparu. Il retomba bien bas du haut de son
nuage. Non seulement on le ramenait sur la terre,
mais on le rejetait dans la boue d'où il était sorti.
Qui donc lui avait parlé si brutalement? La voix
sortait du pavé; c'était le diable sans doute. Le pauvre garçon ne put plus se tenir sur son âne; il en
descendit, et, le menant par la bride, s'enfonça précipitamment dans une ruelle sombre où le cri qui le
suffoquait, un sanglot de honte et de rage, éclata.
Alors il sentit à son cou comme l'enlacement d'un
reptile, et à son oreille une bouche ardente qui mur-
murait :

— Allons, viens !

Il lâcha son âne et, se dégageant d'un violent effort,
s'enfuit éperdument par les ruelles tortueuses du
vieux Naples; dans sa course folle, il criait :

— C'est la même voix, c'est le diable!

La femme voilée s'élança derrière lui, *Tchitchil*

derrière elle, et les rares passants regardaient avec
effroi cet homme, cette femme et cet âne courant
l'un après l'autre, comme des possédés, dans la nuit.

Enfin la femme, épuisée, haletante, tomba sur le
pavé devant la porte de l'hôpital.

Comme elle se débattait et hurlait, on appela le
docteur Scharf, qui la fit transporter dans sa propre
chambre. Il l'avait reconnue; elle était pourtant
méconnaissable. Quoi! cette brute qui se tordait sur
un lit, déchirant ses vêtements avec une férocité
rugissante et bondissante, ce visage défiguré par le
spasme, ce battement des paupières, ce mouvement
des prunelles qui roulaient dans l'orbite en ne laissant plus voir que le blanc de l'œil, ce rictus con-
tractant les lèvres où écumait de la bave, cette hi-
deur obscène qui faisait peur et qui faisait mal,
c'était Mariannine, la jeune femme autrefois si
belle sous les ombrages de la Cava qui lui allaient
si bien! La pensée courant vite, le docteur prit
toute la littérature en mépris et en dégoût. C'était
aller beaucoup trop loin; il y a pourtant de braves
gens, même parmi les naturalistes.

Témoin don Ruf qui, aussitôt appelé à l'hôpital,
se montra fort affligé de ce qu'il voyait. Au moment
où il entra, Mariannine hurlait :

— Le prêtre, le prêtre! Je veux le prêtre! Je le
veux tout de suite!...

— La foi lui revient, dit amèrement le docteur;
il n'y a que la foi qui sauve. Allez chercher l'abbé.

Quand le bon Simplice entra, l'excellent Scharf
prit la porte. Le prêtre était très myope, et il n'y
avait dans la chambre qu'une petite lampe coiffée
d'un large abat-jour qui éclairait à peine la malade;
il s'assit près d'elle et lui parla doucement. Don Ruf,
qu'il n'avait pas vu, étendu dans un fauteuil et tournant le dos à la lumière, demeura immobile, mais
éveillé; un long, très long chuchottement où les
mots se précipitaient l'un sur l'autre avec une vélo-
cité fiévreuse, arrivait à son oreille. Mariannine raconta toute son histoire avec Francisquiel, l'anec-
dote du tailleur, les révélations de don Ruf, les
courses à la station des ânes et même, avec colère,
les dédains du bel enfant, seulement (il faut bien
mentir un peu) elle n'avoua pas tous les incidents
de la dernière rencontre. Après quoi elle demanda
si elle n'irait pas en enfer...

— Non, si vous vous repentez, dit Simplice.

— Après tout, reprit-elle, c'est la faute de mon
mari. Je ne songeais pas à mal; c'est lui qui m'a mis
ces idées en tête. Il m'a répété cent fois que toutes
les femmes sont des... (elle dit le mot) qu'elles font
ceci et cela... (elle entra dans les détails.) Je n'ai
rien fait de tout ça, moi. Je vaux donc mieux que
les autres.

— Il ne faut pas vous excuser, reprit Simplice, il faut vous repentir.

— Je veux bien. Quelle pénitence me donnez-vous ?

— Aucune. Repentez-vous seulement, dit Simplice.

Il n'aimait pas à imposer des pénitences, de même que le docteur n'aimait pas à prescrire des médicaments ; l'un et l'autre, qui se ressemblaient en plus d'un point, y avaient perdu beaucoup de clients, surtout parmi les femmes.

Don Ruf eut un vif déplaisir de ce qu'il venait d'entendre, un peu parce qu'il l'avait écouté ; n'était-ce pas le secret de la confession qu'il venait de surprendre ? Après tout, pensait-il, la confession est un abus ; et d'ailleurs, on ne l'avait pas invité à s'en aller. N'importe, il avait tendu l'oreille et n'en était pas fier. Puis l'histoire même l'ennuyait : Mariannine lui parut odieusement coupable. Si elle eût été la femme d'un autre, il n'aurait vu dans ce qu'elle avait fait qu'une faute très légère, une intention de péché, pas même un péché ! allons donc ! pure invention de la superstition et de l'ignorance. La Science ne connaît ni le mal, ni le bien ; elle ne connaît que le vrai. Mais ces idées ne lui vinrent pas à l'esprit : c'était sa femme ! Et cette femme rejetait la faute sur lui, qui avait pris tant

de peine à l'éclairer! Abîme. — Ah! la Science
avait bien raison, toutes les mêmes : la meilleure
vaut moins que rien. Fragilité, ton nom est femme!
J'ai considéré toutes choses avec les yeux de mon
âme et j'ai trouvé la femme plus amère que la
mort.

C'est ainsi que don Ruf, quoique naturaliste et
païen, citait Shakespeare et Salomon, deux romantiques. Ce qui le fâchait surtout, c'était Francisquiel.
Un ânier, quelle misère! Certes, les mortels sont
égaux ; ce n'est pas la naissance, c'est la seule vertu
qui fait la différence ; il avait dit cela cent fois au
café, sous les Bourbons, quand le mot paraissait
neuf. Lui-même, quoique fils de contrebandier,
avait épousé une blanchisseuse. Mais un ânier! Et
c'était le *tchioutchiare* qui s'était conduit en gentilhomme ou en galant homme. Au lieu de lui casser
la tête, on était forcé de l'admirer. C'était humiliant.
Le monde est ignoble!

Le monde est ignoble! pensait don Ruf pendant
que Mariannine, abattue par la crise et rassurée
peut-être par l'idée qu'elle n'irait pas en enfer,
avait cessé de parler et de remuer. Enfin, n'entendant plus aucun bruit, il se leva, retenant son souffle,
et s'approcha du lit ; le corps avait la lividité, la
rigidité du cadavre ; seules les lèvres remuaient
convulsivement. Simplice, agenouillé, releva la tête

et rencontra le regard de don Ruf; au même moment le docteur entr'ouvrit la porte.

— Elle prie peut-être, dit l'abbé, en montrant le
frisson de cette bouche qui n'avait plus de voix.
Prions avec elle.

Et il remit sa tête dans ses mains. Don Ruf resta
debout, l'œil fixé sur la malade. Tout à coup elle
trembla de tous ses membres, son cou se gonfla, une
vague rougeur lui monta violemment à la tête. Elle
fit un dernier effort pour se soulever; Don Ruf la
soutint dans ses bras; cramponnée à lui, frémissante
et haletante, elle luttait désespérément, pour aspi-
rer de l'air qui n'entrait pas ou qui, aussitôt entré,
sortait avec un bruit de râle, puis elle fléchit, abandonnée, comme une chose inerte, et peu à peu, tout
ce tumulte de l'agonie s'apaisa, les traits contractés
se détendirent comme endormis doucement dans la
mort; elle redevint belle d'une beauté douce et
grave qu'elle n'avait jamais eue. Alors don Ruf oubliant que le docteur était là, s'agenouilla de l'autre
côté du lit, la tête dans ses mains, comme Simplice.
Le docteur lui-même avait beau ne rien dire et ne
rien croire, il faisait comme les autres, il priait, à
sa manière : il pleurait.

X

L'ÉDUCATION ROMANTIQUE

Cependant Romaine était depuis quatre ans chez miss Bess, à Pizzofalcone; on arrivait à la maison par une longue allée découverte entre deux murs. Des fenêtres on voyait la mer entre le fort de l'Œuf et Pausilippe. Les premiers jours, l'enfant fut profondément malheureuse, non qu'elle regrettât sa famille, c'était la rue qui lui manquait. Hélas! plus de flaques d'eau où entrer après la pluie. Puis il fallait se laver les mains toutes les fois qu'elles étaient sales, ne pas faire ceci, ne pas faire cela. Tout était défendu chez la maîtresse. Pas moyen de monter sur les chaises, sur les tables, sur le piano. Puis tout le monde parlait français, vilaine langue. On ne pouvait pas même tirer la queue des chattes: il y en avait sept ou huit dans la maison. Un jour Romaine, voulant tuer une mouche, donna un coup de poing dans une vitre qui, en se cassant, lui déchira la main. Miss Bess lui dit tranquillement :

— C'est la mouche qui se venge.

En effet, la mouche, qui avait échappé au massacre, s'était campée sur le nez de la maîtresse, où elle se frottait les pattes, comme pour narguer la petite fille qui pleurait. Romaine s'essuya aussitôt les yeux en pensant :

— Pourtant, si ç'avait été chez moi, on m'aurait battue.

Miss Bess était vieille et laide, pleine de manies et d'illusions ; elle prononçait notre langue avec l'accent anglais, trouvant cela plus convenable ; elle frisait en tire-bouchons ses cheveux grisâtres, elle causait avec les chattes, et quand les chattes ronronnaient avec humeur, elle leur disait très sérieusement :

— Je vous défends de raisonner.

Mais miss Bess ne battait pas, ne grondait pas même, enfin aimait les enfants, si bien que, tôt ou tard, les enfants aimaient aussi miss Bess. Un jour Romaine, qui avait apporté une trompette de sa maison, se mit à souffler dedans à l'oreille de la maîtresse. Miss Bess ne se fâcha pas, mais dit tranquillement :

— Vous allez m'assourdir avec cette musique.

9.

— Eh bien! quand vous serez sourde, répondit Romaine, vous ne m'entendrez plus.

Miss Bess se pinça le nez; c'est ce qu'elle faisait pour s'empêcher de rire. Depuis cette réponse, elle s'attacha très fort à la petite fille et le lui montra si bien, en ne lui permettant aucune inconvenance, aucune méchanceté, mais en lui passant toutes les drôleries, qu'au bout d'un mois ou deux, Romaine ne montait plus sur les chaises, ne tirait plus la queue des chattes, ne pinçait plus le bras de la bonne, et même, le dimanche, ne voulait pas aller voir sa mère chez qui elle s'ennuyait.

Ah! c'est que le dimanche était le bon jour de fête; miss Bess, qui aimait à grimper (elle avait rapporté cela du Locle où elle était née), montait d'abord de Pizzofalcone au Corso, puis du Corso, par tous les chemins qu'elle connaissait, au Vomero, à Saint-Elme, à Saint-Antoine d'où elle tournait volontiers à gauche et s'engageait dans un long chemin entre deux murs qui, de loin en loin, s'abaissaient en parapets, pour laisser voir d'un côté, par-dessus les villas, la baie de Naples jusqu'au Vésuve, de l'autre, par dessus les vignes, la pointe de Misène et le golfe de Baïa. Chemin faisant, elle enlevait toutes les fleurs qui poussaient au pied des murs ou pendaient par-dessus, ne croyant pas leur faire de mal : c'était là son plus gros vice. Quelquefois, dans la saison des figues, elle s'arrêtait chez un métayer de sa connaissance qui, pour dix sous, permettait aux enfants de s'amuser; en un clin d'œil, quantité d'arbres étaient défruités, les petites filles rassasiées se roulaient dans l'herbe; miss Bess les laissait faire, et, assise à l'écart à l'ombre, vaguement attentive à la symphonie de couleurs qu'on n'entend qu'à Naples, quand le soleil descend, à la suave harmonie du ciel, à la douce cantilène de la mer, à la fière dissonnance du Vésuve, au roucoulement des hauteurs qui bercent Castellamare, Sorrente et Capri, elle pensait à la terre natale :

— Oh! le Châtelard, disait-elle à mi-voix, oh! le saut du Doubs! Oh! les sapinières ouatées de neige ou brodées de givre! Oh! les glaciers roses s'éteignant un à un par-dessus une mer de brouillard!

C'est ainsi que miss Bess vivait dans une perpétuelle illusion, à côté du monde, en dehors de la vie; sur la croupe du Pausilippe, elle était au Locle et se battait à Morgarten en racontant l'histoire de Léonidas. Avec cela, beaucoup de culture et de connaissances utiles : elle pouvait nommer par ordre les dix îles du cap Vert en indiquant leur superficie, le nombre de leurs habitants et en les plaçant au degré voulu de longitude; elle pouvait, de plus, enseigner l'année précise où moururent Romulus, le roi Lear et Guillaume Tell. Et, si on la chicanait sur la réalité de ces personnages, elle répondait avec beaucoup de sens :

— Pour qu'une histoire soit vraie, il n'est pas besoin qu'elle soit arrivée.

Enfin, il y avait quelqu'un chez miss Bess. A son école, Romaine apprit beaucoup de choses, d'abord les noms des plantes et des bêtes, puis le français qu'elle prononçait à l'italienne, en ouvrant bien la bouche et en battant la mesure avec vigueur. Après quoi, elle regarda beaucoup d'images et lut beaucoup d'histoires si intéressantes ! *Le Petit Poucet, Barbe-Bleue, Peau-d'Ane, Cendrillon, le Chat botté, la Belle au bois dormant, le Petit Chaperon rouge.* Ah ! les bonnes excursions dans le pays des chimères, le seul où s'amusent les grands esprits et les petits enfants ! Ce qui étonna Romaine, c'est que toutes ces histoires, elle les savait déjà : la *nonne* les lui avait racontées un peu différemment, mais le fond était le même ; où la *nonne,* qui ne savait pas lire, avait-elle pu les trouver ?

— Elle les tenait de sa grand'maman, répondit miss Bess, et la grand'maman les tenait de son aïeule et l'aïeule de sa bisaïeule ; il n'y a pas d'autres histoires que celles-là, depuis six mille ans.

— C'est donc la mère Ève qui les a faites ?

— C'est elle qui les a commencées, car elles ont

grossi depuis, en passant de grand'mère à grand'-
mère, et chacune y mettait du sien.

— Ève les racontait à ses fils ?

— Oui, mon enfant, pour les rendre sages.

— Je suis sûre, dit Romaine, qu'elles ennuyaient
Caïn et qu'elles amusaient Abel.

C'est ainsi que la fille de don Ruf se remplissait
l'esprit de choses peut-être inexactes. Quand elle
fut un peu plus grande, miss Bess lui dit les aventures d'Epaminondas, d'Aristide, de Cincinnatus,
de Régulus et beaucoup de pareilles, toutes de
braves gens, estimant que celles-ci étaient aussi
vraies que les autres et meilleures à savoir, parce
qu'elles pouvaient donner l'envie de les imiter.
Aussi répétait-elle surtout l'histoire des héroïnes :
Ruth, Judith, Cornélie, Portia (celle de Shakspeare),
Arria, femme de Pœtus, les martyres, Jeanne Darc,
Charlotte Corday, même les contemporaines, la mère
des Cairoli et celle des Poërio furent bientôt aussi
connues de Romaine que Cendrillon et la fée Gra-
cieuse : de là, chez la petite fille, une très haute
opinion de son sexe que miss Bess trouvait très
supérieur à l'autre, à cause de certaines déceptions
déjà vieilles de quarante ans.

Par cette raison, la maîtresse ne parlait jamais
de Dalila, encore moins de la femme de Putiphar;
ces légendes lui paraissaient invraisemblables; il y

a d'ailleurs des choses que les petites filles doivent
ignorer.

— L'ignorance a ses dangers, lui dit un soir
M. le pasteur, homme d'esprit et d'expérience.

— Cela est vrai, répondit miss Bess, à cause des
curiosités qu'elle ne satisfait pas. Mais il y a toujours
moyen de se tirer d'affaire. L'autre dimanche, en
nous promenant, nous avions poussé jusqu'aux
Bagnoles : il y a là des prés bien jaunes où paissaient
des vaches bien maigres : ce ne sont pas les belles
herbes, encore moins les belles bêtes de mon pays.
Romaine portait une casaque rouge. Tout à coup une
énorme tête baissée fondit sur nous, les cornes en
avant, c'était le taureau ; je lui jetai un foulard,
qui était rouge aussi ; le lourdaud s'arrêta pour piétiner dessus et le mettre en pièces ; nous n'eûmes
que le temps de monter sur une barque qui partait
pour Nisida. Romaine pleurait, non de peur, mais
d'avoir eu peur, ce qui lui faisait honte. Pour la
calmer, je dus lui dire que le taureau était une fort
méchante bête et qu'en pareil cas Cornélie, mère
des Gracques, se fût sauvée comme nous. Elle se
calma vite et passa d'une idée à l'autre. Devinez,
monsieur le pasteur, ce qu'elle me demanda ?

— Qui étaient les Gracques ?

— Elle le sait depuis longtemps. Elle me demanda
quelle était la différence entre le taureau et le bœuf ?

M. le pasteur eut envie de rire, mais il se contint,
parce qu'il faut être sérieux.

— Qu'auriez-vous répondu? lui dit miss Bess en
le regardant bien en face.

M. le pasteur avait grande envie de s'en aller : le
fou rire, contenu avec effort, lui gargouillait dans la
gorge.

— Eh bien! poursuivit miss Bess, j'ai répété ce
qu'on m'avait répondu à moi, dans mon pays, quand
j'étais petite fille, je parle de longtemps : « Le
taureau est le papa du veau, tandis que le bœuf
n'est que son oncle. »

Le fou rire partit, comme le jet d'une bouche
à eau, avec un pétillement de feu d'artifice. Romaine
accourut pour savoir ce qui amusait si fort M. le
pasteur.

— Allez, mon enfant! commanda miss Bess, qui
disait *vous* à tout le monde, comme font les Anglais.

Quand la petite fille fut sortie :

— Cette explication, reprit l'institutrice, m'avait
suffi jusqu'à ma vingt-cinquième année. Tout ce que
je demande à Dieu, c'est que Romaine s'en contente
jusque-là.

— Il y a pourtant un inconvénient, objecta M. le
pasteur. Elle croira que les papas sont plos méchants
que les oncles... ou les tantes.

M. le pasteur avait raison. Romaine disait « ma
tante » à miss Bess qui lui avait appris beaucoup de
choses, non pourtant l'amour filial : on ne l'apprend
que chez soi.

Cette idée causa un vif chagrin à l'institutrice;
elle était très pieuse, bien qu'elle fût hérétique et
qu'elle ne voulût pas croire à l'enfer. Il lui fallait un
Dieu bon comme elle. Elle l'arrangeait à sa guise et,
de même que ses chats raisonnaient avec elle, elle
raisonnait volontiers avec lui. Donc elle lisait beaucoup dans la Bible, où elle ne trouvait pas tout bien,
et le soir même où M. le pasteur l'avait affligée, elle
se mit à repasser le Décalogue, sur lequel elle
n'avait pas assez réfléchi. Elle remarqua qu'il n'y
avait, en réalité, qu'un seul commandement positif
(tous les autres étaient des prohibitions) : « Honore
ton père et ta mère. »

Dès le lendemain elle fit venir Romaine dans ce
qu'elle appelait son réduit : c'était une petite
chambre de neuf mètres carrés; une tenture mas-
quait le plafond trop haut; la tapisserie imitait les
boiseries du Locle; les aquarelles accrochées aux
parois rappelaient les fleurs des Alpes et le cortège
de hautes cimes qui défilent en face du Jura. La
fenêtre donnait, non sur la mer qui crève les yeux,
mais sur du vert; un bouquet de pins — non de
sapins, hélas! — pouvant représenter, si on voulait

(et on le voulait), un coin de montagne. On était là bien chez soi.

Miss Bess y fit venir Romaine et lui parla longuement de Mariannine et de don Ruf. Certes elle avait peu de chose à en dire, ne les ayant vus que de loin en loin, mais là où elle manquait de documents, elle trouvait des poésies à citer, car elle avait des milliers de vers étiquetés dans sa mémoire. Le casier du père n'était pas bien garni. Miss Bess se souvenait vaguement d'un homme bourru qui la battait dans son enfance; aussi ne battait-elle jamais les enfants. Elle savait pourtant deux vers d'*Iphigénie*, qu'elle put utiliser en allongeant l'explication :

> Fille d'Agamemnon, c'est moi qui la première,
> Seigneur, vous appelai de ce doux nom de père...

Sur la mère, en revanche, le répertoire ne tarissait pas :

> Et qui pourrait compter les bienfaits d'une mère?...
> Et tombe aux pieds d'un sexe à qui tu dois ta mère...
> Oh! l'amour d'une mère, amour que nul n'oublie...
> Ma fille, va prier : d'abord, surtout pour celle
> Qui berça tant de nuits ta couche qui chancelle...
> Dieu voulut naître de Marie
> Pour avoir une mère aussi...

Il y en avait trente-cinq pages. Romaine, vivement émue, voulut voir sa mère; miss Bess la con-

duisit chez Mariannine alors malade et soignée par
le docteur Vongoli. Mariannine, hélas! ne reconnut
pas sa fille; la femme et l'enfant se regardaient
aussi étonnées l'une que l'autre. La voix du sang se
taisait : il faut qu'elle apprenne à parler, comme il
faut qu'un aveugle opéré apprenne à voir.

— Qu'est-ce qu'elle a donc ? demanda Romaine à
miss Bess.

— Elle a été bien malade et a perdu la mémoire.

— Elle aurait dû me garder près d'elle, n'est-ce
pas?

Romaine disait le mot juste ; les enfants le disent
souvent, quand on les laisse parler. Miss Bess dut
répondre quelque chose, elle ne trouva rien de mieux
que cette mauvaise raison :

— Les mamans sont trop bonnes ; elles aiment trop
leurs petites filles et les gâtent.

Romaine ne comprit pas : la bonté et l'affection
pouvaient donc faire du mal? Miss Bess n'aurait osé
lui dire (elle l'ignorait du reste) que Mariannine
était une âme molle dont on pouvait faire tout ce
qu'on voulait; que don Ruf, adepte du naturalisme,
eût été gêné par une petite fille née de lui : comment
s'y serait-il pris pour exprimer ses idées devant elle?
Comment aurait-il pu les concevoir en la faisant
sauter sur ses genoux? Le plus commode était de s'en
débarrasser; aussi l'avait-il confiée à miss Bess, sur

le conseil d'un étranger rencontré par hasard chez
un antiquaire. Don Ruf, très Napolitain en ceci, ne
se fiait guère qu'aux étrangers. Sur un seul point,
il avait donné ses instructions à l'institutrice :

— Ne lui parlez ni de saint Janvier, ni du pape, ni
de l'enfer, et ne la laissez voir à aucun moine, à aucun curé, pas même à un abbé!

Miss Bess ne demandait pas mieux. On savait déjà
qu'elle était fort hérétique, et n'enseignait qu'un
christianisme très doux; telle fut la religion de Romaine qui apprit beaucoup de choses et atteignit
ainsi sa douzième année. Quand Mariannine était
morte, l'enfant avait pris le deuil et pleuré longuement, de quoi? d'un rêve peut-être. Elle voyait sa
mère dans une brume d'or, à travers les poésies de
la tante Bess.

Un jour cependant, don Ruf lut au café, dans certain journal parisien, un article de son auteur
contre l'esprit protestant qui menaçait de tout enva-
hir: la littérature, la presse, la politique. Le protestantisme, c'est la Bible; on y est muré, défense
d'en sortir. Tout protestant est un cuistre et un hypo-
condre. Défions-nous du train-train bourgeois et
évangélique : il n'en sort qu'une littérature enfan-
tine, pesante, grise et d'un idéalisme fleuri, cédant
toujours à la rage du prêche et apportant, même
quand il veut consoler, la désespérance de la dam-

nation. Ce sont des œuvres incolores et romanesques
dont la prétendue morale détraque les jeunes filles
bien élevées. Aux armes donc! Tuons l'infâme! etc.

Quand l'abbé Simplice attaquait le protestantisme,
don Ruf se contentait de hausser l'épaule en signe
de mépris. Mais diantre! Cette fois, c'était son auteur qui faisait la besogne de l'abbé. Cela devenait
grave; il n'y avait plus de temps à perdre : on est
père ou on ne l'est pas. Miss Bess était protestante;
en restant chez elle, Romaine courait les plus
grands dangers. On allait la murer dans la Bible,
lui infliger la désespérance de la damnation, la
détraquer par des lectures incolores. La fille d'un
naturaliste deviendrait une hypocondriaque et un
féminin de cuistre, comme le sont toutes les filles
des protestants.

Il était donc urgent d'arracher Romaine à miss
Bess, mais où la mettre? Don Ruf n'eut pas un seul
moment l'idée de la prendre chez lui; il aurait dû
cacher ses livres.

Quant aux pensionnats de Naples, on n'y apprenait, croyait-il, qu'à faire l'amour. Demanderait-il
conseil à l'abbé Simplice? D'aucune façon; les
hommes d'Église lui paraissaient tous dangereux;
les plus austères étaient sujets à des désordres céré-
braux qui les rendaient capables de toutes les légè-
retés : don Ruf avait appris cela aux Batignolles. Il

ne songeait pas non plus à consulter le docteur
Scharf, à qui d'ailleurs il ne parlait point du tout de
Romaine, redoutant, sans se l'avouer, non pour les
femmes en général, mais pour sa fille, l'influence
d'un homme sans religion. Ce qui ne l'empêchait
pas de se dire athée lui-même. Par toutes ces raisons, il résolut de faire à sa tête, ce qu'il n'avait
jamais fait de sa vie, peut-être parce que la tête
n'y était pas.

Cette résolution arrêtée, il fut surpris par une
ondée en débouchant dans la rue de Tolède et,
comme il n'y avait plus de carrozzelle à prendre, il
monta dans un omnibus. Deux hommes assis près
de lui vantaient un pensionnat tenu par des sœurs
françaises, dans un quartier salubre, au-dessus du
Corso.

— Un quartier salubre, pensa-t-il ; des sœurs
françaises ; rien de napolitain, rien de protestant :
voilà mon affaire.

C'est ainsi qu'il faisait à sa tête. L'ondée ayant
cessé, il descendit de l'omnibus et une carrozzelle
l'eut bientôt conduit chez les sœurs. Un cloître, un
jardin, de l'air et du jour, des lapins, des poules,
une directrice bourguignonne débordant de vie et
de gaieté (don Ruf lui trouva une odeur de fruit) .
tout cela réjouit sa paternité. On lui montra une
chapelle, il y prit par ressouvenance de l'eau bénite,

et ne s'étonna pas de ce qu'il faisait. Aussitôt décidé,
il promit sa fille à la Bourguignonne.

Le difficile était de l'enlever à miss Bess. Don
Ruf, on le sait, très radical en théorie, faiblissait
dans l'exécution ; il avait le verbe haut, mais la
main flasque. Quand il fut introduit, le soir, dans
le salon de Pizzofalcone où il vit la tante assise,
enlaçant d'un bras le cou de Romaine qui était
debout, toutes deux joue contre joue, les yeux sur
le même livre, il sentit qu'elles s'aimaient et en fut
blessé. Quand les hommes n'ont pas de volonté,
ils y suppléent par beaucoup de mauvaise humeur :
c'est ce qui explique, peut-être, le pessimisme.
Don Ruf prit un air bougon qui étonna miss Bess.

— Je voudrais, mademoiselle, lui dit-il avec embarras, savoir un peu ce que fait ma fille... Car enfin
un père a bien le droit...

— Vous avez raison, répondit doucement l'institutrice. Et elle montra des cahiers, des dessins, des
cartes de géographie, un album où Romaine copiait
des vers...

— Hum ! grommela don Ruf, tout cela, c'est bien
romantique. Je suis sûr que vous lui apprenez aussi
le piano.

— Non, monsieur, dit miss Bess.

Don Ruf détestait le piano, qui faisait concurrence
au naturalisme. A son avis, c'était un exercice

malsain qui déformait les jeunes filles et les rendait insupportables ; il comptait le dire à miss Bess et trouver là un prétexte de rupture ; il y dut renoncer, ce qui redoubla son humeur...

— Et en religion, demanda-t-il, que lui apprenez-vous ?

— Ce que vous m'avez prescrit...

— Vous la rendez protestante. Le protestantisme... et il répéta sa leçon. Miss Bess ouvrait de grands yeux, étonnée qu'un homme qui paraissait instruit pût défiler un si long chapelet de calembredaines.

— Tandis que le catholicisme ? demanda-t-elle avec un petit air malin.

— Le catholicisme immuable a sa raison d'être, affirma don Ruf.

Et il s'embarqua dans un nouveau discours, où il en dit de très fortes ; miss Bess dut prier Romaine d'aller commander le thé. Le naturaliste, qui avait beaucoup parlé, prit une tasse de cette potion ; on en buvait aux Batignolles. La potion acheva de l'énerver, et, comme il cherchait un nouveau motif de brouille, ses yeux tombèrent sur le livre que Romaine lisait avec la tante au moment où il était entré.

— Un roman de Walter Scott ! s'écria-t-il. Ah ! ceci passe toute mesure !

Et, sans saluer, il prit la porte, bien réellement
exaspéré. Le lendemain, miss Bess reçut une lettre
qui avait été difficile à écrire; pas méchante, car
don Ruf aurait bien voulu ne désobliger personne;
humble même, car il n'était pas très fier de ce qu'il
faisait; un peu trouble, car il ne voyait pas très
clair dans sa pensée; un peu bête, car il dédaignait
l'esprit, le trouvant trop vert; un peu lourde, car il
l'avait chargée de pédanterie didactique et de style
flamboyant; mais enfin, on ne pouvait s'y tromper,
il redemandait sa fille. Miss Bess ne s'abaissa pas à
plaider, elle était de la montagne. Mais c'est navrant,
un enfant qui a le cœur gros, qui s'accroche à vos
bras, qu'il faut en arracher de force. Romaine pleura
toutes ses larmes; elle n'avait jusque-là regretté que
sa mère, un fantôme, mais cette fois c'était une
réalité vivante qu'on lui enlevait.

XI

LA MORALE NATURALISTE

A peine arrivée au pensionnat, la nouvelle élève prit une fièvre bilieuse qui effraya don Ruf : dans le délire, elle ne demandait que sa tante, et il fut sur le point d'aller chercher miss Bess ; ce qui le sauva de cette humiliation, c'est qu'il apprit que l'institutrice était repartie pour le Locle. Privée de Romaine, elle ne savait plus que faire à Naples, et la montagne, qui nous rappelle toujours, la reprit. Par bonheur Rosalie, la Bourguignonne, était une excellente garde-malade : elle ne lisait pas de livres, sauf un petit volume en latin qu'elle ne comprenait pas, et ne cueillait point de fleurs ; mais elle savait planter des artichauts, œilletonner ceux qui étaient forts et qui avaient besoin d'être éclaircis, semer à temps, en pleine terre, la graine de concombre qu'elle destinait à faire des cornichons ; elle

10

excellait surtout dans la confection des confitures.
Était-elle gourmande ? Pas le moins du monde,
mais un rôti cuit à point lui faisait plaisir aux yeux,
et sa langue claquait quand les autres en mangeaient
bien. Levée avant l'aube, elle remplissait ponctuel-
lement tous ses devoirs religieux, mais il ne fallait
pas lui demander de contemplation, elle n'avait pas
le temps ; d'ailleurs, ce n'était point son affaire. Elle
avait besoin de mouvement, aussi marchait-elle jusqu'au soir, à pas lents, sans faire de bruit, toujours
sur l'escalier, pour descendre ou monter d'un étage
à l'autre ; chemin faisant elle époussetait un meuble,
chassait un frelon, mettait du sel dans la marmite,
et de ses yeux placides, qui avaient l'air de ne rien
regarder, elle voyait courir le vent. Elle aimait
aussi les enfants à sa manière (toutes les manières
sont bonnes) et s'apitoyait en les voyant enfermés
dans une classe, au printemps surtout et en automne, quand il faisait beau dehors et pas trop
chaud. Elle entrait souvent dans la salle où s'ali-
gnaient des pupitres en face de la sous-maîtresse,
une sœur aussi, bête comme une oie, mais bonne
comme du pain.

A l'entrée de la mère Rosalie, toutes les petites
filles se levaient : c'est ce qu'elles savaient le mieux
faire ; alors la Bourguignonne frappait dans ses
mains, en disant de sa belle voix si franche :

— Allons! petites, allons jouer!

Aussitôt la cour, le jardin, tout ce qui était à ciel ouvert riait, criait, chantait à cœur joie; les voisins, qui savaient les mœurs de la maison, se disaient entre eux :

— C'est mère Rosalie qui professe.

En effet, la Bourguignonne jouait avec ses élèves, surtout avec les plus petites qui la comprenaient mieux, et toujours heureuse quand elle pouvait agir, remuer, se dépenser, faire quelque chose enfin : elle faisait de la gaieté, de la joie. Ah ! ces pays de bons vins, ils produisent toujours de braves cœurs !

Au commencement, quand les autres jouaient dans la cour, Romaine s'enfuyait au fond du jardin sur une pergola que recouvrait une vigne en berceau; là, elle pleurait toute seule. Un jour, la Bourguignonne vint l'y chercher...

— Nous avons de gros chagrins ? lui dit-elle.

— Oh ! oui.

— Nous pleurons toujours tante Bess ?

— Oui, oui...

— Eh bien? sais-tu (mère Rosalie tutoyait tout le monde). Il faut lui écrire...

Romaine sauta au cou de la mère.

— C'est à quoi je pensais, murmura-t-elle en sanglotant encore un peu, mais je n'osais pas vous le demander.

— Pourquoi ?

— Parce que... tante Bess est... protestante.

— Qu'est-ce que ça fait ? Le bon Dieu a les bras assez longs pour nous bénir tous.

Romaine écrivit à miss Bess, qui répondit à Romaine. La réponse contenait deux gentianes et ce post-scriptum fortement souligné :

— Dis à la mère que je l'aime bien et offre-lui de ma part une de ces fleurs.

La Bourguignonne envoya en retour à miss Bess un pot bien ficelé, bien empaqueté, contenant une belle gelée d'abricots. Chacun donne ce qu'il aime. Romaine, qui avait repris goût à la vie, n'en allait pas moins rêvasser toute seule sur la pergola. Mère Rosalie n'aimait pas cela ; dans son opinion, les enfants devaient jouer, parce que quand on joue on fait quelque chose. Aussi voulait-elle que Romaine se remît à courir, et c'était une joie de voir l'enfant dans l'herbe qui pliait à peine sous la fine pointe de ses souliers blancs. Quand elle revenait haletante, toute rouge, les cheveux dans les yeux, on l'aurait mangée.

Cependant Romaine retournait volontiers sur la pergola qui, perchée sur un mur à pic, regardait d'un côté la ville et la mer, de l'autre un chemin creux où ne passait guère, le matin et le soir, qu'un vieux chevrier menant et ramenant ses chèvres. Elle pouvait rester là, toute seule, une heure ou deux, le nez en l'air.

— Écoute, Romaine, lui dit un jour la Bourguignonne, ce n'est pas bon pour les jeunes filles de trop réfléchir.

— Pourquoi, mère?

— D'abord, quand on réfléchit on ne fait rien; puis on se regarde, on s'écoute, on pense trop à soi...

— On pense aussi aux autres.

— Ce n'est rien de penser, il faut faire. Ah! faire pour les autres, il n'y a de bien au monde, il n'y a aussi de bonheur que là.

A l'heure même où Romaine et la Bourguignonne devisaient ainsi, don Ruf dit à Francisquiel assis près de lui dans un fiacre :

— Avant tout, mon garçon, l'intérêt personnel, hors de là tout est faux.

Francisquiel était vêtu en monsieur : chapeau, veston, gilet, pantalon et gants gris, costume hideux ! de plus ses bottines vernies le gênaient et de temps à autre il serrait les dents et aspirait l'air en faisant une grimace de souffrance. Voici ce qui était arrivé. D'abord, après le déménagement de don Ruf, l'ânier avait passé dix-huit mois sans le voir, n'ayant plus à le hisser sur *Tchitchil* jusqu'à la maison de l'Infrascate. Puis il l'avait ren-

10.

contré par hasard au Corso, un jour qu'il revenait seul d'une course à Saint-Elme, et don Ruf ayant fait arrêter sa carrozzelle, Francisquiel s'était entretenu avec lui quelques instants. Cinq ou six semaines après, sur la place de la Charité, ce fut l'ânier qui se permit d'accoster le galant homme.

— Seigneur patron, lui dit-il, je viens de recevoir une grosse lettre. Si vous pouviez me la lire, vous me feriez une grande faveur.

— Mon garçon, répondit don Ruf après avoir parcouru le papier, c'est le questeur qui t'invite à passer à son bureau le plus tôt possible.

— Dieu saint ! le questeur ? s'écria Francisquiel.

Il faut savoir qu'à Naples le questeur est le préfet de police, personnage très redouté, grâce aux souvenirs des Bourbons. On ne pouvait se le figurer qu'entouré de sbires, de chaînes, de pinces, de tenailles, de chevalets, comme le diable. Don Ruf, très obligeant, quoique paresseux, offrit à Francisquiel de l'accompagner chez le questeur.

Ce magistrat, le plus gracieux des hommes, fit asseoir l'ânier et l'appela monsieur; quand ce titre nous est conféré pour la première fois, nous éprouvons une surprise qui est un plaisir.

— Monsieur, dit le questeur, veuillez me faire savoir le nom de votre père.

Francisquiel, très ému, donna l'information qu'on lui demandait.

— Votre père, poursuivit le magistrat, n'était-il pas attaché « sous les passés Bourbons » à la sûreté publique?

Francisquel, très honteux, baissa la tête...

— Et n'a-t-il pas suivi à Rome, après l'entrée à Naples de notre glorieux souverain Victor-Emmanuel, le monarque déchu que la volonté nationale avait expulsé?

Francisquiel, très pâle, pensa qu'on allait le mettre en prison comme fils de bourbonien. Don Ruf s'empressa de répondre à sa place : .

— Cela est vrai ; mais le fils n'a jamais été dans les idées du père, et c'est pour ce motif...

— Je le sais, interrompit le questeur, et je l'en félicite. Puis, se retournant vers Francisquiel.

— Eh bien ! monsieur, lui dit-il, j'ai une triste nouvelle à vous annoncer...

L'ânier se crut dans les souterrains de Saint-Elme.

— Monsieur votre père est mort en Suisse, où il s'était réfugié depuis 1870.

Francisquiel fondit en larmes. Le questeur respecta son chagrin et prit don Ruf à l'écart :

— Vous vous intéressez à ce garçon? lui dit-il en français. Conseillez-lui de se tenir sur ses

gardes. J'ai eu toutes les peines du monde à le
retrouver. Un de ses oncles, que j'emploie, me
soutenait qu'il était mort. Fort heureusement, je
me défie des oncles que j'emploie. J'ai fait consulter
nos registres et ceux des paroisses ; un de mes
agents, qui est à la Caisse d'épargne, m'a mis sur
la voie, en me montrant sur ses livres le nom de
famille que je cherchais. Le père, qui vient de
mourir, était une canaille ; il n'a pas fait de testament ; tout son bien revient à son fils unique : cinq
cent mille francs au moins, plus deux cent mille
environ qui constituaient la dot de la mère, et qui,
depuis dix ans qu'elle est morte, ont dû faire des
petits. Allez chez le notaire Garbouille (*Garbuglia*)
qui demeure au Spaque-Naples (*Spacca-Napoli*),
il a tous les papiers du défunt ; présentez-vous chez
lui en mon nom, pour qu'il ait peur de vous ; c'est
toujours utile en affaires. Et surtout méfiez-vous
des oncles, en particulier de celui que j'emploie :
il convoite l'héritage et il est capable. de tout.
Faites-lui peur.

Don Ruf ne se sentait pas de joie ; ce qui le ra-
vissait, outre la fortune de Francisquiel, c'était la
richesse de documents humains qu'il venait de
recueillir. Il risqua son apophtegme :

— Le monde est une ligue de coquins contre les
honnêtes gens.

— Il y a donc des honnêtes gens? demanda le questeur.

Ce mot humilia don Ruf qui avait trouvé son maître en naturalisme. Pour prendre sa revanche, il emmena Francisquiel qui pleurait encore, et lui dit en descendant :

— Tu pleures, animal, tu pleures un homme qui t'a laissé sur le pavé sans plus s'inquiéter de toi pendant quinze ans?

— Que voulez-vous? c'était mon père.

La carrozzelle attendait à la porte de la questure. L'ânier remonta sur le siège, et don Ruf fit un signe au cocher, qui partit au galop. Cinq minutes après, la porte du notaire Garbouille s'ouvrait largement au bruit d'un grand coup de sonnette.

— Le patron est en conférence avec un client.

— Dites-lui que nous venons de la part du questeur.

Don Ruf et l'ânier furent introduits à la minute. Il y avait bien un client dans l'étude, et il cherchait à se dissimuler, mais Francisquiel le reconnut : c'était son oncle.

— Ah! seigneur oncle, lui dit-il en sanglotant, pardonnez-moi. Vous savez que mon père, bonne âme, est passé à meilleure vie?

— Que veut de moi ce lazzarone ? demanda l'oncle. Comme Dieu est vrai, je ne le connais pas.

— Le questeur le connaît, riposta don Ruf en haussant la voix.

L'oncle rentra sous terre et prit la porte. Le notaire Garbouille, très obséquieux et qui parlait une drôle de langue (l'italien de Naples, mêlé de patois, avec une affectation d'accent toscan) se leva, salua, fit beaucoup de gestes et pria les visiteurs de « s'accommoder »; c'eût été imp oli de les inviter à s'asseoir. Bien plus, il offrit deux fauteuils à don Ruf (s'il en avait eu trois, il les aurait offerts) et prit le chapeau de cet homme important qu'il lissa respectueusement avec la doublure de son habit. Puis il prêta l'oreille.

Don Ruf exposa les droits de Francisquiel qui furent aussitôt admis : le notaire avait déjà touché la bonne main de l'oncle. On compulsa des dossiers, on aligna des chiffres, on fit beaucoup d'additions, de multiplications, des règles de trois, des règles d'intérêt, et d'intérêt composé, ce qui est bien plus pénible; don Ruf, quoique naturaliste, y était fort habile; un phrénologue gascon lui avait dit à Bordeaux :

— Vous avez la bosse du calcul étonnamment proéminente; seulement c'est un don que vous avez négligé.

Le notaire, qui tâchait de ramener toute l'arithmétique aux soustractions, ne put le tromper d'un centime. Francisquiel, ayant fini de pleurer, s'ennuya beaucoup.

— Seigneur patron, demanda-t-il en descendant, qu'est-ce que vous faisiez là-haut avec ce vieux-là? Vous cherchiez des numéros pour la loterie?

— C'est inutile à présent, tu as gagné le terne, répondit mystérieusement don Ruf. Remonte sur le siège et ne demande plus rien. Nous allons à la Marinelle.

Arrivé là, sur le grand quai qui va du Môle aux Carmes, don Ruf monta sur un petit pont en bois qui s'engageait dans la mer et qui était coupé en croix par des cabines.

— Vous voulez prendre un bain?

— C'est toi qui vas le prendre, commanda don Ruf.

Francisquiel ne demandait pas mieux que d'obéir; en trois mouvements, il fut nu comme un ver et beau comme un dieu. Il nageait avec une grâce antique. Quand il sortit de l'eau, il pencha son corps de côté, prêtant l'oreille et tendant un doigt vers le bruit lointain d'une guitare. On l'eût pris alors pour le Narcisse de Pompéi peint en bronze doré.

Au retour, don Ruf en ménageant ses effets, quoique naturaliste, entra sans s'expliquer chez un cordonnier des Florentins, chez un chemisier des Gouantaïes (*Guantai*) qui vendait aussi des gants,

chez un chapelier de Saint-Jacques et chez un tailleur de Tolède; là, dans un petit salon, décoré
d'une armoire à glace, il fit habiller Francisquiel
de pied en cape. Soyons francs, l'ânier y perdit beaucoup : ce costume gris l'enlaidissait, le serrait,
l'étriquait, le gênait à l'épaule, au coude, au genou,
lui enlevait toute liberté d'allure. Mais don Ruf
allait produire son effet. Quand Francisquiel, ainsi
déformé, eut regagné la rue et voulut remonter sur
le siège; le patron lui dit majestueusement :

— Monte dedans, mon brave, et assieds-toi là
près de moi; tu as en ce moment, en chiffres ronds,
quarante-sept mille livres de rente.

Francisquiel demanda des explications : dès qu'il
eut appris que cette richesse lui venait de son père, il
déclara nettement que c'était de l'argent mal gagné,
il n'en voulait pas. Don Ruf bondit sur la banquette.

— Encore du romantisme ! s'écria-t-il, tu t'es
donc nourri, malheureux, de romans honnêtes :
tirades sentimentales, plaidoyers sociaux, peintures
du beau monde, quintessence de la mode et du bon
ton, raffinement sur la religion aimable. Toutes les
niaiseries des têtes vides, tous les mensonges dont
se bercent les cerveaux oisifs et détraqués, toutes les
débauches tolérées de l'imagination !...

Après cette prosopopée, qui dura cinq minutes,
l'orateur passa du général au particulier.

— Tu ne veux pas de cet argent, pourquoi ? Ce que tu fais est faux, tu mens ; tu patauges dans l'Octave Feuillet, dans l'Émile Augier, dans la friperie des cabinets de lecture. Nous voici à la Rivière de Quiaïe (*Chiaja*) ; tu vois toutes ces voitures qui passent ; coupés, landaus, calèches, berlines, tilburys, bogheis, briskas, dormeuses, victorias, escargots, curricles (il en cita bien d'autres, c'était son fort) : tous ceux qui roulent là-dedans ont ou eurent des pères qui volaient. Moi-même...

Il s'arrêta net, par respect filial : il en avait aussi un peu, sans se l'avouer.

— Vous-même ? demanda Francisquiel.

— Il ne s'agit pas de moi : tous ont, ou eurent des pères qui volaient. Sans quoi ils iraient à pied, les misérables...

— J'aime mieux aller à pied, dit Francisquiel.

— Mais, triple animal, tu manques à toutes les règles du déterminisme et de l'utilitarisme ! Tu opposes la tyrannie du libre arbitre à la logique des faits. Tu trahis d'abord l'intérêt personnel ! Toi d'abord ! Hors de là, tout est faux...

C'est à ce moment même que mère Rosalie disait à Romaine : « Faire pour les autres : il n'y a de bien au monde, il n'y a aussi de bonheur que là. »

— Tu travailles ensuite, poursuivit don Ruf, au détraquement de la société. Cet argent que tu re-

fuses, où ira-t-il ? A tes oncles : à celui qui, tout
à l'heure, chez le notaire Garbouille, t'appelait lazzarone et prétendait ne pas te connaître, comme
Dieu est vrai. Et pressens-tu bien ce que fera chez
lui cette fortune ? Elle fera de l'oisiveté qui donnera
de l'occupation à tous ses vices : il mangera beaucoup trop, se grisera tous les soirs, corrompra des
filles, achètera peut-être des électeurs, commettra
toutes les infamies du monde, et crèvera d'ennui
par-dessus le marché. Tout cela par ta faute...

— Ce sont ses affaires, répondit philosophique-
ment Francisquiel. En ce moment il tira son chapeau à un personnage qui se promenait à pied, dans
la Villa Reale.

— Qui salues-tu ? demanda don Ruf.

— C'est le banquier qui m'a donné tant d'argent
pour un vase... Il me regarde avec surprise, on
dirait qu'il ne me reconnaît plus. J'ai envie de lui
demander conseil.

— Va, si tu crois, mais j'irai avec toi. C'est moi
qui veux lui raconter ton affaire.

La carrozzelle s'arrêta devant une porte du jardin
et attendit très patiemment ; Francisquiel, s'étant
fait reconnaître, présenta don Ruf au banquier qui
l'écouta de bon cœur, et ils se promenèrent tous
les trois, un quart d'heure environ, sous les poi-
vriers, le long de la grille. Après quoi, don Ruf,

exténué, tomba sur un banc de marbre en disant :

— Si nous prenions la peine de nous asseoir ?

— Vous avez raison tous les deux, conclut le banquier. Il est certain que Francisquiel ne sera pas blâmé pour avoir accepté le bien de son père, mais il ne suffit pas de n'être point blâmé pour se sentir tout à fait content de soi. On n'est vraiment dans le bien qu'en faisant un peu plus que n'exige l'opinion publique. Songez-y, très estimé don Ruf, le strict nécessaire est trop peu de chose, même pour les simples gens qui, à tout le moins, mettent une poignée de sel dans leur pâte. Il n'y a que le superflu qui nous rende heureux. Eh bien ! l'honneur est le superflu du devoir ; laissez donc cet enfant se donner un petit luxe d'idéal.

— Bon ! pensa don Ruf, la banque elle-même est tombée dans le romantisme.

— Quant à vous, mon ami, poursuivit le banquier en se tournant vers Francisquiel, il ne faut pas exagérer vos scrupules. L'argent est bon à prendre, parce qu'il est bon à donner. Vous refusez le bien de votre père, je ne veux pas vous priver de cette satisfaction ; mais l'héritage de votre mère est bien à vous, et s'il monte à plus de trois cent mille livres, d'après un calcul de don Ruf, qui me paraît être un excellent comptable, c'est encore un joli denier

pour un jeune homme de vingt ans qui n'a pas encore
roulé sur l'or.

— Vous voulez donc, s'écria don Ruf, que l'argent
du père aille aux oncles qui sont des voleurs?

— L'eau va toujours à la rivière, répondit le banquier.

— Et les oncles estimeront que leur neveu est un
idiot.

— C'est ce qu'on a pensé de Socrate.

Francisquiel, qui n'était pas bon comptable, trouva
que le banquier avait raison. La carrozzelle attendait
toujours à la porte du jardin; don Ruf, en y remon-
tant, était dans un tel état d'exaspération, qu'il ne se
contenta pas de tonner contre MM. Émile Augier et
Octave Feuillet, mais il remonta jusqu'à Plutarque.

— C'est lui, cria-t-il, qui a fait tout le mal.

Tous ceux qui passaient en voiture se retournaient,
se demandant avec curiosité pourquoi cet homme
mûr grondait si violemment ce beau jeune homme,
car l'ânier était encore beau, malgré le chapeau de
soie gris qui lui serrait le front. L'opinion générale
était que Francisquiel avait fait des siennes et que
son père, ou son oncle, lui lavait la tête; les femmes
disaient : Pauvre garçon !

Le cocher, pris à l'heure, tourna vers la rue de
Quiaïe; c'est le plus court, mais le plus long à l'heure
où toutes les voitures de Naples sont dehors. Au bout

de la rue, entre les deux cafés, don Ruf, qui n'avait
pas cessé d'injurier Plutarque, donna un coup de
canne sur l'épaule du cocher et avança vers lui la
paume de la main ouverte; le cocher, habitué à ce
signe, arrêta son cheval. Le questeur, qui passait en
ce moment, fit aussi arrêter sa calèche, et les deux
hommes, se penchant l'un vers l'autre, par-dessus la
portière, échangèrent quelques mots.

— Vous aviez raison ce matin, le monde n'est pas
une ligue de coquins contre les honnêtes gens.

— Qu'est-ce que c'est donc?

— Une ligue de coquins contre les imbéciles.

— Et ceux qui sont en même temps imbéciles et
coquins, qu'en faites-vous?

— Je n'y avais pas pensé.

— C'est pourtant tout le monde.

Pendant que le questeur et don Ruf, obstruant le
passage, se transmettaient ainsi des idées pessimistes, quantité de voitures étaient venues de Saint-
Ferdinand, quantité d'autres de Sainte-Catherine;
toutes avaient dû s'arrêter, s'agglomérer. Ce fut une
vraie bagarre, et les chevaux piétinaient, piaffaient,
secouaient la tête, remuaient la queue, pour chasser
les taons qui faisaient bombance; les belles dames
agitaient l'éventail avec humeur; les cochers de
grande maison maugréaient; les coups de fouet pleu-
vaient d'un siège à l'autre; les piétons, refoulés sur

les trottoirs étroits, désespéraient de traverser la
rue; les femmes bousculées poussaient des cris, les
balcons peuplés éclataient de rires; les filous vidaient
les poches de leurs voisins; un écrivain de talent qui
allait à pied, pris entre les deux voitures, entendit la
conversation du questeur et de don Ruf. L'encombrement dura vingt-cinq minutes, et pendant ces vingt-
cinq minutes on cria beaucoup, mais on ne circula
pas.

— Les idées pessimistes, pensa l'écrivain, n'en
font jamais d'autres.

XII

SECONDE EXPÉRIENCE

Francisquiel, doucement obstiné, eut gain de
cause ; un conseil de famille où don Ruf, qui l'avait
exigé, fut nommé tuteur, décida qu'à la majorité du
fils l'argent de la mère lui reviendrait, et l'argent
du père aux oncles. Les valeurs et les titres, contre
l'avis du notaire qui aurait voulu les détenir, furent
déposés chez le banquier. Malgré les prévisions de
don Ruf, les oncles ne trouvèrent pas que leur neveu
fut un idiot ; au contraire ; ils ne tarissaient pas
d'éloges sur sa conduite. Bien plus, celui qui était à
la police eut des remords ; il ne rendit pas l'argent,
mais il changea de métier et tomba dans la dévotion ;
le brave homme craignait d'ailleurs les coups de
sang et se faisait saigner deux fois par an, au printemps et en automne. Il vient de mourir exemplaire-

ment, en léguant tous ses biens aux pauvres ; ce que
les pauvres en auront, je ne sais pas.

Après quoi Francisquiel acheta une petite maison
sur la colline. Il y avait une écurie et un pré pour
Tchitchil, car il ne voulut pas vendre son âne et il
fit bien. On n'arrivait à cette maison que par un
sentier très raide où même les âniers refusaient de
hisser leurs clients. Aussi don Ruf n'y voulut-il jamais
aller, car en fait de locomotion il n'était nullement
naturaliste. Il estimait que si l'homme a des jambes
qui se plient, c'est évidemment pour s'asseoir. Un
escalier à monter lui causait une sorte d'effroi ; aussi
allait-il peu ou point chez les autres. Il donnait des
rendez-vous au café où il passait quatre heures par
jour et ne buvait qu'un verre d'eau.

Quand Francisquiel fut installé dans sa petite
maison, sa vie s'arrangea toute seule. Tôt levé, par
vieille habitude, il descendait dans son écurie, en
manches de chemise et pieds nus, puis, menant
Tchitchil dans le pré, l'étrillait amicalement ; les
deux anciens compagnons faisaient leur toilette
ensemble au bord d'un puits très profond, où il y
avait de l'eau même en été, mais il fallait tirer longtemps les seaux, exercice excellent qui assure cent
années de vie. Cela fait, les deux amis déjeunaient,
l'un d'herbe et l'autre de fruits qui ne manquaient
pas ; l'hiver il y avait des oranges. Puis Francisquiel

endossait le costume gris qu'il s'était habitué à porter ; seulement il avait substitué des souliers d'étoffe
aux bottines de cuir et un chapeau de paille au chapeau de soie ; ainsi amendé, son habillement n'était
pas beau, mais ne le gênait plus. Il montait alors à
poil sur *Tchitchil* qui le descendait à la ville et qui
s'en revenait tout seul au logis.

A deux heures précises, Francisquiel dînait chez
le traiteur, puis il allait au café où il trouvait dont
Ruf. Le naturaliste, qui l'aimait fort, fondait sur lui
les plus grandes espérances : trop paresseux et
peut-être aussi trop âgé pour expérimenter par lui-
même, il n'était pas fâché d'avoir sous la main un
jeune homme qui pût lui fournir des documents.
Aussi le poussait-il toujours à provoquer des expériences.

Francisquiel, il faut le dire, ne demandait pas
mieux que de faire ce plaisir à don Ruf.

Il avait, on l'a vu, bien des qualités ; mais il lui
manquait un peu de consistance, et de quelque côté
que vînt souffler le vent, il y tournait son aile,
comme le meunier de Sans-Souci. Avec le banquier,
homme intègre, il prenait feu pour la vertu ; s'il eût
connu le docteur Scharf, il eût cherché l'évolution
dans les infusoires ; s'il eût connu l'abbé Simplice,
il aurait servi la messe tous les matins. Mais il ne
voyait que don Ruf et auprès de lui s'émoustillait,

11.

gonflait ses yeux, happait mentalement des pommes
vertes. C'est pourquoi, quittant Alfred de Musset, il
épela d'abord avec ennui la littérature que lui offrait
son guide : il y prit goût pourtant, comme avait fait
la pauvre Mariannine, et cette chère épicée, tout en
le dégoûtant un peu, l'affriolait. *Tchitchil* eut à s'en
plaindre ; quand son maître couché sur le flanc, dans
le pré, les yeux sur un volume à couverture jaune, en
tournait les feuillets avec des frissons de fièvre et de
petits rires sans gaieté, pas de jeux possibles ; on ne
se roulait plus éperdument, le matin, dans l'herbe
fraîche et mouillée, on n'escaladait plus, par des sen-
tiers de chèvre, les escarpements de la colline ; on
oubliait même de manier l'étrille et de tirer l'eau du
puits. L'âne avait beau faire toutes ses grâces,
tourner autour du maître en multipliant ses plus irrésistibles agaceries, s'étendre auprès de lui dans
le vert et avancer familièrement la tête entre le livre
et les yeux qui étaient penchés dessus, Francisquiel
écartait le museau d'une caresse ; un jour même, in-
terrompu dans sa lecture au moment où il entrait,
avec son auteur, dans un cabinet particulier où devaient se passer des choses…! il alla s'enfermer, le
livre à la main, dans sa chambre, il en sortit rouge
comme du feu.

— Maître, dit-il un jour à don Ruf, je crois que je
tiens enfin mon expérience.

— Enfin !... Conte-moi ça. (Ils étaient au café).

— Pas ici, de grâce, allons sous le portique de Saint-François-de-Paule.

— Y penses-tu, malheureux ? Veux-tu me faire marcher jusque-là ?

— C'est à cinquante pas d'ici...

— Quarante-cinq pas de trop. Prenons plutôt une voiture.

— Le cocher nous entendrait, cela ne se peut pas.

Francisquiel, on l'a vu, quoique très malléable, était très obstiné en certaines choses; don Ruf se vit donc forcé de marcher auprès de lui trois minutes pour le moins; mais il ne put aller plus loin que l'église. C'est un temple circulaire qui cherche à imiter le Panthéon. Il n'y avait personne; deux chats se lutinaient sur l'autel, un jour gai s'épanchait de la coupole. Ce fut là qu'assis sur un banc, don Ruf reçut la confidence de Francisquiel.

— Je descendais ce matin sur *Tchitchil* le sentier qui grimpe chez moi. Vous n'avez jamais voulu y venir, vous ne connaissez pas le chemin : tout creux et bosses, raide comme le cône du Vésuve, des herbes partout, même dans les murs d'où sortent les figuiers. *Tchitchil*, qui était gai, descendait au galop ; j'aurais eu peur, si c'eût été une autre bête. Mais lui n'est jamais tombé sous moi. J'étais allègre

aussi ; nous faisions, en courant, un vent du diable,
qui eût emporté mon chapeau, si je ne l'avais pas
tenu à la main. Ce vent m'entrait dans la bouche,
et c'était bon ; mes cheveux dansaient sur mon cou
et sur mes joues. Tout à coup...

On entendit un son de cloche, c'était l'Angélus.
Francisquiel se signa par dévotion, don Ruf en fit
autant par contagion ; les chats qui étaient sur l'autel levèrent le museau, pour écouter la musique.
L'interruption ne dura que vingt secondes ; quand
on se tait, c'est long.

— Tout à coup ? demanda don Ruf.

— Tout à coup un cri tomba d'en haut, je levai la
tête et j'entendis au haut d'un mur qui ne finit pas,
sur une terrasse couverte, les bras au ciel...

— Une femme ?

— Oui.

— Grasse ?

— Je n'en sais rien.

— Comment ! tu n'en sais rien ? c'est la première
chose à regarder. Qu'as-tu fait alors ?

— *Tchitchil* galopait toujours, et comme il n'a-
vait pas de bride, pas même un licou, je ne pouvais
l'arrêter ; je sautai bien à terre, mais trop tard ;
quand j'eus remonté jusqu'au pied du mur, plus de
femme...

— Et alors ?

— Alors, c'est tout.

— Oh ! sainte simplicité ! s'écria don Ruf, en levant une main vers la coupole. Hé quoi ! tu vois une femme sur qui, à première vue, tu as produit une vive impression, car elle a eu peur, et pour qui ? pour toi, malheureux, qui dégringolais au grand galop, sur un animal débridé, par un chemin de chèvres. Et tu ne montes pas chez elle ; et tu ne lui dis pas : « Madame !... » Ah ! si c'eût été moi.

Si c'eût été don Ruf, il ne se fût rien passé du tout, le mur était trop haut, la rampe trop escarpée pour les jambes du naturaliste. Le lendemain, à la même heure, Francisquiel descendit par le même chemin à la villa, mais à pied cette fois ; *Tchitchil*, très étonné, le suivait comme un chien. Mais la terrasse était déserte. Seulement, au pied du mur, il trouva une rose qui était probablement tombée d'en haut. Il le dit le soir à don Ruf.

— Tu es plus heureux que tu ne le méritais, dit le maître. A présent, entrons dans les détails, qui est-elle ? que fait son mari ? As-tu dressé le plan de la maison, observé minutieusement l'escalier ? Ah ! l'escalier, mon petit, tout est là : quand on a inspecté l'escalier dans tous ses recoins, on est maître de la place.

Francisquiel, hélas ! ne savait rien de l'escalier,

n'avait pas dressé le plan de la maison, ignorait même s'il y avait un mari, n'était pas plus avancé que la veille.

— Ah! marmotte, s'écria don Ruf, triple marmotte! je te défends de revenir ici sans nouvelles. Tu m'as entendu?

Francisquiel disparut pendant huit jours. Le maître commençait à éprouver quelque inquiétude et à se repentir de son injonction; il s'était d'ailleurs attaché à l'élève qu'il était en train de former et qui l'occupait tous les jours deux bonnes heures. Aussi fut-il ravi de le revoir.

— Eh bien! lui dit-il, il y a du nouveau?

— Allons à Saint-François-de-Paule.

— Allons plutôt à Saint-Ferdinand : c'est plus près du café.

Quand ils furent dans l'église :

— Parle vite, est-ce fait? demanda don Ruf.

— C'est fini, répondit tristement Francisquiel.

— Comment fini? Vous êtes brouillés? Déjà?

— Nous nous étions trompés. D'abord il n'y a pas de mari. Cette jeune femme est une jeune fille.

— Qu'est-ce que ça fait?

— Une jeune fille honnête...

— Tant mieux!

— Innocente comme l'enfant qui vient de naître...

— Je connais cette musique. La jeune fille d'au-

jourd'hui, flottant de l'ange à la bête, est un produit
de cette littérature imbécile qui fait d'elle un phénomène d'ignorance, une essence de pudeur. Toujours
la démence lyrique, le saut dans l'inconnu : c'est
stupide. Eh, pardieu ! instruisez vos filles, mettez-les
le plus tôt possible dans les réalités de la vie, faites-
les pour nous et pour l'existence qu'elles doivent
mener, vous ferez d'excellente besogne !

Don Ruf parlait un peu fort : une vieille femme
agenouillée sur une chaise se retourna ; comme elle
le connaissait, elle le salua d'un mouvement de tête
et d'un sourire malin, puis elle se remit en prière.

— Allons, bon ! maugréa don Ruf, voilà qu'on m'a
vu dans une église ! Ce cafard de Simplice le saura
demain et se moquera de moi.

Il sortit aussitôt de Saint-Ferdinand et força Francisquiel de monter avec lui dans un fiacre.

— Nous parlerons français, lui dit-il, le fiacre ne
nous comprendra pas. Pour être moins gênés par le
bruit, nous ferons le tour de Capodimonte.

Impossible de s'entendre jusqu'au Musée à cause
des milliers de roues qui roulaient dans la rue de
Tolède. L'entretien ne put se renouer qu'à la montée, où le cheval se mit au pas.

— D'où sais-tu, demanda don Ruf, que la jeune
fille soit un ange ? L'as-tu vue au moins ? Comment
la nommes-tu ?

— Térésine.

— Grasse, n'est-ce pas ? Brune ou châtaine ?

— Couleur d'orange.

— Quinze ans au plus, puisqu'elle ne sait rien.

— Dix-huit.

Pourquoi Francisquiel mentait-il ainsi ? Toutes ses indications étaient inexactes. Est-ce qu'il voulait dépister le naturaliste ? Ou bien tenait-il à voiler la déesse pour la voir seul comme elle était ?

La vérité, la voici, on peut la dire. En repassant un matin, sous la terrasse, l'ex-ânier avait vu l'inconnue qui lui avait pris le cœur, grâce à don Ruf. Assise sur l'angle du parapet et tenant un livre à tranche dorée, elle laissait voir un profil perdu très brun et des ondes de cheveux noirs qui lui tombaient sur les épaules. La main très mince et faite pour s'allonger dans celle d'un ami se détachait vivement sur le fond vert de la reliure. Le soleil, luisant sur la dorure de la tranche, lustrait les cheveux de la jeune fille et lui allumait une étoile sur le front.

Francisquiel resta longtemps en extase, retenant son souffle qui eût pu dissiper l'apparition. Il fut ramené sur la terre par un coup de corne : une chèvre descendait de la colline et l'invitait à ne plus lui barrer le chemin. En même temps le chevrier, se penchant vers le contemplateur, lui chuchota ces mots à l'oreille :

— Fils, tu perds ton temps; celle-ci n'est pas pour toi.

Francisquiel devint d'abord très rouge, honteux d'avoir été pris en flagrant délit, puis il se mit à descendre tristement derrière le chevrier qu'il rejoignit bientôt, à l'endroit où le ⌐pavé commence. *Tchitchil*, fâché qu'on ne s'occupât pas de lui, était retourné à la maison.

— Pourquoi n'est-elle pas pour moi, compère?

— Parce que tu as été *tchioutchiare*, répondit le chevrier. Tu as tenu longtemps la queue de ta bête. Il y a la tache, et les gants ne la cachent pas.

— Vous connaissez la personne qui est là-haut ?

— Oui et non, je ne lui ai jamais parlé, mais elle est dans une maison dont la portière m'achète du lait. Il faut bien causer un peu pendant que je trais mes chèvres. Cette maison est un demi-couvent où des nonnes françaises tiennent école. La pension est chère, un millier de ducats par an. Donc, mon gamin, les filles qu'on y met sont *roba grossa* (gibier de choix et de bouche). Quand les gens comme nous vont au marché, ils n'achètent que des lupins.

— Alors, demanda tristement Francisquiel, celle qui était là-haut est de grande famille ?

— *Cachpt !* (bigre) s'écria le chevrier, en faisant claquer ses doigts.

— Sais-tu au moins son nom, celui de son père?

— Ça, non; mais si tu me donnes un *mozzone* (un bout de cigare), je te le dirai demain.

Francisquiel ouvrit son porte-monnaie qui était un portefeuille et en tira un billet de dix sous. Le chevrier le prit et ôta son bonnet en disant :

— Serviteur de Votre Excellence.

Le lendemain, devant sa porte, en attendant la chèvre qui descendait chaque matin à la même heure, Francisquiel essaya de lire un des volumes que lui avait prêtés don Ruf. Il n'en put supporter trois pages et le jeta loin de lui avec dégoût, *Tchitchil*, qui en voulait à ce paquet de papier, le mordit à belles dents et piétina dessus avec une rage de joie. Enfin le chevrier arriva.

— On ne connaît pas le père, qui n'a pas donné son adresse; et il a inscrit sa fille sous le nom qu'il a voulu. Il vient la voir de temps en temps, en homme qui se cache; on croit que c'est quelque prince bourbonien, en tout cas un très grand seigneur. La signorina, qui a tous les biens de Dieu, se nomme Romaine.

— Hélas! pensa Francisquiel, qui renonça aussitôt à son rêve et qui, le jour même, alla confier ses chagrins à don Ruf.

— Mais enfin, pourquoi est-ce fini? demanda le naturaliste, quand le cheval se remit à trotter sur le terrain plat.

— Parce que son père est un grand seigneur et
que j'ai conduit des ânes...

— Les mortels sont égaux ; ce n'est pas la naissance... mais don Ruf n'alla pas plus loin parce
qu'on lui avait interdit aux Batignolles de prononcer
le mot de vertu, un mot vieilli.

— Et je ne pourrai jamais l'épouser, soupira
Francisquiel.

— L'épouser ? Quel est ce mot risible ? L'épouser,
toi ? Tu songes à l'épouser ? Ah ça ! nous retombons
dans la nouvelle sentimentale ? M. Arthur donna la
main à Mlle Julie : ils furent heureux et eurent
beaucoup d'enfants. Te marier, toi, mon élève, mon
fils spirituel ? Abomination et berquinade !

La prosopopée dura jusqu'aux *Ponti rotti* ou
Ponti rossi (Pont rompu ou Pont rouge). C'est une
ruine d'aqueduc romain jetant quelques arches à
travers la route ; des massifs d'arbres touffus ré-
pandent à droite une ombre humide ; au fond, à
gauche, un beau pin ouvre très haut son parasol.
L'endroit est solitaire ; en y arrivant, les rares Napolitains qui vont à pied brandissent leur canne et
boutonnent leur habit. Francisquiel, sûr de n'être
pas vu, fondit en larmes.

— Qu'est-ce qui te prend ? demanda don Ruf.

— J'ai conduit des ânes, et mon père était... Le
pauvre garçon n'acheva pas.

— Voyons, mon enfant, soyons raisonnables. Tu as
conduit des ânes ; il n'y a pas de sot métier. A présent tu possèdes au moins de quoi vivre, malgré la
fortune que tu n'as pas voulue, en quoi tu as agi fort
sottement. Mais là-dessus, passons l'éponge. Quant
à ton père, eh bien! quoi! Il faut avoir l'esprit sin-
gulièrement ensorcelé par le romantisme pour se
figurer que dans le vrai monde, l'iniquité du père
puisse encore retomber sur le fils. Ça, mon garçon,
c'est de la juiverie. Cette obligation de sacrifice ou
d'héroïsme pour réhabiliter un nom plus ou moins
taré, ça ne se voit que dans les romans idéalistes.
Et cela par une raison fort simple, c'est qu'il n'y a
pas de nom qui ne soit taré. Le sacrifice était une
manie d'aliénés hébétés par le mysticisme. Aujour-
d'hui, mon garçon, nous ne donnons plus dans ces
insanités-là. Le grand point, c'est la lutte pour la
vie. Mange-moi, sans quoi je te mange ; hors de là
point de salut. Quant à l'héroïsme, il n'en est plus
question, même à la guerre, depuis les progrès de
l'artillerie. Malgré la sottise que tu as faite, tu as de
quoi dîner tous les jours, et même, si tu y tiens, de
quoi mettre deux couverts à ta table. Tu seras ma-
jeur dans quelques jours, et ton banquier, que j'ai
vu l'autre hier, m'a dit que tu pourrais dépenser
déjà quinze mille livres tous les ans, si tu voulais.
Donc, ne pleure pas, ta vie est assurée. Si tu per-

sistais dans l'idée archifolle de prendre une femme,
tu en trouverais cent pour une, même dans les plus
hautes maisons, malgré ton passé, malgré celui de
ta famille. Moi-même, si j'avais une fille, — je n'en
ai pas au moins! — je serais très fier de te la donner.

Don Ruf s'engageait beaucoup. Tout naturaliste
excède sa pensée. Cette fois du moins, il n'eut pas
à se repentir du bon sentiment qui lui avait dicté
une parole imprudente : Francisquiel le prit dans
ses bras, sur la place des Carmes qui était pleine
de monde, et le serra contre son cœur avec effusion.
Personne n'y prit garde : on s'embrasse beaucoup à
Naples, au moins entre hommes; entre homme et
femme jamais, au moins en public.

— Où en êtes-vous? reprit don Ruf, toi et Térésine...

— Térésine?

— Tu as déjà oublié son nom?

— Pardonnez-moi, ma tête n'y est plus. Vous
voulez savoir où nous en sommes? Eh bien! nous
en sommes là, je ne lui ai pas encore parlé. C'est à
peine si j'ai pu la voir une fois, d'en bas. Impossible
d'arriver où elle est.

— Où est-elle?

— Dans une... maison... bien gardée. Le diable
n'y entrerait pas. Vous voyez bien, il n'y a rien à
faire.

— La terrasse où tu l'as vûe est-elle bien éloi-
gnée de la maison ?...

— Comme d'ici à ce brigantin qui est à l'ancre.

— Cent mètres au moins, estima don Ruf. Et en
face de la terrasse, de l'autre côté du chemin creux,
qu'y a-t-il?

— Un autre mur et un bosquet de citronniers
par-dessus.

— Donc une propriété de campagne. Tâche d'y
avoir tes entrées...

— Je l'achèterai s'il le faut.

— Pas de bêtise! répartit don Ruf, qui était bon
comptable. Tu y feras ce que tu voudras avec une
bonne-main au portier ou au métayer. S'il y a des
maîtres, tu pourras te lier avec eux. S'il n'y a
qu'un chien, tu lui jetteras un petit pain dans la
gueule...

— J'ai compris! dit Francisquiel en jetant son
chapeau en l'air.

XIII

L'EXPÉRIENCE CONTINUE

Il y a un dieu pour les amoureux. La propriété
qui faisait face à la pergola n'était qu'une prairie
plantée d'arbres, un verger et une vigne en même
temps, car les pampres couraient d'un tronc à
l'autre : tout cela poussait au petit bonheur. Les
citronniers étaient venus tout seuls et formaient
devant le mur une forêt vierge. Le paysan qui avait
affermé ce coin de terre n'y venait que de loin en
loin pour faucher l'herbe et cueillir les fruits. Quand
Francisquiel alla lui demander la permission de se
promener dans la « masserie », le brave homme,
fort étonné, lui répondit aussitôt :

— Servez-vous.

Mais, voyant à l'habit et aux souliers que c'était
un monsieur, il lui demanda pour quoi faire.

— Pour manger des citrons frais, dit Francisquiel.

— Alors vous me donnerez cinq sous par jour.

— Je t'en donnerai dix.

Le paysan regretta de ne pas en avoir demandé
vingt. Enfin le marché fut conclu, et dès le lendemain, par une petite porte dont on lui donna la clef,
mais qu'un coup d'épaule aurait ouverte, Francisquiel entra dans le bois de citronniers. Il fallut
d'abord braver une broussaille de ronces, d'aloès,
de myrtes sauvages, de fragons piquants dardant
contre lui leurs épines.

Cela fait, il dut casser quantité de branches pour
arriver jusqu'au mur, qui était deux fois plus haut
que lui. Il y monta cependant, non sans peine, et
quand il se fut assis sur la crête, essoufflé, ruisselant et s'essuyant le front avec sa manche (ah! les
vieilles habitudes!), il constata que ce ne pouvait
être pour lui un poste d'observation. Certes, il
voyait de là-haut la terrasse, le jardin, la longue
allée qui aboutissait à la cour, quelques arcades du
cloître et une douzaine de fenêtres; mais, par la
même raison, les fenêtres, les arcades, l'allée, le
jardin devaient le voir à merveille, malgré l'épais-
seur du feuillage vert. Aussi n'eut-il rien de plus
pressé que de redescendre; et, comme les idées
viennent vite quand on veut ce qu'on veut et rien

autre, il essaya de pratiquer un trou dans le mur à
la hauteur de son œil. Ce travail est malaisé quand
on n'a que ses ongles; par bonheur le paysan qui
avait affermé le verger était curieux et ne portait pas
de chaussures, ce qui lui permit d'arriver sans bruit
tout près de Francisquiel.

— Hé! monsieur, que faites-vous là?

— Je maçonne...

— Alors ce sera vingt sous par jour.

— Va pour vingt sous, mais à deux conditions : la
première, c'est que tu m'ôtes cette pierre du mur;
la seconde, c'est que tu ne remettras plus les pieds
ici, quand j'y serai.

La pierre fut enlevée en un clin d'œil et le paysan,
satisfait de l'aubaine, trouva prudent de ne pas faire
de questions. Un garçon qui vous donne vingt sous
tous les jours et qui paye comptant ne saurait être un
malhonnête homme. Peut-être s'agissait-il de guetter quelqu'un qui devait passer dans le chemin et
de lui envoyer une balle dans la tête. Affaire de ven-
geance ou d'amour...

— Je n'y suis pour rien, pensa le paysan, ne
nous en mêlons pas.

Francisquiel fut ravi de son idée : par l'étroite
ouverture qu'il avait fait pratiquer, il pouvait tou
voir sans être vu. Il y tint son œil braqué jusqu'au
soir. Peine perdue; Romaine ne se montra ni sur la

12

terrasse ni dans le jardin. C'était donc le matin
qu'elle venait prendre l'air et lire son livre. En
effet, le lendemain, de bonne heure, il la vit arriver
lentement, vêtue d'un long peignoir blanc qui
relevait le noir des cheveux et le brun du visage. Un
beau profil de Procidane, un peu sévère, au nez droit
suivant la ligne du front, mais quand elle eut tourné
pour gagner la terrasse, elle parut tout autre; vue
de face, elle avait un air d'enfance et de gaieté qui
riait franc dans ses yeux ouverts. Elle alla s'asseoir
sur le parapet, le dos tourné à Francisquiel, et
reprit sa lecture.

Une religieuse vint la déranger.

— Que lis-tu là, Romaine?

— La *Vie des Saints.*

— Un beau et bon livre. Seulement ces histoires-
là, vois-tu, ce n'est plus de notre temps. Il ne faut
pas se monter la tête. Les saints, il y en avait sans
doute au temps où on risquait sa vie à confesser sa
foi. Maintenant on n'y risque plus rien, les gouver-
nements ont cessé de nous persécuter, c'est tout au
plus s'ils nous taquinent. Ceux qui aujourd'hui
cherchent le martyre perdent beaucoup de temps
qu'ils pourraient mieux employer. Regarde ce
jardin : il y a quantité de pierres dans les plates-
bandes, beaucoup de mauvaises herbes à arracher
avant que leurs graines soient fleuries; il faut de

plus semer les raves et les radis longs. Viens, Romaine.

Romaine se leva aussitôt, quittant son livre. Elle était charmante, agenouillée sur le gazon ou ployée en deux sur la terre, ou courant dans la rosée qui étincelait. Francisquiel la mangeait des yeux et l'écoutait aussi, car il n'était souvent qu'à dix pas d'elle. Par la brèche qui dominait le jardin, il pouvait la voir en pied, debout dans le soleil.

C'est ainsi qu'il apprenait jour à jour les secrets de la jeune fille. Elle aimait les fleurs rouges et s'en plantait volontiers dans les cheveux; elle lisait volontiers, ce qui déplaisait à mère Rosalie; quand les cloches sonnaient, surtout une cloche lointaine, elle tendait l'oreille et demeurait longtemps immobile à écouter fixement. Un matin, plus gaie que d'habitude, elle courut à la rencontre de la mère :

— Savez-vous, lui dit-elle, j'ai quinze ans aujourd'hui.

— J'en ai vingt et un, comme ça irait bien! pensa Francisquiel.

Il se rappela aussitôt des vers de Musset, assoupis dans sa mémoire et, dès que Romaine eut disparu, il chercha le livre depuis longtemps négligé. Il le trouva chez lui, au fond d'un tiroir, et lut avec une ivresse douce :

Une enfant de quinze ans, presque une jeune femme;
Rien n'est encor formé dans cet être charmant :
Le petit chérubin qui veille sur son âme
Doute s'il est son frère ou s'il est son amant;
Ses longs cheveux épars la couvrent tout entière,
La croix de son collier brille encor dans sa main,
Comme pour témoigner qu'elle a fait sa prière
Et qu'elle va la faire en s'éveillant demain!

— C'est elle! s'écria l'amoureux; le poète l'avait vue!

Romaine, en effet, portait de longs cheveux flottant sur ses épaules et tenait souvent à la main la croix de son chapelet. Francisquiel lut plus loin dans son livre :

Quinze ans! — ô Roméo, l'âge de Juliette!
L'âge où vous vous aimiez! où le vent du matin
Sur l'échelle de soie, au chant de l'alouette,
Berçait vos longs baisers et vos adieux sans fin!...
Quinze ans! l'âge où la femme au jour de sa naissance
Sortit des mains de Dieu si blanche d'innocence,
Si riche de beauté, que son père immortel
De ses phalanges d'or en fit l'ange éternel...

Quand il se fut redit vingt fois ces vers, Francisquiel courut à Naples et, oubliant le dîner, sauta dans un canot amarré à Sainte-Lucie. Un barcarol lui offrit ses services.

— Merci, dit l'amoureux. Je n'ai pas besoin de toi.

En un clin d'œil, il fut sous le pont du fort de l'Œuf; quand il l'eut passé, s'éloignant de la côte, il pointa sa proue sur Pausilippe. Le canot, mince et long, filait droit sur la plaine huileuse; à droite, les palais de Chiatamone, les petits chênes verts de la Villa reculaient discrètement. En moins d'une heure, Francisquiel eut atteint l'endroit qu'il avait choisi : un rocher creux qui jette dans la mer une arche fruste. Ce rocher est tout vert, tapissé de plantes folles qui pendent ou montent, s'accrochent ou se collent aux parois, l'eau même est verte; l'ombre, qui est une volupté dans le Midi, vous pénètre, et cette ombre a une fraîcheur qui sent bon, une odeur âcre qui vous grise. Francisquiel arrêta sous l'arche son canot où il s'étendit tout du long.

Alors il cria de toute sa voix :

Quinze ans, ô Roméo, l'âge de Juliette!...

Cependant, don Ruf n'était pas content de son élève qui ne venait plus le voir tous les jours et ne lui disait pas tout. Bien plus, il y avait dans son récit des invraisemblances. Comment admettre que pendant plusieurs mois un garçon de vingt et un ans se contente de donner tous les matins un régal à ses yeux ? Il n'avait donc pas de sang dans les veines ? Le commis en nouveautés dont on parlait aux Batignolles y allait plus gaillardement. Puis des contradictions étranges : un jour, pressé de questions, Francisquiel s'embrouilla et s'oublia : il dit Romaine au lieu de Térésine.

— Romaine ! s'écria don Ruf avec un haut-le-corps.

— Oui, balbutia l'élève déconfit... c'est que je ne vous l'ai pas dit... elle est de Rome.

— Son père n'est donc plus un prince bourbonien ?

— Non, non, le chevrier m'avait trompé...

Francisquiel ne savait plus ce qu'il disait.

— Ce n'est pas un prince bourbonien, et il est de Rome ; qu'est-ce que c'est donc ?

— C'est un cardinal !

Don Ruf partit d'un éclat de rire et se rassura tout à fait. Il ne trouva pas cette paternité invraisemblable, il la trouva même exhilarante. Mais Francisquiel, craignant de commettre une nouvelle bévue, resta une semaine entière sans aller le voir.

Les jeudis, dans l'après-dîner, les élèves allaient jouer au jardin. Francisquiel, ces jours-là, ne quittait point son poste. On sait déjà que Romaine courait comme une nymphe antique ; elle attendait ses compagnes qui cherchaient à l'atteindre, et, quand elle se trouvait à la portée de leurs mains, se rejetait, pour leur échapper, à droite ou à gauche, avec une agilité de mouvement et une grâce d'ondulation

qu'un peintre eût voulu copier : tout son corps, par
moment, se tordait et fuyait en spirale. Un jour cependant, jour néfaste, elle ne joua pas avec ses compagnes et se promena un instant avec un homme
qui, bientôt essoufflé, voulut s'asseoir : on a reconnu
don Ruf.

Francisquiel, pour ne pas crier, dut mettre un
poing dans sa bouche. Impossible d'entendre ce que
disait à la jeune fille le vieux naturaliste qui s'était
assis tout près de la maison — il n'eût jamais pu
aller jusqu'à la terrasse. Mais il y avait entre elle et
lui une familiarité blessante : des sourires presque
tendres, des mains prises et gardées, une caresse
dans les cheveux...

— Après tout, il n'est pas si vieux! pensait le
témoin caché. Cinquante ans à peine! Et des
théories ignobles! Qu'est-ce qu'il vient faire ici
celui-là?

Enfin don Ruf se leva et Romaine tendit le front;
il y eut un baiser qui mit du sang dans les yeux de
Francisquiel. Le pauvre garçon n'y tint plus, et, sortant de la masserie, il se lança au galop jusqu'à la
porte du pensionnat. Tout en courant, il fouillait
dans toutes ses poches; le couteau n'y était pas.
Malheur !

Devant la maison, il trouva don Ruf qui allait remonter dans une voiture. Une voiture fermée ! Il se

jeta aussitôt entre lui et la portière et lui demanda violemment :

— Que faisiez-vous là ?

Don Ruf rougit : il sortait d'une maison pieuse et ne pouvait le nier ; la voiture était devant la porte qui, refermée à l'instant, vibrait encore. Évidemment l'athée était pris en faute et manquait à sa foi si souvent affirmée, ce qui expliquait l'indignation de Francisquiel.

— Que faisiez-vous là ? répéta le jeune homme avec un cri de rage.

— Monte avec moi, répondit le vieux, très déconcerté ; il y a des choses qu'on ne crie pas au milieu de la rue.

La portière étant refermée et le store baissé, don Ruf avait trouvé sa réponse :

— Tu dois savoir que j'eus une sœur très dévote ; elle est morte en me laissant sa fille sur les bras. Et en mourant, elle m'a fait jurer de mettre cette fille dans un couvent, afin qu'un jour elle y prît le voile. Moi, qui ne crois à rien — à rien, entends-tu ? — je ne voulais pas tremper dans cette infamie ; d'autre part, je ne savais comment tenir ma parole : on jure aux mourants tout ce qu'ils veulent et on s'en mord les doigts le lendemain. J'ai donc pris un moyen terme : j'ai confié l'enfant à des sœurs françaises qui, elles aussi, sont des béguines, mais qui, du

moins, ont trop de sens pour forcer jamais une
vocation. Et voilà pourquoi, de loin en loin, bien
rarement, je mets les pieds dans cette capucinière...
Mais renier mon drapeau, jamais !

— C'était donc votre nièce ? dit Francisquiel à qui
cette histoire avait causé un vif plaisir.

— Oui, c'était ma nièce, pour qui je venais, mais
motus sur tout cela : ce sont des secrets de famille.
Parlons de toi, de ta Térésine. Où en êtes-vons ?

— Toujours au même point...

— Ah ! marmotte ! tu ne t'es pas encore montré ?

— Elle est toujours avec la mère...

— Ah ! il y a une mère ?... La maîtresse du cardinal ?

Francisquiel eut un frisson de honte : il lui déplaisait d'avoir ainsi compromis étourdiment cette excellente Bourguignonne qui ne lui avait jamais fait
de mal.

— Mais tu as toutes les cartes dans ta main, reprit
don Ruf. Une fille naturelle, une mère coupable, un
père homme d'Église ! Bon sang ne peut mentir.
Tu me fournis des documents humains de premier
choix. Je consignerai cela dans mon livre. Cette
mère qui ne la quitte pas ne peut être bien sévère.
Est-ce qu'elle ne la conduit jamais à la messe les
jours fériés ?

— C'est très possible, dit Francisquiel.

Il avait remarqué en effet que le dimanche, à l'heure accoutumée, Romaine ne se montrait pas au jardin. Il y avait bien une chapelle dans la maison, un prêtre attitré y venait tous les matins. Mais deux offices ne sont pas de trop un jour de fête. Il fallait bien distraire un peu les jeunes filles, leur offrir une sortie, le spectacle d'une riche église, l'émotion d'une belle musique et d'un discours éloquent. Francisquiel estima que don Ruf avait des idées.

Le dimanche suivant, il entra dans une boutique de barbier ouverte en face du pensionnat et pleine de monde; il attendit son tour d'autant plus patiemment qu'il n'avait nulle envie de se faire raser. Il était assis dehors sous une tente, et faisait semblant de lire le *Pungolo*, journal du soir qu'il avait déjà lu la veille. La porte s'ouvrit tout à coup, les élèves en sortirent deux à deux : les petites d'abord flanquées d'une sœur, puis les plus âgées par rang de taille, puis Romaine avec une grande qui ne la valait pas; la mère fermait la marche. Francisquiel annonça au barbier qu'il reviendrait plus tard. Il suivit la bande à vingt pas de distance. La marche fut longue, un peu tortueuse; il y eut beaucoup de détours où le cortège serpentait. Enfin on s'engagea dans le vieux Naples et on entra dans une église très sombre, chargée de marbres, de dorures, de peintures qu'on ne voyait pas. Tout le monde se mit

à genoux sur les dalles de marbre froid, creusées
depuis longtemps par la dévotion des fidèles; Romaine, le corps penché en avant, la tête baissée sur
ses mains jointes, sentit que, derrière elle, il y avait
quelqu'un qui la regardait. Elle entendit même,
très distinctement, quelque chose comme une pal-
pitation : qui pouvait-ce être? En même temps son
cœur battait et la prière ne venait pas. Pour se remettre, elle tâcha de regarder la madone en robe
de pourpre semée d'étoiles qu'elle avait vue au fond
de l'abside, mais les cierges allumés qui encom-
braient l'autel lui firent baisser les yeux. Alors,
toute frissonnante, elle ne demanda qu'une chose à
Dieu : que la prière des autres finît vite. Enfin, après
un siècle, la mère se leva, et après la mère les élèves
et les sœurs. En se redressant aussi, Romaine se
retourna bien malgré elle, et son regard rencontra
aussitôt dans l'ombre deux yeux où toutes les
flammes de l'autel étincelaient. — C'est lui, se
dit-elle.

Qui, lui? Elle avait vu un matin l'heureux garçon
détaler au galop, les cheveux au vent, dans le petit
chemin rocailleux, troué de fondrières, et elle avait
poussé un grand cri, et laissé tomber une fleur rouge.
Un âne emporté, quand on est vierge encore d'émotions, c'est effrayant. Et sur cet âne un être si jeune!
Elle avait couru aussitôt chez la mère, pour la sup-

plier d'envoyer aux nouvelles. La portière et un
vieux jardinier qui faisait le gros ouvrage partirent
aussitôt et descendirent jusqu'aux rues pavées;
personne dans tout le voisinage n'avait rien vu.

— Tu l'as rêvé, voilà ce que c'est que de rêver
debout, dit la mère à Romaine.

— Il est tombé dans quelque fosse, pensa la jeune
fille, et il y a disparu; je suis sûre qu'il est mort.

Et depuis lors, bien des fois, cette descente
effrénée, ces cheveux flottants, cette chute, cette
fosse, un jeune homme tout rouge, un cadavre tout
blanc lui avaient passé devant les yeux. La nuit
surtout, des cauchemars la réveillaient en sursaut,
lui serrant la gorge. Elle s'était bien gardée d'en
parler à la mère, qui se serait moquée d'elle; mais
le matin, malgré le calme frais des premières heures,
elle avait souvent fermé son livre et baissé la tête
pour chercher à ses pieds, au fond d'un trou noir,
ce cavalier sauvage qui, au même instant, à dix pas
d'elle, caché dans un bois de citronniers, la regardait.

Aussi fut-elle bien heureuse et pourtant bien
troublée quand elle le reconnut, debout derrière
elle, dans l'église. Un prédicateur en renom, qui
avait la main fort belle, monta en chaire et proféra
des paroles éloquentes contre ceux qui n'étaient pas
venus l'écouter.

— Il n'est donc pas mort. Quel bonheur! pensait Romaine. Mais pourquoi ne l'ai-je pas vu depuis lors? Pourquoi est-il venu aujourd'hui dans cette église? Pourquoi me regardait-il si fixement quand j'étais à genoux?

— Ceux qui ne fréquentent pas la maison de Dieu, continua le prédicateur, ceux qui préfèrent à la sainte éloquence du prêtre le rire infernal du philosophe ou les pathétiques grimaces du comédien, ceux-là sont condamnés d'avance aux peines éternelles. Mais non moins coupables, car ils n'ont pas pour excuse l'ignorance du bien et l'oubli du devoir, sont ceux qui viennent et apportent dans les sacrés parvis les soucis, les passions, les agitations, les frivolités de ce monde ; ceux qui ont les yeux ouverts et ne voient pas, les oreilles tendues et n'entendent pas !

— Qui peut-il être? pensait Romaine. Il paraît bien fait, bien né; il a des yeux !... Je les sens derrière moi qui brûlent. Certes il est plein de courage; quand il était emporté, comme par un torrent, dans ces ravines, il paraissait fou de joie; au lieu de se cramponner, comme je l'aurais fait, aux crins de l'âne, il agitait son chapeau en l'air et criait allègrement : houp ! houp ! Il est sans doute aussi dans de bonnes idées, puisqu'il vient à l'église, et, s'il y vient, ce n'est pas comme les jeunes gens du siècle, pour

13

entendre en causant une messe et s'en aller après pa-
rader à Tolède, le lorgnon sur l'œil; il reste, lui,
adossé à la colonne, et ne remue pas. Je suis sûre
qu'il écoute. Et pourtant c'est moi qu'il regarde, est-
ce que je serais quelque chose pour lui? Certes, il
m'a vue, quand il roulait sur la pente, j'ai poussé un
cri qu'il a entendu, pour sûr; il a levé la tête et je
me suis sauvée. Est-ce qu'il aurait pensé à moi,
depuis lors?... Pensé à moi, pourquoi? Ah! je suis
sotte. Une petite fille qui crie, c'est bien intéressant!
Qui suis-je pour qu'on s'occupe de moi? Une pauvre
orpheline : ma mère, une sainte, est déjà au ciel;
mon père, je le vois à peine; je l'aime bien, mais je
ne le connais pas ; miss Bess n'y est plus, je n'ai à
moi que mère Rosalie, qui est à tout le monde.....
Allons! voilà que je pleure. Où ai-je donc la tête? Et
j'entends une grosse voix qui gronde. C'est le prêtre:
qu'est-ce qu'il dit?

Il disait :

— Vous me regardez toutes, et vous paraissez sus-
pendues à mes paroles. Eh bien ! vos yeux mentent,
vous n'êtes pas ici chez Dieu; vous, les mondaines,
vous dansez encore à la fête de cette nuit; vous, les
envieuses, vous censurez cette vanité qui offusque la
vôtre; vous, les indifférentes, vous payez votre dette
aux convenances, acquérant un renom de savoir-
vivre au prix d'une petite heure d'ennui; vous, les

désœuvrées, vous courez où va la foule; vous, les arrogantes, vous écoutez mon discours pour le critiquer, pour juger celui qui vous juge; vous, les intrigantes, indignes d'être mères, vous êtes venues offrir vos filles, parées pour le sacrifice, à la convoitise des riches qui pourraient les conduire à l'autel...

L'orateur calomniait un peu son auditoire : toutes les femmes se pâmaient; elles courent volontiers là où on les maltraite; pas une, d'ailleurs, ne prenait la leçon pour elle; chacune, au contraire, pensant à une autre, se disait à part, en réprimant un petit sourire de satisfaction : « Bien touché ! »

— Ah! si le Seigneur, poursuivit le prêtre, celui qui chassa les vendeurs du Temple, se dressait maintenant devant l'autel et criait d'une voix tonnante : « Sortez de ma maison, vous qui la profanez ! » — aussitôt accablées, écrasées, dans une déroute éperdue, avec l'effarement de l'épouvante, vous fuiriez toutes : toi, la mondaine, qui danses; toi, l'indifférente, qui t'ennuies; toi, la désœuvrée, qui tues le temps; toi, l'envieuse, qui te ronges; toi, l'arrogante, qui me censures; toi, la mère qui veux vendre ta fille; toi, la pécheresse qui, dans la sainte maison, n'as pensé jusqu'ici qu'à ton amant...

A ce dernier mot, le doigt que l'orateur promenait au hasard sur la foule se pointa sur Romaine qui, hors d'elle-même, se souleva et se retourna pour s'enfuir. Mais elle rencontra encore le regard de Francisquiel, doux cette fois comme une caresse. Elle retomba sur son banc.

XIV

L'EXPÉRIENCE SE COMPLIQUE

Le lendemain, Romaine alla sur la terrasse plus tard que d'habitude ; elle paraissait souffrante, la mère était avec elle ; toutes les deux s'assirent sur le parapet, le dos tourné aux citronniers.

— Eh bien ? demanda la mère.

— Eh bien ! je venais vous dire que je suis décidée à entrer en religion.

Francisquiel fit un mouvement qui agita le feuillage : le conte imaginé par don Ruf lui était revenu à l'esprit et il le croyait vrai comme l'Histoire Sainte. Hélas ! cette enfant de quinze ans — l'âge de Juliette — il l'avait sentie la veille, dans une vieille église, frissonner sous son regard ; un moment, quand leurs yeux s'étaient rencontrés pour la seconde fois, il avait cru qu'elle était sienne !...Elle ! condamnée au cloître ! Don Ruf, lié par un serment, ne pouvait l'empêcher. La main de Dieu était là ; la fille, sans savoir ce qu'elle faisait, exécutait fatalement la suprême volonté de sa mère. Francisquiel dut se retenir aux branches des citronniers : il lui semblait que le sol s'effondrait sous lui. Au bruit qu'il fit, les deux femmes se retournèrent.

— Ce n'est rien, dit la Bourguignonne : un coup de vent !

Romaine était toute tremblante. Elle secoua la tête et, après avoir tendu l'oreille, elle murmura :

— Marchons, voulez-vous ? les citronniers m'écoutent.

— Toujours des rêveries, ma pauvre enfant ! Marchons si tu veux...

Francisquiel n'entendit plus rien, ce fut dommage. Les femmes qui s'étaient éloignées et qui parlaient bas, échangeaient des confidences qui lui auraient plu.

— Tu veux entrer en religion ? disait l'une. En ce cas, mon enfant, nous devrons nous quitter. Ton père m'a fait promettre que personne ici ne tâcherait de t'enlever au monde. Si tu persistais dans ton idée, je devrais l'en prévenir et il te reprendrait chez lui.

Romaine tressaillit. L'idée de passer toute sa vie auprès de cet inconnu qu'elle aimait bien, mais de temps à autre, et qui sentait le tabac, lui faisait peur.

— D'ailleurs, es-tu vraiment décidée? Tu n'as pas
encore eu le temps de réfléchir, tu es trop jeune. Et
puis ces idées-là ne doivent pas partir comme ça,
tout à coup, comme un pétard. C'est la première
fois que tu m'en parles. Tu remplis bien tes devoirs,
tu vas à la messe et tu aimes la musique. Mais tu
n'as montré encore aucun penchant à te donner
toute aux autres : ce n'est pas autrement qu'on se
donne toute à Dieu.

— Je voudrais vous ressembler, dit Romaine.

— Tu ne me ressembleras jamais, ma pauvre enfant. Tu aimes trop la lecture. Moi, vois-tu, je suis
une campagnarde, née dans un château qui tombait
en ruines ; on s'y ennuyait beaucoup. Mon père, un
gentilhomme pauvre, ne m'avait rien appris ; ma
plus grande joie était d'aller aux champs avec les
moissonneuses, la faucille à la main ; on n'avait pas
encore gâté le métier avec ces grandes faux trop
lourdes pour nous. J'allais aussi au raisin avec
les vigneronnes. Mais quoi ! me mettre à la terre?
Jamais mon père, qui pouvait placer un *de* devant
mon nom, n'aurait voulu. Il ne restait pour moi que
le mariage ou le couvent ; deux ou trois freluquets
vinrent bourdonner au château parce que j'étais, disait-on, un beau brin de fille...

— Et aucun ne vous a plu?

— Ma foi, non. Les hommes sont trop bêtes; re-

garde un peu notre jardinier. Puis, me vois-tu en
belle dame, dans un grand salon, occupée à faire
des révérences, à prendre des poses, à causer de
sottises avec des sots? J'ai choisi le couvent, parce
qu'au moins là, il y a quelque chose à faire. J'y suis
à merveille, et je me porte bien. Mais toi, je te l'ai
dit, tu aimes trop les livres. Je connais plus de vingt
sœurs qui te ressemblent : elles regardent les nuages
et ne font rien de leurs dix doigts. La plupart d'entre
elles sont entrées chez nous par la fenêtre. Je veux
dire qu'elles ne venaient pas tout droit en prenant le
grand chemin; il leur a fallu je ne sais quoi d'extravagant : une lubie, un étourdissement, une amou-
rette...

Romaine rougit jusqu'au blanc des yeux.

— Toi-même, dit la mère qui voyait tout et qui
était habile à épousseter les âmes, il y a quelque
chose, n'est-ce pas? quelque chose ou quelqu'un?...
Hier, dans l'église, hein? Ah! tu sais, j'ai des yeux
derrière la tête. Voyons, conte-moi ça gaiement, je
suis sûre qu'il n'y a pas de mal.

Romaine fit sa confidence à fond sans rien oublier,
depuis le galop du baudet jusqu'au regard échangé
dans l'église.

Cette histoire amusa beaucoup la Bourguignonne
qui la trouva bête, comme toutes ces histoires-là,
d'ailleurs. Elle ne le dit pas cependant et se garda bien

de rire, sachant fort bien (c'était sa manière de voir)
que plus ces histoires sont bêtes, plus les filles y
tiennent, et qu'il ne sert à rien de les froisser. Elle
résuma ainsi ses impressions :

— Il n'y a pas là de quoi se faire nonne... Mais
aussi, toi, ne te monte pas la tête, enfant. Tu ne connais pas ce garçon ; ce que tu sais, c'est qu'il n'a pas
peur sur un âne. Ce n'est pas assez pour faire un
bon mari. S'il t'a vue un matin, tant mieux pour
lui, car tu es bonne à voir ; mais il ne paraît pas
que tu aies fait sur lui une impression bien vive. Sans
quoi il aurait repassé sous la terrasse à l'heure où tu
y étais. Ce n'est donc pas pour toi qu'il est allé à
l'église. Ton seul tort est d'avoir cru qu'il te regardait, péché de vanité ; je te pardonne pour cette fois,
mais n'y retourne plus. Sur ce, embrasse-moi, et
viens arracher les mauvaises herbes.

— Elles sont d'accord ! se dit Francisquiel en
voyant le baiser, elle sera donc religieuse. Ah ! si
don Ruf le savait !...

La première idée qui lui vint fut d'aller tout dire
au naturaliste. Mais l'heure n'était pas encore venue
où on le rencontrait au café. Pour l'aller trouver
chez lui, il eût fallu connaître son adresse. Ne sachant que faire de son temps et à qui confier son
ennui, Francisquiel retourna à l'église où il avait vu
Romaine. Il s'assit sur un banc, à la place où elle

13.

était la veille, et, le menton sur sa poitrine, resta immobile jusqu'au soir.

Quand un sacristain vint le réveiller, on allait fermer l'église. Il se réjouit alors de n'avoir rien pu dire à don Ruf qui eût été capable d'aller faire du bruit au pensionnat. Il en serait résulté des explications... et alors...

— Alors, pensa Francisquiel, on aurait tout découvert sans doute et surpris ma cachette. Ah ! malheureux que je suis, je rougissais du métier de mon père. Et moi-même, sans penser à mal, sans faire de tort à personne, j'espionnais !

Il se coucha plein de honte et de chagrin et ne put s'endormir qu'à l'aube. En se réveillant, il se sentit le ventre creux et courut à la masserie où foisonnaient déjà les pommes vertes. Il s'était promis de ne pas retourner à la brèche, mais quand il eut déjeuné — un repas frugal modifie toujours un peu nos résolutions — il y alla, pour regarder seulement, jurant à sa conscience qu'il n'écouterait plus. Il ne vit rien, Romaine lui faisait faux-bond, il arrivait trop tard, peut-être. Mais le lendemain, le surlendemain, personne : était-elle malade? Heureuse la sœur qui veillait à son chevet! C'était un jeudi. Francisquiel, très inquiet, se tint tout le jour en observation, l'œil tendu vers le cloître. Dans l'après-dîner, Romaine, comme d'habitude, vint au jardin et joua très gaie avec ses compagnes; mais elle ne poussa plus jusqu'à la terrasse : ne s'était-elle pas figuré que les citronniers l'écoutaient?

Pauvre Francisquiel! Tous les dimanches il allait passer la matinée devant la boutique du barbier ouverte en face du pensionnat, et il lisait le *Pungolo* avec une lenteur et une attention qui auraient réjoui les rédacteurs de cette feuille. Les pratiques du frater admiraient sa parfaite courtoisie. Il cédait son tour le plus galamment du monde aux pressés, même à ceux qui ne tenaient point à passer avant lui sous le rasoir...

— Après ces messieurs, disait-il toujours, quand on lui présentait la serviette et la cuvette.

Il ne se laissait savonner le menton qu'après midi, quand il entendait sonner, dans l'intérieur du pensionnat, la cloche du réfectoire. Désespérant alors de voir sortir les élèves, il poussait un profond soupir et le *Pungolo*, qu'il avait assez lu, lui tombait des mains.

En effet, les élèves ne sortaient plus le dimanche matin : la Bourguignonne avait ses raisons pour ne plus les mener à l'église. D'ailleurs, faut-il tout dire? elle s'y ennuyait. Rester une heure sans rien faire à écouter un monologue véhément, c'était au-dessus de ses forces. Puis, à la longue, il lui venait des idées qui l'affligeaient: ces phrases bien écrites,

apprises par cœur, débitées avec art, accompagnées
de gestes élégants...

— Où est Dieu? se demandait-elle.

Cependant on ne pouvait tenir ces pauvres petites
enfermées toute la semaine dans la maison. Il y
avait bien un jardin, mais toujours le même. On a
besoin de voir autre chose à quinze ans. La Bourguignonne comprenait cela, parce qu'elle pensait aux
autres. Aussi dit-elle un jour très haut à Romaine :

— Tu te promenais souvent avec miss Bess?

— Au moins tous les huit jours.

— Eh bien! Il faut recommencer avec moi. Nous
irons jeudi aux Camaldules.

Ce mot ne fut pas perdu pour Francisquiel. Mais
comment faire pour être de la partie? Se poster sur
le passage du cortège, c'était indiqué, mais comment
le suivre à la campagne, même de loin, sans être
remarqué, reconnu?

— Demandons conseil à don Ruf; il a quelquefois
de bonnes idées.

— Voici ce que je ferais, répondit le naturaliste
à qui les stratagèmes de l'ancien répertoire ne déplaisaient que dans les romans. Tiens-tu beaucoup à
tes cheveux et à ta moustache?

— Je ne tiens qu'à Térésine, répondit Francisquiel.

— Eh bien! va te faire tondre et raser, passe après

chez le bourrelier et achète une jolie selle de femme. Le jour où Térésine et sa mère sortiront, mercredi, n'est-ce pas?...

— Oui, mercredi.

— ..... Tu mettras la selle sur *Tchitchil*, tu reprendras ton ancien costume d'ânier et tu offriras tes services. Je vois d'ici tout ce qui va se passer. La fille monte sur la bête qui prend le galop, tu cours derrière, la mère ne peut vous suivre et alors...

— J'ai compris! s'écria Francisquiel.

Le jeudi suivant, et non le mercredi, comme il avait été dit par erreur volontaire, au bas du Pétrare, à l'endroit où la montée devient raide, un grand garçon sans barbe, à cheveux courts, d'assez bonne mine, mais ressemblant au premier ânier venu, aborda une file de pensionnaires qui montaient entre deux escouades de sœurs, et alla droit à la plus jolie.

— Signorine, lui dit-il, un bon *tchioutche;* le voulez-vous?

Mais, au même moment, une vingtaine d'autres ânes, fouettés par des âniers, accoururent de toutes parts, et une vingtaine de voix toutes plus rauques les unes que les autres, se mirent à crier férocement :

— Des tchioutches! Des tchioutches! A Saint-Elme! Au Vomero! Au Pausilippe! Aux Camaldules!

Prenez le mien, Signorine! Va-t'en, toi, avec la bourrique! Sauve-toi vite avec ton porte-choux. Canaille! citrouille! Tête de porc! A moi! A toi! Des tchioutches! des tchioutches!

Et c'étaient des hurlements, des bousculades, un tumulte d'invectives et de horions. *Tchitchil*, heureux de se retrouver en société, manifesta sa joie par un saut de mouton qui eût renversé un écuyer du cirque. C'est pourquoi la Bourguignonne ne permit à aucune élève de s'asseoir sur un animal si vif. Elle le prit pour elle. Or, chaque ânier suit son âne, la règle est stricte; si l'un d'eux maltraitrait la bête d'un confrère, il y aurait des coups de couteau. Romaine, cent pas plus haut, montait la première, sur un grison tranquille et robuste. La Bourguignonne fermait la marche, pour surveiller tout le monde. Infortuné Francisquiel!

Il espérait se rattraper plus tard, sur le coteau d'Antignano, puis surtout dans les bois des Camaldules où les bêtes, cessant d'aller au pas, une à une, se rapprochent, se dépassent en trottant. Mais, arrivé au sommet du Pétrare, au lieu de continuer tout droit, derrière les autres, *Tchitchil* tourna brusquement à gauche au grand galop. Pourquoi? Qui le sait?

Une lubie d'indépendance : il avait toujours eu des caprices, et d'ailleurs, déshabitué de la discipline, il se figurait peut-être que c'était lui qu'on promenait.

Il prit donc à gauche et galopa sans désemparer devant la petite et la grande Floridiane, devant le Belvédère et toutes les villas de Vomero, puis, galopant toujours, il s'aventura dans l'avenue d'une propriété particulière. Francisquiel, qui courait après lui, sans pouvoir l'atteindre, lui criait : Arrête ! arrête ! Mais *Tchitchil*, n'entendant plus le patois, croyait comprendre qu'on l'encourageait à fendre l'air ; il était de plus excité par le rire éclatant de la Bourguignonne. Jamais l'excellente fille ne s'était trouvée à pareille fête, et, comme elle n'avait peur de rien, elle s'amusait campagnardement. Cependant *Tchitchil* allait toujours, comme un diable, droit devant lui, les oreillles levées, baissées, rejetées en arrière, frottées l'une contre l'autre : après l'avenue, une allée, après l'allée un bosquet plein d'ombre ; au fond du bosquet, il s'arrêta court, sous une tonnelle où une tablée de jeunes gens et de jeunes femmes banquetait de fort bonne humeur. Il y eut d'abord des cris et un sauve-qui-peut : on n'avait invité ni le baudet ni la religieuse, mais, quand on se fut expliqué, la surprise s'égaya ; bon gré, mal gré, il fallut boire un coup de vin avec cette jeunesse qui (entre nous) ne méritait pas d'avoir pour convive une fille de bien. Enfin Francisquiel

arriva, et on lui commanda un peu cavalièrement
d'emmener sa bête.

Mais la Bourguignonne voulut se remettre en
route; seulement, où aller? Le pensionnat, sans elle,
avait dû renoncer aux Camaldules. Le plus simple
et le plus sage était de retourner tout droit à la
maison.

— Pauvres enfants, disait la mère Rosalie qui
pensait quelquefois tout haut, voilà une belle partie
manquée. Elles se promettaient tant de plaisir dans
les bois et sur la hauteur, près du couvent où les
femmes n'entrent pas. On voit de là tant de ciel et
tant de mer, du Vésuve aux côtes de Gaëte! C'est ta
faute, mauvais drôle, ajouta-t-elle en s'adressant
à *Tchitchil :* et c'est toi qui en profites : ton escapade abrège ta course et ta peine, et ton maître n'y
perdra pas un rouge liard. Enfin! il faut bien qu'il
y ait quelqu'un de content.

XV

CENT-HUITIÈME ÉDITION

— Je ne suis pas content du tout, pensait Francisquiel.

En effet, le pauvre garçon avait coupé sa barbe et ses cheveux, acheté une selle, couru comme un chat maigre, essuyé les mépris de quelques mauvais drôles, et son rêve, si discret pourtant, lui avait glissé entre les doigts : marcher une heure ou deux, même inconnu auprès d'elle, la regarder d'en bas sans lui demander rien, lui dire des choses gaies pour la voir sourire, et qui sait? quand elle voudrait descendre, lui offrir son bras ou son genou pour marchepied. Et Romaine, dont la pensée était ailleurs, ne l'avait pas même regardé. Il y a des choses tristes.

La Bourguignonne ne s'était pas trompée dans ses prévisions. Quand elle arriva au logis tout le monde y était rentré ; les élèves et les sœurs, inquiètes, regardaient aux fenêtres grillées, à travers les persiennes ; en voyant revenir la mère, elles poussèrent des cris de joie et, sortant pêle-mêle, malgré la règle, allèrent jusque dans la rue pour l'embrasser.

— Ah ! vous voilà donc enfin ! Nous vous croyions perdue !

Ce fut Romaine qui dit cela. Elle ne prit nullement garde à Francisquiel.

— Rentrez, petites, commanda la mère ; il faut encore que je paie ce brave garçon.

Ce brave garçon : voilà une bonne parole qui eût dû attirer l'attention de Romaine. Mais bah ! pour obéir plus vite, elle ne fit qu'un bond vers la porte et ne se retourna même pas pour regarder le brave garçon qu'il fallait payer ! Francisquiel reçut trois billets de vingt sous pour la course. On ne lui eût pas donné un centime de plus s'il avait dû monter jusqu'aux Camaldules. Il dut s'incliner très bas et remercier la mère avec effusion, pour ne pas se trahir.

Mais il tomba de plus en plus dans une mélancolie noire qui le dégoûta de tout ; il ne descendit plus à la ville, ne mangeait que des pommes vertes et passait de longues heures couché dans l'herbe à chatouiller longuement le museau de *Tchitchil* qui, de sa langue rêche, lui grattait les doigts. Un grand

sage a dit que la misanthropie est un amour déçu.
Francisquiel devint misanthrope. N'ayant rien à
faire et perdant beaucoup de matinées à guetter une
étoile qui ne se levait plus, il en conclut que les
hommes, les femmes surtout, ne valaient pas le diable. Cette conclusion ne lui rendit ni le sommeil, ni
l'appétit, mais le remit en goût de lecture. Un beau
matin, l'idée lui vint d'aller à Naples pour acheter les
ouvrages malpropres qu'il n'avait pas encore lus.
A l'endroit où commence le pavé, il rencontra don
Ruf qui descendait de carrozzelle.

— Bienvenu, maître, lui dit-il aussitôt.

— Comment! c'est toi? J'allais te chercher; j'étais
en peine.

« J'allais te chercher! » ce mot, sortant de cette
bouche, valait un million. Heureux les gens qui ne se
dérangent pas! S'il leur arrive par miracle de faire
un pas vers nous, nous leur en savons gré comme
d'un sacrifice énorme.

Francisquiel sauta au cou de don Ruf qui le méritait bien, car il s'était réellement proposé de gravir
à pied la cavée abrupte. A cet effet, il avait amené
avec lui un faquin pour le pousser.

— Que tu es changé, mon pauvre garçon! murmura-t-il d'une voix lamentable.

Il est certain que Francisquiel, mal nourri, de
puis plus d'un mois, n'avait pas bonne mine; sa

barbe noire ayant poussé à la diable le vieillissait.

— Monte avec moi en carrozzelle...A présent, causons, tu as bien des choses à me raconter. La partie d'ânes, d'abord...

— Je ne pense plus à Térésine.

— Entre nous, tu fais bien. L'amour ne te convient pas, tu es trop naïf. Tu le prends au tragique ou au lyrique. Les femmes ne valent pas la peine qu'elles nous font .. pas même celle qu'elles nous donnent. Une bonne femme, a dit un Père de l'Église, c'est un corbeau blanc. N'est-ce pas, docteur?

Ces derniers mots furent lancés par don Ruf à la balustrade du Jardin botanique où un homme robuste, coiffé d'un chapeau à larges ailes, était adossé. Le cocher arrêta sa bête.

— N'est-ce pas quoi? demanda le docteur Scharf en se retournant.

— Le jeune homme que voici, nommé Francisquiel, est mon élève. Je suis en train de le renseigner sur le chapitre des femmes, et je lui dis qu'elles sont perfides comme la mer. Qu'en pensez-vous?

— Je n'y pense pas : c'est le seul parti à prendre à notre âge. Si vous les injuriez, c'est que vous vous occupez d'elles et qu'elles hantent encore votre imagination. Je vous plains, mon brave homme.

— Vous n'avez donc pas d'opinion là-dessus?

— J'ai celle de Diderot. Un jour, Jacques le fata-

liste s'était embarqué avec son maître dans une in-
terminable querelle sur les femmes, l'un prétendant
qu'elles étaient bonnes, l'autre méchantes, et ils
avaient tous deux raison ; l'un sottes, l'autre pleines
d'esprit ; et ils avaient tous deux raison ; l'un
fausses, l'autre vraies ; et ils avaient tous deux raison ; l'un avares, l'autre libérales, et ils avaient tous
deux raison ; l'un belles, l'autre laides, et ils avaient
tous deux raison ; l'un bavardes, l'autre discrètes ;
l'un franches, l'autre dissimulées ; l'un ignorantes,
l'autre éclairées ; l'un sages, l'autre libertines ; l'un
folles, l'autre sensées ; l'un grandes, l'autre petites ;
et ils avaient tous deux raison.

Le docteur parlait ainsi de la balustrade qui dominait la rue d'une hauteur de deux étages ; en
même temps il poussait de ces éclats de rire qui
secouaient son ventre comme une voile battue par le
vent. Par bonheur, ce quartier-là est reculé ; il y
passe fort peu de monde.

Le cocher se remit en route et roula vers le
Champ-de-Mars où un général d'armée devait passer
à cheval devant un alignement de soldats. Les cochers
ont toujours beaucoup aimé ce spectacle. Quand on
fut devant le cimetière :

— Heureux ceux qui sont là ! soupira Francisquiel.

Cette exclamation romantique impatienta don Ruf

qui ordonna au cocher de rebrousser chemin. Au
retour, devant le Jardin botanique, il rencontra de
nouveau le docteur qui venait de monter dans une
grande voiture et qui lui cria de toute sa voix :

— Hé ! vous deux, venez manger avec moi. Il y a
place pour trois dans la carriole.

L'invitation acceptée, les trois hommes furent
bientôt attablés au Scudillo, dans une guinguette où
les lasagnes farcies ont de grandes qualités. Francisquiel, qui mourait de faim, en mangea sa part, et ses
opinions se déridèrent ; vint ensuite un beau rôti de
manzo (un milieu entre veau et bœuf), nageant
dans une mare de pommes d'or. Au troisième fiasque
d'Asprino, don Ruf lui-même avait des idées
justes.

— La vie a du bon, dit-il au docteur Scharf.

— Encore faut-il l'occuper, répondit le docteur.
On ne peut manger vingt-quatre heures par jour ; il
convient de cultiver aussi son jardin ou d'examiner
des pattes de mouche au microscope. Amenez-moi
ce jeune homme à l'hôpital.

— Tout de suite, si vous voulez.

— Non, demain ou après-demain. Pour le moment, vous êtes trop gais et si j'ai un conseil à vous
donner, allez faire une sieste.

Il ne paraît pas que don Ruf et Francisquiel aient
suivi le conseil du docteur. Pendant toute la journée,

ils firent des choses extravagantes : on les vit à
Résine, au pied du Vésuve, dans une cantine où l'on
boit le seul vin qui mérite le nom de Lacryma-
Christi. Le soir, ils étaient au cabaret de Frisi, à
Pausilippe, où ils avaient amené des musiciens. Le
lendemain matin, ils se réveillèrent dans une maison
de campagne où ils n'étaient jamais allés. Comment
se trouvaient-ils là ? Aucun des deux ne put l'expliquer à l'autre.

Don Ruf s'était réveillé le premier avec un grand
mal de tête. En ouvrant les yeux, il vit un vaste salon,
des tableaux pendus au mur, une porte-fenêtre ouverte sur une terrasse ; au delà, une ligne bleue qui
ressemblait à la croupe de Capri. Il était étendu sur
un divan, les pieds vers la porte : en face de lui,
sur un autre divan, couché en sens inverse, une badine aux lèvres, dormait Francisquiel. Don Ruf commença par le réveiller, n'étant pas sans inquiétude.

— Où sommes-nous ?

Francisquiel, très étonné, s'assit sur le divan, et
ouvrit la bouche, d'abord pour bâiller longuement,
puis pour répondre :

— Je ne sais pas.

Alors, le maître et l'élève se regardèrent. Le premier avait les yeux battus, les traits étiolés, marbrés
de jaune et de rouge.

L'autre, tout rose, sauta sur ses pieds, et regardant la badine qu'il tenait à la main :

— Ah ! je me souviens, dit-il, je jouais de la flûte.

— Soyons sérieux et tâchons de raccrocher nos souvenirs. A deux heures, nous avons dîné au Scudillo, avec le docteur. Nous l'avons reconduit jusqu'à l'hôpital.

— Pas jusqu'à l'hôpital, il nous a fait descendre à l'entrée de la ville.

— C'est juste. Nous avons pris alors un curiccle...

— Qui nous a conduits à Résine où nous avons bu de fameux vin...

— Dans la cantine, il y avait deux étrangères...

— Qui étaient dans nos idées...

— Nous avons causé littérature...

— Et elles se sont trouvées naturalistes...

— Alors qu'est-il arrivé ?

— Vous leur avez offert à souper...

— C'est vrai... j'ai un vague souvenir de la chose.

— Et nous sommes partis pour Frisi, dans deux voitures. La seconde était pour un harpiste et trois violoneux que nous avons amenés avec nous. Vous avez un peu dormi en route.

— Crois-tu ?

— Mais comme (*ma come*) ! A Frisi, nous avons mangé des macaroni aux coquillages, beaucoup

d'autres choses encore et bu du vin de Champagne,
qui, disaient ces dames, venait d'Asti.

— Je ne me rappelle pas ça...

— Vous dormiez ; il y avait près de nous, à une
autre table, deux jeunes gens bien vêtus. Ils ont lié
conversation avec ces dames... Après quoi ils ont
dansé tous quatre ensemble ; les musiciens que
nous avions amenés pinçaient la harpe et grattaient
le violon ; moi, qui avais très chaud, je m'assis sur
la table et je mis dans ma bouche le pommeau de
ma badine en disant : Je vais jouer de la flûte.

— Et moi ?

— Vous dormiez.

— Et ensuite ?

— Je ne me rappelle plus rien.

— Inspectons les lieux, dit don Ruf.

Ils ouvrirent la porte, et de la terrasse, qui commandait la mer jusqu'à Capri, descendirent par un
perron jusqu'à un bouquet de dattiers qui lançaient
des gerbes de palmes vertes. Pas une âme dans
les allées, la villa paraissait déserte, les persiennes
fermées avaient l'air de dire : « Il n'y a personne
ici. » Un petit chemin tortueux descendait jusqu'à
une crique abritée par des rochers contre le vent et
le soleil. Un vieux batelier dormait dans une chaloupe.

— Hé ? l'ami, cria don Ruf, où sommes-nous ?

— Ah! c'est vous, Excellence?

— Oui, c'est moi. Tu me connais?

— Je crois bien. C'est moi et mon compagnon qui vous avons amené hier de Frisi jusqu'où vous êtes. Ah! vous dormiez fort et vous êtes lourd.

— Et qui t'a dit de m'amener ici?

— Mon patron.

— Qui est ton patron?

— Il m'a défendu de vous le dire.

— Et que faisait-il à Frisi?

— Il soupait avec un ami, à côté de vous. Il a dansé avec ces dames. Puis, comme vous dormiez, vous deux, et qu'on ne savait où vous mettre, il m'a dit : « Prends ces deux imbriaques dans ta barque et couche-les où ils voudront dans la villa. » J'avais les clefs, et il y a des lits pour trente. Mais, à peine entré dans le salon, ce petit jeune homme, qui jouait de la flûte avec sa canne, et qui pouvait marcher encore, s'est étendu sur un divan et n'en a plus voulu bouger; nous vous avons jeté sur l'autre divan : voilà toute l'histoire.

— Et ces dames?

— Hai ! dit le batelier avec un clignement d'œil et un claquement de langue plein de sous-entendus...

— Peux-tu me conduire à Frisi?

— J'a   ordre de vous *porter* où vous voudrez.

— Tiens ! s'écria don Ruf, je n'ai plus ma montre !

Il la retrouva chez le garçon du cabaret qui l'avait servi la veille, et qui, en homme prudent, s'était cru obligé de prendre ses précautions. Entre le souper qu'il n'avait pas mangé, les musiciens, le batelier, les cochers de Résine, qui attendaient encore à la porte, et *l'incomodo* (c'est-à-dire le dérangement), don Ruf eut plus de trois cents francs à payer. Ah ! les étrangères, les naturalistes surtout, quelle ruine !

Don Ruf eut mal à la tête jusqu'au lendemain ; la mauvaise humeur outra ses théories que Francisquiel trouvait appétissantes, alléché surtout par ce qu'elles avaient de croustilleux. Don Ruf, au fond, n'était galantin qu'en paroles ; il disait beaucoup de sottises, mais n'en faisait guère, étant trop cauteleux pour l'exécution, et sans doute aussi trop paresseux. Le duc de Saint-Simon l'eût appelé un fanfaron de vices. Il avait fallu le dîner du Scudillo pour lui tourner la tête et le pousser à des étourderies, qu'il se reprocha très sérieusement. Sa principale préoccupation était de scandaliser la galerie ; quand il arrivait au café à faire rougir des Napolitains, ce qui n'était pas facile, il se frottait les mains avec jubilation. Il y avait chez lui une pétulance d'imagination qu'il appelait son tempérament et qui s'épuisait en phrases, avec un fond d'honnêteté qui le

portait à ériger sa dépravation platonique en système moral. Il pensait régénérer le genre humain
en disant des polissonneries. Et il estimait que, plus
il les disait fortes, plus elles devaient inspirer
aux jeunes gens l'horreur et le dégoût du mal.

Son succès fut incontestable : les jeunes gens au
café faisaient cercle autour de lui ; seulement, ils
laissaient de côté le système moral qui leur paraissait ennuyeux et se gorgeaient d'anecdotes gaillardes ; en sortant du café, Dieu sait où ils allaient.
Quant à Francisquiel, il ne connaissait plus d'obstacle et eût voulu chaque jour retourner à Frisi, à
Résine ou au Scudillo. Un jour qu'il venait de quitter
le banquier avec un millier de francs dans son portefeuille, il rencontra les deux étrangères ; l'une était
Allemande, l'autre Russe, et, comme elles avaient
fréquenté dans leur pays des sociétés d'étudiants, la
Prussienne était devenue pessimiste et la Moscovite
nihiliste. On va loin avec ces idées-là. Si bien que le
lendemain, à cette question de don Ruf :

— Je ne t'ai pas vu hier, qu'as-tu fait ? Francisquiel répondit :

— J'ai pris mille livres chez le banquier.

— Et ensuite ?

— J'ai constitué une expérience.

— Et les mille livres ?

— Il ne m'en reste pas un tornèse..... mais !!!.....

En disant ce « mais », Francisquiel leva les yeux au plafond avec une telle expression de béatitude et de gratitude, que don Ruf sentit dans son cœur un remords. Après un silence, il reprit très gravement.

— Tu appelles cela constituer une expérience ? Mais, malheureux, tu te trompes complètement sur la méthode expérimentale, et je rougis d'avoir un élève aussi bête que toi.

— Vous enseignez et je pratique.

— Veux-tu bien te taire ! L'expérience est une observation provoquée dans un but de contrôle. L'expérimentateur est le juge d'instruction de la nature. Nous cherchons le déterminisme des phénomènes sociaux. Nous travaillons à la grande œuvre qui est la conquête de la nature, la puissance de l'homme décuplée. Mais lis donc Claude Bernard.

Francisquiel ouvrit de grands yeux sur don Ruf, qu'il regardait, surtout depuis quelque temps, comme un homme infaillible, et il se demandait avec stupéfaction quel rapport pouvait exister entre les tableaux dont on lui avait rempli la tête : la serre l'estaminet, le lavoir, le cabinet particulier, les voisines, les cuisinières des cinq étages, et les grands mots que lui disait don Ruf. Mais don Ruf les disait, et don Ruf n'était ni un charlatan ni un imbécile. Et puis : le déterminisme des phénomènes sociaux : diantre ! Cela devait signifier quelque chose...

14.

— Je n'y comprends rien pourtant, pensait Francisquiel.

Le maître poursuivit :

— Tu n'arriveras jamais à des généralisations vraiment fécondes et lumineuses qu'autant que tu auras expérimenté toi-même...

— C'est ce que j'ai fait, balbutia Francisquiel.

— Tu t'es amusé, voilà tout, triple brute ! Mais il faut remuer, dans l'hôpital, l'amphithéâtre et le laboratoire, le terrain fétide et palpitant de la vie. La vie est un salon superbe, tout resplendissant de lumières, dans lequel on ne peut parvenir qu'en passant par une longue et affreuse cuisine. Lis Claude Bernard.

En ce temps-là, don Ruf n'avait que Claude Bernard à la bouche.

— Je lirai Claude Bernard, murmura très humblement Francisquiel.

— Et, en attendant, nous irons demain à l'hôpital. Le docteur Scharf nous y attend : nous lui devons une visite de digestion.

Ils allèrent le lendemain à l'hôpital. On sait depuis lontemps ce qu'ils y virent : l'escalier d'abord, puis le docteur, l'abbé, la morte que don Ruf prit pour sa fille; on n'a pas oublié l'angoisse du père et sa course au pensionnat. En quoi, il manqua de patience et de critique. Si, au lieu de sortir comme un

fou, il eût demandé quelques explications de plus,
l'abbé Simplice lui aurait appris que la jeune fille
emportée par la petite vérole était venue d'une maison de charité dirigée également par des sœurs
françaises. Ces sœurs ne manquaient pas à Naples,
fort heureusement pour les malades, les infirmes,
les orphelins, les enfants trouvés.

De cette visite à l'hôpital, il résulta bien des
choses. D'abord, Francisquiel fut très honteux de
n'avoir pu supporter la vue et l'odeur de la morte :
il avait en lui une certaine dose de ce sentiment
qu'on dit très mauvais et qu'on appelle l'orgueil.
Peut-être était-ce pour cela qu'il avait refusé l'héritage de son père. Par la même raison, du temps
qu'il était ânier, il se lavait les mains, tenait *Tchitchil* très propre, et, dans les courses à âne où on
était plusieurs, il voulait toujours passer devant les
autres ; bien plus, quand un bourgeois levait sur lui
sa canne, il tirait son couteau. Le jour de la partie
aux Camaldules, il s'était senti mortifié de bien des
choses, d'une surtout qui l'irritait amèrement toutes
les fois qu'il y pensait, et il y pensait tous les jours :
il n'avait pas été reconnu par Romaine. Quand don
Ruf l'appelait triple brute, il baissait la tête, parce
que c'était don Ruf, mais il n'était pas content.
Aussi résolut-il de retourner à l'hôpital et de regarder fixement des cadavres. Cette manie nouvelle le

mit en rapport avec le docteur et l'abbé qui lui plurent l'un et l'autre — tout le monde lui plaisait à première vue, parce qu'à côté de son orgueil, il avait une très grande facilité d'admiration. Or, une chose lui tenait au cœur, son escapade avec les deux étrangères. Au commencement, il en avait été très fier, parce qu'on peut-être fier de tout, même d'une victoire qui a coûté cent mille hommes. Il n'y avait perdu, lui, que vingt billets de cinquante livres et deux ou trois autres qui lui restaient du mois précédent. Et il s'attendait aux congratulations de son maître. Mais, loin de le congratuler, son maître lui avait parlé de Claude Bernard. Alors la voix de la conscience se mit à gronder et Francisquiel se demanda, non sans contrition :

— Aurais-je fait une sottise ?

Et il voulut avoir l'avis du docteur Scharf qui, étant célibataire et passant pour esprit fort, devait être assez coulant sur ce chapitre-là. Le docteur lui répondit.

— C'est tout bonnement ignoble.

Alors Francisquiel tomba dans une tristesse honteuse qui le conduisit au remords. Il résolut de se confesser à l'abbé, s'attendant à une sentence terrible. Mais l'abbé lui dit avec douceur :

— C'est tout bonnement insensé. Tâchez au moins que la leçon vous profite.

Il en résulta aussi de cette visite à l'hôpital que Romaine eut un très vif élan d'affection vers l'inconnu qui était son père, et qui l'avait embrassée ce jour-là si tendrement.

— Qu'est-ce qu'il avait donc ? demanda-t-elle à la mère.

— Il te croyait malade.

— Pauvre père ! Cela m'a fait une étrange impression. C'est comme si je ne le connaissais que d'aujourd'hui.

— Il t'aime bien ; tu es heureuse.

La Bourguignonne poussa un soupir. Le passé lui revenait rarement, et c'était fort heureux, car elle avait mangé son pain noir le premier, du pain sec, Son père, à elle, n'était pas tendre. Le souvenir risquait de l'affliger, aussi ne se retournait-elle pas volontiers en arrière. D'ailleurs, elle n'avait pas le temps, la vie active l'étourdissait.

— Vous ne pleurez jamais, vous ? lui dit Romaine, un soir d'intimité.

— Je suc mes larmes.

La jeune fille eut donc un très vif désir : revoir son père.

— Ne vous a-t-il pas donné son adresse ?

— Oui, répondit la mère.

— Allons lui faire une surprise, voulez-vous ?

La Bourguignonne, en vérité, n'y tenait guère.

Ah ! si don Ruf eût été malade ou affligé ! Mais il se
portait bien et avait l'air de prendre gaiement les
choses. A quoi bon l'aller voir ? Il n'y avait rien à
faire chez lui, c'était du temps perdu, du temps volé
aux autres. Puis un homme seul : Dieu sait quelle
vie il menait !

La mère ne donna pas cette dernière raison à Romaine ; elle en trouva d'autres plus faciles à com-
battre, qui se heurtaient contre une idée fixe et un
parti pris. Il était malaisé d'empêcher une fille
d'aller chez son père. Pour se tirer d'affaire, la
Bourguignonne, ajournant l'aventure, dit tout simplement :

— Nous verrons.

Puis elle poussa une reconnaissance chez l'ennemi. Une servante, nommée Rose, qui avait été noire
et qui était devenue blanche, vint lui ouvrir la
porte. Rose, qui vivait seule, causait volontiers ; elle
dit tout ce qu'on voulait savoir et beaucoup d'autres
choses encore. Son maître était plein de vices ; il fumait du matin au soir et prenait du café à toute
heure ; puis, il se faisait apporter quantité de vieux
meubles très longs à épousseter. Il y dépensait un
argent fou : pour quoi faire ? Pour user des torchons
et les bras de la pauvre Rose. Mais quant aux
femmes, ça, non, il n'en venait jamais au logis. Pas
même des hommes...

— Et à quelle heure le trouve-t-on ?

— A midi, quand il se lève. Il reste alors deux heures, avant de dîner, à lire des livres et à fumer du tabac.

Le lendemain, à son lever, don Ruf apprit de Rose qu'une sœur française était venue le demander. Aussitôt, plein d'inquiétude, il s'était habillé à la hâte, avait bu son café tout brûlant, allumé son cigare par le mauvais bout, sauté dans un cabriolet dont le cheval boitait des quatre jambes, et il roulait lentement, péniblement vers le pensionnat, en poussant des cris d'impatience et de fureur, tandis que la mère et Romaine arrivaient chez lui à pied par un chemin plus court, riant du plaisir qu'elles éprouvaient, de celui qu'elles allaient causer, montaient son escalier, sonnaient à sa porte.

— Le patron est sorti, dit Rose, mais il rentrera pour dîner.

— Nous l'attendrons.

La religieuse et la jeune fille furent introduites dans le salon ; c'était une vaste pièce qui ressemblait à une boutique d'antiquaire : il y avait des bahuts. des consoles de tous les temps, de vieux tableaux, des miroirs de Venise, des majoliques accrochées aux parois, une vieille tapisserie étendue sur un meuble empire où régnaient des sphinx en cuivre doré, une grande armoire Louis XIII à colonnes

torses, puis des statuettes, des vases étrusques, des
antiquités fabriquées à Naples; un fouillis de coupes,
de lucernes, de petits pots en verre, en bronze, en
terre cuite imitant la bimbeloterie de Pompéi, tout
cela jeté pêle-mêle, avec un désordre qui n'était pas
un effet de l'art. Don Ruf avait pris le goût du bric-
à-brac aux Batignolles.

— Ouf ! quel taudis et que de poussière ! dit la
Bourguignonne en entrant. Je vais arranger un peu
tout cela. Romaine, ouvre la fenêtre et va t'asseoir
sur le balcon ; va, ma fille.

Romaine, étourdie par tant de choses qui tout à
coup lui sautaient aux yeux, n'avait rien pu voir. Elle
obéit aussitôt et alla vers la fenêtre, en ramassant
un livre qui était tombé au pied du fauteuil. Elle fit
cela machinalement, par habitude, à l'exemple de
miss Bess, qui ne pouvait voir un papier imprimé,
fût-ce une page d'annonces, sans le lire avec attention. Dans l'embrasure de la fenêtre, la jeune fille
trouva une chaise basse qui lui plut ; ells s'assit sur le
balcon, sous une tente, en tenant encore le livre à la
main, et commença par regarder la vue, car elle
préférait la nature aux œuvres d'art ; elle tenait aussi
cela de miss Bess.

Pendant ce temps, la Bourguignonne faisait dis-
paraître dans l'armoire quantité d'objets qui lui
avaient donné l'idée d'éloigner Romaine : c'était une

Vénus Callipyge, un petit satyre enseignant la musique à Achille, la tapisserie représentant un groupe
d'hommes et de femmes trop peu vêtus; c'étaient
encore des amulettes pompéiennes, des peintures un
peu prises sur le vif, une entr'autres où l'on voyait
une rixe de blanchisseuses et des documents féminins
fustigés à coups de battoir. Quand tout cela fut enfermé à clef dans le vieux meuble, la Bourguignonne
dit à Rose, qui la regardait faire avec stupéfaction :

— Maintenant des balais, des brosses, des plu-
meaux, un goupillon, une lavette, tous les chiffons
du logis : il me les faut tous, et preste !

Rose, ahurie, obéit sans faire d'observation. En
un clin d'œil, tous les meubles furent enlevés et
portés dehors, excepté l'armoire qu'un faquin du
môle n'aurait pu déplacer tout seul. Une poussière
qui n'avait pas été dérangée depuis bien des semaines se souleva aussitôt en nuage menaçant; la
Bourguignonne ferma la fenêtre du balcon où était
Romaine et en ouvrit deux autres, l'une au sud-est,
l'autre au sud-ouest; aussitôt le siroco se rua de l'une
à l'autre avec rage et le nuage devint un tourbillon
qui sortit comme une fumée de cratère. Et les balais,
rudement maniés, fouillaient les carreaux où Rose
elle-même entraînée jetait des seaux d'eau qu'elle
épongea ensuite avec soin; peu à peu ces briques
vernies montrèrent leurs dessins et leurs couleurs :

15

des grecques, des arabesques, une mosaïque pimpante et bariolée, un tapis frais et dur, bon pour les pays où l'hiver même se chauffe au soleil. Vint après le tour des meubles que la Bourguignonne replaça comme elle l'entendait : le bahut en face de la crédence, le canapé en face d'une fenêtre et les majoliques, les tableaux, les statuettes qu'on pouvait voir, rangés avec art sur les murs, sur les étagères, sur les consoles qui reluisaient de propreté. La boutique de bric-à-brac était devenue un atelier d'artiste. Alors la Bourguignonne, avec un mouvement d'orgueil, que s'était permis un plus grand qu'elle, se contempla dans son ouvrage et trouva qu'il était bon. Puis elle alla se laver, car, naturaliste ou non, on se salit toujours en touchant des choses malpropres.

Pendant ce temps, don Ruf, après avoir long-temps pesté contre le cocher et le cheval, était descendu de voiture. Stimulé par son inquiétude, il eût bien voulu continuer la route à pied; mais, au bout de cent pas, il ne se tenait plus sur ses jambes et dut s'asseoir, mort de fatigue, en pleine rue sur un banc de limonadier. Aussitôt un décrotteur s'approcha de lui avec sa boîte en lui offrant ses bons offices; les décrotteurs napolitains sont des garçons bien élevés qui viennent à vous, et n'attendent pas que vous alliez à eux. Bien plus, ils vous éclaboussent quelquefois par mégarde, tant il leur est cher de

vous servir. Don Ruf donna au brave homme un
billet de vingt sous, en le priant de lui rapporter
de la monnaie et de lui amener une voiture bonne ;
au bout d'une heure, le brave homme n'était pas encore revenu. Il faut croire qu'il n'avait pas trouvé de
voiture assez bonne. Don Ruf, après avoir bu, sans
pouvoir se calmer, trois limonades, se décida, non
sans effort, à se remettre en chemin, à pied, hélas !
Il n'arriva au pensionnat qu'après un certain nombre
de haltes ; on lui dit à la porte que sa fille était sortie
avec la mère, ce qui le rassura sans doute, sans l'empêcher pourtant d'être furieux.

Quant à Romaine, enfermée sur le balcon, elle
avait commencé par regarder un amas de terrasses
dominé par des campaniles et un dôme en faïence ;
au delà, une bande de mer et une montagne bleue
argentée par le chaud soleil du midi.

Puis, elle avait baissé les yeux sur le volume à
couverture jaune qu'elle tenait à la main : c'était un
exemplaire tout neuf acheté par Francisquiel pour
en remplacer un autre que *Tchitchil* avait mis au
pilon dans une heure de liesse. L'exemplaire tout
neuf portait ces mots écrits sous le titre : « Cent
huitième édition ».

— Cent huitième édition, ce doit être beau et
bon, se dit Romaine.

Et elle se mit à lire.

XVI

RETOUR AU ROMANTISME

Romaine se mit à lire et ne comprit pas. Les premières phrases l'étonnèrent. Qu'est-ce que pouvait bien être ce théâtre des Variétés vide à neuf heures : un orchestre, un balcon, un lustre à demi-feux ? Tout cela était nouveau pour elle. Miss Bess ne s'aventurait pas à la comédie, parce qu'elle était protestante ; mère Rosalie encore moins, parce qu'elle était catholique : toutes les religions prohibent ce spectacle où ne doivent aller, pensait Romaine, que des mécréants. Elle poursuivit cependant pour savoir ce que c'était qu'un théâtre. Elle vit donc un lustre, un balcon, des fauteuils grenat, un rideau avec une grande tache rouge que noyait une ombre. Ce détail lui donna beaucoup à penser : comment une ombre peut-elle noyer une tache ? Elle alla plus loin, avide de savoir ; il y avait encore une rampe éteinte, des pupitres de musiciens débandés, trois galeries et la rotonde du plafond, où des femmes et des enfants nus prenaient leur volée dans un ciel verdi par le gaz. Alors sa stupéfaction redoubla. Des femmes et des enfants nus ! Pourquoi s'étaient-ils déshabillés ? Elle ne pouvait deviner qu'il s'agissait là de peinture. Il y avait encore dans le livre des baies rondes encadrées d'or, sous lesquelles s'étageaient des têtes coiffées de bonnets et de casquettes ; une ouvreuse, qui se montrait affairée, des coupons à la main, poussant devant elle un monsieur et une dame qui s'asseyaient, l'homme en habit, la femme mince et cambrée, promenant un long regard.

Romaine ferma les yeux et tâcha de se représenter ce que c'était qu'un théâtre. Elle ne put y parvenir. Alors elle voulut continuer, miss Bess lui ayant dit que, lorsqu'on ne comprenait pas, et qu'on n'avait auprès de soi personne à qui demander des explications, il fallait passer outre : on comprendrait plus tard. Donc Romaine passa outre ; à la seconde page, deux jeunes gens causaient à l'orchestre et regrettaient d'être venus trop tôt. La pièce n'était pas encore commencée.

La pièce, elle devina ce que c'était, parce qu'elle avait lu *Athalie* et *Esther*. Bien plus, miss Bess lui avait enseigné qu'on apprenait ces vers par cœur et que des gens déguisés les récitaient en public : pour mieux lui expliquer comment cela se faisait, l'institutrice avait ôté un soir ses lunettes et, drapée dans un drap de lit, s'était promenée à grands pas dans la chambre en prenant une grosse voix et en faisant de grands gestes :

Rome, l'unique objet de mon ressentiment !...

Romaine poursuivit sa lecture. La seconde page lui montra encore des loges, du papier vert, des baignoires qui s'enfonçaient dans une nuit complète...

— Des baignoires ? pensa-t-elle. Au fait, puisqu'il y a des femmes et des enfants déshabillés...

Son étonnement grandissait à chaque phrase et chaque page lui prenait vingt minutes. Elle trouvait cela fort ennuyeux, mais miss Bess, pour justifier les descriptions de Walter Scott, lui avait dit qu'il ne fallait jamais trouver un livre ennuyeux, le devoir du lecteur étant d'aller jusqu'au bout. Romaine fit donc son devoir de lectrice et suivit la conversation des deux jeunes gens assis à l'orchestre. L'un d'eux était un grand garçon à petite moustache noire... Elle ferma encore les yeux et pensa un moment à Francisquiel. Car elle rêvait souvent, plus souvent qu'elle n'eût voulu, de l'inconnu qu'elle avait vu deux fois, sur la rampe et à l'église.

— Il n'y venait pas pour moi, pensait-elle avec un soupir, et je ne l'ai plus revu !

Les deux jeunes gens de l'orchestre causaient
d'une *Blonde Vénus* qui devait être l'événement
de l'année. « On en parle depuis six mois, disait
l'un : Ah! mon cher, une musique! un chien!... »
Que venait faire ce chien dans cette musique? Un
peu plus bas, il s'agissait d'une étoile nouvelle,
nommée Nana (drôle de nom pour une étoile), qui
devait jouer Vénus (une planète, lui avait dit miss
Bess).

Les deux jeunes gens (Romaine comprit cela)
parlaient donc d'astronomie.

Un peu plus bas, elle trouva un mot qui lui
plut : « Ce recueillement d'église plein de chucho-
tements et de battements de porte. »

— C'était bien cela, pensa-t-elle. Et, fermant
encore les yeux, elle sentit derrière elle deux regards qui la brûlaient.

— Allons! je suis folle, et coupable aussi : je me
perds.

Elle lut plus vite, parce que, décidément, cette
histoire l'ennuyait. Le grand garçon aux yeux noirs
l'eût intéressée, mais il portait un vilain nom,
Fauchery. L'autre nom valait mieux, Hector, mais
cet Hector lui paraissait bête. Elle arriva assez vite
à l'endroit où Hector dit un mot aimable au directeur Bordenave : « Votre théâtre, commença-t-il
d'une voix flûtée... Bordenave l'interrompit tran-

quillement, d'un mot cru, en homme qui aime les
situations franches : — Dites mon... »

Elle n'alla pas plus loin, le livre lui fut arraché
des mains par don Ruf qui venait d'entrer et qui,
la voyant lire, avait ouvert brusquement la fenêtre.

— Malheureuse! s'écria-t-il, qu'est-ce que tu
fais là?

Ah! don Ruf, don Ruf! Et vos théories? Ne disiez-
vous pas l'autre jour à Francisquiel :

— Eh! instruisez nos filles, faites-les pour nous
et pour la vie qu'elles doivent mener, mettez-les
le plus tôt possible dans les réalités de l'existence...

A quoi vous répondriez, si vous étiez de bonne
foi dans la discussion :

— Je parlais ainsi pour les autres. Je fais excep-
tion pour Romaine.

— Pourquoi?

— Parce qu'elle est ma fille...

Mais on n'est jamais de bonne foi dans la discussion. Don Ruf se tourna vers la Bourguignonne
qui était en train de donner aux meubles un dernier
coup de plumeau :

— Comment! vous lui laissez lire de pareils
livres!

— Qu'est-ce que c'est que ce livre?...

— Je l'ai trouvé à terre, dit Romaine.

— Elle l'a trouvé chez vous, monsieur.

Cela fut dit d'un tel air que don Ruf dut baisser la tête. Il balbutia des arguments médiocres, non plus pour accuser la mère, mais pour se justifier lui-même et demanda piteusement à sa fille, en rougissant un peu :

— Jusqu'où as-tu lu?

— Jusqu'à l'endroit où le directeur dit que son théâtre est un... rappelez-moi le mot.

— C'est inutile...

— Un... un... ah! oui, j'y suis (et elle prononça le terme ingénument.) Qu'est-ce que ça veut dire?

Don Ruf devint de toutes les couleurs.

Mais instruis donc ta fille, grand nigaud ; fais-la donc pour toi et pour la vie qu'elle doit mener; mets-la donc le plus tôt possible dans les réalités de l'existence!

— Je vais répondre pour vous, dit la Bourguignonne. Ce vilain mot que tu ne répèteras pas signifie un mauvais lieu.

— Je comprends, fit Romaine.

Elle ne comprenait pas exactement, mais l'explication lui suffisait. Il y eut un froid après cette rafale. La mère, pour changer de sujet, adressa la parole à don Ruf :

— Voyez donc ce que j'ai fait de cette chambre.

Don Ruf s'habillait proprement, mais ne craignait pas la poussière dans sa maison, en quoi il était

15.

bien de Naples. Il remarqua seulement qu'on avait
ôté certaines choses...

— Elles sont là-dedans (la mère montra l'armoire)
et feront bien d'y rester. Romaine peut revenir...

Don Ruf ne fut pas content du tout de cette visite :
il y avait fait piètre figure, ce qui déplaît même aux
gens modestes, et il ne l'était pas. Pour se venger
de cet échec, il estima que sa fille n'était pas en
sûreté chez la Bourguignonne. L'enfant paraissait
curieuse, on répondait à ses questions en termes
dangereux. L'asile de la vertu, ce n'est pas le cloître,
surtout les cloîtres d'où l'on peut sortir, c'est la
complète ignorance. La malheureuse sait lire : elle
est perdue si je n'y pourvois à temps.

Le soir, il trouva au café Francisquiel, qui était
radieux :

— Je l'ai revue, lui dit tout bas le jeune homme.

— Qui? L'Allemande ou la Russe?

— Hé! il s'agit bien de ces horribles femmes...
Elle, vous savez...

— Térésine?

— Oui, Térésine. Elle était avec sa mère dans la
rue, elle m'a reconnu ! Elle m'a regardé !

— Et puis?

— Elle est devenue toute rouge. Et puis, elle s'est
retournée... Croyez-vous que ce soit pour me revoir?

— Je crois bien! et alors?

— Alors... c'est tout.

— Comment! c'est tout? Et tu ne l'as pas suivie, tu ne lui as pas glissé dans la main n'importe quoi : ta carte avec trois mots au crayon, ta bague, ou la moindre chose, ne fût-ce qu'une fleur. Et voilà mon élève!

— Je n'ai point osé la suivre; il ne m'est venu l'idée de rien.

— Éccute : au point où vous en êtes, il faut brusqu'r les choses. Elle t'aime, c'est clair, et te méprisera si tu n'avances plus.

— Que faut-il faire?

— Entre hardiment dans la maison. Le sommet de ton mur est plus élevé que la terrasse et le chemin entre deux a... combien?

— Une canne et demie (3 mètres) tout au plus.

— Achète donc une échelle et descends de ton mur dans le jardin de Térésine...

— J'ai compris, dit Francisquiel. Mais, si la mère me voit?

— Tu lui diras : j'expérimente.

Le lendemain, au petit jour, c'était fait : l'ennemi entrait dans la place. Mais Romaine, de sa fenêtre, l'avait vu descendre et son cœur battait, battait!... Elle ne se sentit rassurée que lorsqu'il eût touché terre; alors, ce ne fut plus pour lui, ce fut plutôt,

qui sait? pour elle-même qu'elle eut peur. Elle courut chez la mère, et s'arrêta devant la porte.

— ...Si je lui dis, elle le chassera et ce sera fini...
Mais, si je ne lui dis pas, que penserai-je de moi?
Il faut bien que je lui dise...

Elle frappa timidement.

— Mère, il est là... vous savez? celui de l'église...

— Et celui d'hier, dit la mère qui voyait tout.

— Il est venu au jardin par une échelle.

— Tu fais bien de me le dire. Je vais lui parler...

— Ne le grondez pas, au moins...

— Sois tranquille.

Toute tremblante, Romaine alla se poster derrière
le rideau blanc de la fenêtre pour voir ce qui allait
arriver. L'inconnu avait d'abord retiré l'échelle afin
qu'on ne la vît pas du chemin; c'était hardi de sa
part : il rendait la retraite difficile. Puis, il était
allé se cacher dans un buisson de camélias plus
haut que lui. La mère l'y surprit du premier regard
et l'aborda franchement. Il s'était bien promis de
répondre à la première question qu'on lui adresse-
rait :

— J'expérimente...

Mais la mère ne lui permit pas de s'exprimer ainsi.
Elle lui demanda carrément :

— Que voulez-vous de Romaine?

— Je ne venais pas pour elle... balbutia le pauvre

garçon... Je venais pour... pour voler!!! reprit-il résolument, la tête haute. Oui, pour voler; je suis un voleur. Faites-moi arrêter.

La Bourguignonne partit d'un éclat de rire; Francisquiel ne put se tenir d'en faire autant : qui se fût attendu à cette scène?.... Romaine n'en revenait pas.

— Enfin ! dit la mère, ceci est la preuve d'un bon naturel. Vous aimez mieux aller en prison que de la compromettre. Je croyais que ces mensonges-là ne se faisaient que dans les romans. Allons! soyons sérieux et venez sur la terrasse.

Quand ils furent assis, elle et lui, sur le parapet, elle reprit :

— Vous êtes descendu de là ici par cette échelle? Je m'explique maintenant ce trou dans le mur, qui m'inquiétait. Vous guettiez par là, jeune homme; je n'aime pas ça, mais passons. Vous avez un jour descendu cette rampe au galop sur un âne. Plus tard on vous a vu à l'église; plus tard... eh! mais, je vous reconnais, malgré votre moustache. C'est vous qui, certain jour, m'avez servi d'ânier. Je comprends la mauvaise humeur où vous étiez : vous auriez voulu mener Romaine. Enfin, hier, on vous a rencontré dans la rue. Ah ça! qui êtes-vous?

Francisquiel, gagné par cette franchise, raconta son histoire, ou à peu près, car il dut glisser sur certains détails. Par exemple, en parlant de son père, il le qualifiait d'employé des Bourbons; mais, en disant cela, il rougissait beaucoup; il y eut pourtant sous les Bourbons des employés de qui leurs fils n'eurent pas à rougir.

— Il ne dit pas tout, pensa la Bourguignonne.

En revanche, il ne cacha pas ses années de travail et de misère et parla de *Tchitchil* en termes affectueux qui plurent à la mère Rosalie : elle aimait les bêtes et en aurait possédé plusieurs, si les chrétiens lui avaient pris moins de temps. Francisquiel ne parla pas non plus de don Ruf, parce qu'il le croyait oncle de Romaine et redoutait la netteté de cette question:

— Puisque l'oncle vous est si bien connu, pourquoi ne lui avez-vous pas demandé sa nièce?

A quoi il aurait dû répondre des choses qui lui paraissaient fort embrouillées et qui l'étaient effectivement. En se taisant sur don Ruf, il n'eut rien à dire des soupers de Frisi et des deux étrangères. A part ces omissions, son récit fut assez exact.

— Vous êtes donc assez riche pour deux? lui dit la Bourguignonne; vous êtes libre et il y a chez vous des qualités qui me vont; — mais qu'est-ce que vous faites?

— Je ne fais rien, dit Francisquiel.

— Alors, il ne faut plus songer à Romaine. Pour moi, voyez-vous, un fainéant est un homme sans valeur; en français, nous disons un vaurien. Donc, avant tout, faites boucher ce trou dans le mur et promettez-moi de ne plus perdre votre temps sous les citronniers. Puis cherchez une occupation utile aux autres. Quand vous l'aurez trouvée, si je l'approuve, on pourra parler pour vous. Mais d'ici là ne revenez ici ni pour moi ni pour elle ; je vous défends de faire un pas, d'ouvrir les yeux pour la revoir. Est-ce entendu ?

— C'est entendu, dit le jeune homme en soupirant. Seulement, faites-moi une faveur. Si je me mets à travailler, *Tchitchil* s'ennuiera sans moi : il ne veut même pas que je lise. Vous avez ici une écurie vide, je vous paierai ce qu'il peut coûter à nourrir. Il vous servira pour vos courses, pour vos promenades, et, en le sentant chez vous, je vivrai plus tranquille ; je suis sûr qu'il ne sera pas battu.

— Tiens, tu es un brave garçon, toi, cria la Bourguignonne en lui appliquant sur chaque joue un gros baiser de nourrice. Romaine vit cela de sa fenêtre et joignit ses petites mains en murmurant :

— Qu'est-ce qu'il y a, bon Dieu !

— Sur ce, va-t'en, dit la mère au jeune homme, et par la porte, au moins. Je te renverrai ton échelle.

— Non, gardez-la ; je ne m'en servirai plus.

— Eh bien ? demanda Romaine, fort intriguée, quand la porte se fut refermée sur Francisquiel.

— Aime-le si tu veux, c'est un brave cœur, répondit la mère. Seulement ne l'aime pas les yeux
en l'air avec des sourires et des rêvasseries. Aime-
le gaiement : il n'y a de bon que ce qui est gai.

Cependant, don Ruf avait rencontré au café un
peintre flamand qui passait toute l'année à Capri, la
plus pittoresque des îles : l'air y est doux en hiver,
frais en été ; les Napolitains n'y vont pas, on n'y
voit que des étrangers, tous artistes ; on y peut vivre
dans une solitude absolue, entre le ciel, la mer et
des rochers, qui ne donnent que de bons conseils.
Les indigènes ont des mœurs dignes de l'âge d'or.

— Moi-même, conclut le peintre flamand, j'ai
pris pour femme une Capriote.

Don Ruf résolut aussitôt d'arracher Romaine à
la pernicieuse influence du cloître et d'aller vivre
seul avec elle à Capri.

— Qu'y perdrai-je après tout ? se dit-il. Toujours
les mêmes visages au café, Francisquiel me néglige,
le docteur Scharf ne me prend pas au sérieux, l'abbé
Simplice est un mystique. Il faut me sacrifier à ma
fille. A Capri, au moins, je pourrai la soustraire au
spectacle honteux de la ville : elle n'y verra ni théâtre, ni bal, ni concert, ni autres lieux de débauche ;
elle ne risquera pas d'entendre les propos des cuisinières dans la cour intérieure des maisons. Je
l'instruirai petit à petit, sans livres ; je lui montrerai

le monde tel qu'il est; je la guérirai de cet héroïsme
romantique qui est la négation de la vie. Elle ne
sera pas comme les autres : une poupée fabriquée
pour la récréation des âmes sensibles et dont le
premier venu pourra s'amuser à son plaisir. Ce
sera une femme vraie, une naturaliste.

Armé de cette résolution, don Ruf se rendit au
pensionnat, décidé à parler fort; cependant, sa main
tremblait un peu quand il tira la cordelle de la
cloche. Arrivé en face de la Bourguignonne, il se
troubla tout à fait, et, bredouillant plus qu'il n'aurait fallu, tâcha de démontrer que son cœur paternel... le besoin de connaître sa fille... ce ne serait
pas pour longtemps au moins... une saison seulement... une saison de pleine campagne...

Enfin don Ruf, qui ne voulait affliger personne,
dit à la mère avec une certaine émotion :

— Je vous en supplie, prêtez-moi Romaine.

— Vous n'osez pas me dire : « Rendez-la moi ! »
Elle est à vous, monsieur. Seulement il ne faut pas
qu'elle vous suive à contre-cœur. Revenez demain;
d'ici là je l'aurai décidée.

Le soir même, la Bourguignonne eut une longue
conférence avec la jeune fille et lui parla si gaiement de don Ruf, des joies filiales, du beau pays
qu'elle allait voir; elle lui dit tant de fois : « Tu es
bien heureuse! » que Romaine partit le lendemain

comme pour une partie de plaisir. Seulement, quand
la mère l'eut embrassée une dernière fois en lui
disant à l'oreille : « Tu m'écriras, n'est-ce pas? »,
elle alla s'enfermer dans sa chambre et en sortit les
yeux tout rouges. Pendant quelques heures elle ne
fit rien de ses dix doigts, ce qui ne lui était jamais
arrivé.

Le bateau qui emmena don Ruf à Capri croisa
dans la rade une belle goëlette à vapeur toute neuve
qui arrivait de Plymouth. L'Anglais qui la commandait était celui qui avait fait avec Francisquiel le
voyage de Calabre. En débarquant sur le môle, il
rencontra l'ex-ânier qui vint à lui et qui dut se nommer pour être reconnu. Cinq années de temps, une
moustache de mousquetaire et un costume de gent-
leman, cela transforme tout à fait un jeune homme.

— Vous avez changé de métier? demanda l'Anglais.

— Hélas! je n'ai plus de métier! répondit Francisquiel.

En effet, son plus gros chagrin du moment était de
n'avoir rien à faire. Il s'était adressé au docteur
Scharf et à l'abbé Simplice pour trouver de l'occupation. Le docteur lui avait dit :

— Étudiez l'anatomie.

— Étudiez la théologie, lui avait dit l'abbé.

— Faites-vous médecin.

— Faites-vous prêtre.

Et tous les deux, séparément :

— Restez célibataire.

Mais Francisquiel ne voulait pas rester célibataire ; quant à étudier la médecine ou la théologie, il y fallait du temps, beaucoup de grec et de latin, le gymnase, le lycée, l'examen de licence et le diable. Le docteur et l'abbé lui offrirent des leçons, mais il fallait commencer par décliner *rosa* : c'est partout la même chose. Francisquiel eut des accès de rage et de désespoir. Toutes les carrières lui étaient fermées : le barreau d'abord qui l'aurait séduit, à cause de certains mots qui sonnaient bien : la veuve, l'orphelin, l'équité, la justice. Mais, pour avoir le droit de mettre ces mots dans des phrases, il fallait aussi commencer par décliner *rosa*. Que peut-on faire de bon au monde sans partir de cette maudite déclinaison ? Entrer dans les affaires, ouvrir une boutique ou jouer à la Bourse ! Mais les affaires, lui avait dit don Ruf, c'est l'argent des autres. Et c'était pour les autres, non pas contre eux qu'il devait travailler : la mère le voulait ainsi. Que faire, bon Dieu, que faire ?

Voilà ce que se disait Francisquiel en arrivant sur le port. S'il y était venu cinq minutes plus tôt, il aurait vu partir Romaine. Mais, s'il ne la vit pas partir, il trouva quelque chose d'elle dans l'air où elle avait passé : une inspiration, une idée. Tout

plébéien de Naples est né marin : il y a tant de mer
du pont de la Madeleine à Mergelline ! Francisquiel
lui-même, dans ses années de misère, avait plus
d'une fois passé des nuits à la pêche; il ramait en
maître et pouvait au besoin aplester, canonner,
hisser, caler, carguer la voile : pourquoi ne se ferait-
il pas marin? Marin pour les autres. Il y a souvent
des sinistres en mer, surtout dans les passages
étroits, entre Capri et la Minerve, entre Ischia et
Procida, entre Procida et Misène, quand le siroc
et le libetche soufflaient fort; que de barquettes
perdues ! que de sanglots sur la côte le lendemain !

— J'achèterai un côtre, se dit Francisquiel, j'aurai
six robustes gaillards à mes ordres et j'irai en mer
aux endroits dangereux par tous les gros temps.

Cette idée lui vint quand il rencontra l'Anglais
sur le môle.

— Et vous, Mylord, lui demanda-t-il, que faites-
vous?

— Je vis sur mer; je viens d'acheter une goëlette
toute neuve : il y a un salon, des livres, des échecs,
une bonne cuisine, une excellente cave et tout ce
qu'il faut pour être heureux. Je m'ennuie.

— Je vais vous désennuyer, dit Francisquiel.

Et il lui communiqua son idée.

XVII

Capri, le 7 mai.

« Ma bonne mère, nous sommes arrivés ; il est cinq
heures du matin, papa dort et je vous écris. En
partant hier, ma lorgnette à la main, je l'ai vu, vous
savez qui, arriver sur le port ; j'ai pensé qu'il venait
me dire adieu. La traversée a été très belle, un peu
longue ; papa — il est drôle — m'empêchait de
regarder les passagers, me montrait la côte, le
Vésuve, et me racontait les éruptions. Il veut m'instruire ; il ne se doute pas que je savais tout cela chez
miss Bess. Je ne le lui ai pas dit, craignant de lui
déplaire. C'est un excellent homme, et je pense que
nous ferons bon ménage à nous deux. A Capri,
d'abord, le bateau à vapeur s'est arrêté devant un
amas de rochers ; quantité de petites barques sont

arrivées alors pour nous mener à la grotte bleue.
J'avais grande envie d'y aller, mais papa n'a pas
voulu, craignant les passagers sans doute. Oh! je
serai bien gardée, n'ayez pas peur. Puis on nous a
débarqués dans le port où des fillettes nous ont sou-
haité la bienvenue en nous offrant des roses. Toutes
jolies, minces, élégantes, le teint brun comme des
sous, une bouche couleur de fraise, des yeux qui
vous sautent dessus. J'écris comme ça me vient,
n'est-ce pas? Je ne fais pas de style. Puis on monte
au village de Capri. Papa, tout de suite, a demandé
une voiture. Il n'y en a pas dans l'île, et il a fait la
grimace. Oh! un pays sans voiture, comme Venise,
j'en rêvais depuis longtemps. A Naples, toutes ces
roues me font peur. Par exemple, des ânes tant
qu'on en veut; ce sont les filles qui les mènent. Et
elles montent pieds nus, à grandes enjambées; vous
croyez que c'est laid? Pas du tout, c'est très fier. Il
faut que j'apprenne à monter comme ça. Dans le
village, tout est petit : des rues grandes comme la
main, des maisons si basses! les plantes même
poussent bien, mais pas haut. Un peintre qui nous
attendait et que j'ai trouvé vieux, mal peigné, une
barbe! — papa ne m'a pas permis de lui parler —
nous avait loué une maison qui entrerait tout entière
dans notre chapelle.

» Il y a quatre ou cinq pièces, mais faites pour des

oiseaux; votre grand lit n'y entrerait qu'en travers.
Dans le salon, où des poupées n'auraient pas assez
de place pour jouer aux quatre coins, papa, en entrant, a poussé un cri qui m'a fait pouffer de rire;
un grand coup de plafond venait de défoncer son
chapeau. Il a dû en acheter un autre, en paille, qui
lui va fort bien; je l'ai garni de fleurs qui poussent
je ne sais comment et grimpent sur la terrasse, car
nous avons une terrasse, comme chez vous, avec des
piliers frustes, d'un blanc qui crève les yeux; c'est
beau à voir. Dessus, des branchages touffus, chargés
de feuilles mortes, chassent le soleil. La loge est sur
un rocher à pic, et regarde au Nord, du côté de
Naples; à droite, grimpe un sentier taillé dans le
roc. C'est gai, c'est frais, et quelle mer! Une ouate
bleue. On voudrait s'y rouler. Cependant ça ne suffit pas, encore faut-il qu'on dîne. Hier, dame Rose
(*si Rosa*), une vieille bonne de papa qui est venue
avec nous, ne savait comment s'y prendre pour nous
donner à manger. Il a fallu courir à l'hôtel Tibère,
où nous sommes arrivés juste à l'heure de la table
d'hôte. Je m'y suis assise de grand'faim, papa m'a
fait lever et m'a conduite à une petite table, en
punition, mais je n'ai pas perdu un mot de ce qui se
disait à la grande. On n'y parlait que de Tibère, et
il paraît que dans l'île il n'est question que de lui.
Les plus humbles gens d'ici ont l'air de l'avoir connu

personnellement : ils l'appellent *Timberio*. C'est
Timberio qui a creusé tel puits, bâti telle citerne,
élevé telles grosses murailles, creusé ailleurs des
ornières où on pourrait encore poser des rails. Il y
a la grotte de Tibère où il allait offrir des sacrifices,
la caverne de Tibère où il enfermait les prison-
niers, le rocher de Tibère d'où il jetait ses victimes
au fond de l'eau. Il y a la place de Tibère, la villa
de Tibère, le château de Tibère ; nous dînions à
l'hôtel Tibère. Papa se démenait sur sa chaise :
ce nom de Tibère lui tournait la tête : il avait peur
que je n'apprisse qui c'était.

» — Mais, papa, lui dis-je, je sais fort bien qui
c'est. Et je lui répétai tout ce que m'en avait dit miss
Bess. Alors, il bougonna d'un air fâché :

» — On apprend beaucoup trop de choses aux
petites filles.

» Assez pour aujourd'hui, n'est-ce pas ? C'est déjà
six heures et demie. Je vais réveiller papa pour dé-
jeuner, je meurs de faim. »

. . . .

Capri, le 14 mai.

» .... Il veut m'instruire, et, entre nous, il ne sait
rien ; j'ai pour lui tout le respect filial que vous
m'avez prescrit, mais vous voulez bien, n'est-ce pas,

que je vous dise ce que je pense ? Eh bien ! c'est moi
qui fais son éducation. D'abord, je lui apprends à se
lever tôt ; croyez-vous qu'autrefois il ne sortait de
son lit qu'à midi, sans chandelle ! Moi, je tape à sa
porte jusqu'à ce qu'il l'ouvre, et il ne peut l'ouvrir
sans s'habiller. Nous déjeunons alors de lait de
chèvre ; il y verse du café, je le laisse faire ; il faut
bien passer quelque manie aux hommes. Après dé-
jeuner, à six heures, la promenade, et à pied, s'il
vous plaît. Autrefois, il n'allait qu'en voiture ; à
présent, il marche, en s'arrêtant souvent ; mais
Rome n'a pas été bâtie en un jour. Hier, nous
avons grimpé à Anacapri, par un escalier taillé dans
le roc ; il y a 536 marches. Sans le garde-fou qui
retient cette rampe, ce serait un casse-cou. Eh bien !
papa ne s'est arrêté que dix fois pour reprendre haleine. Un beau désert, cet Anacapri. Notre guide
nous disait qu'il devait y avoir douze cents habitants, nous n'y avons pas vu un chat. Un cimetière de
petites maisons toutes blanches, aux portes étroites,
où on ne peut guère entrer que couché, comme les
morts. J'eus peur dans ce silence. Et puis, Tibère
nous hantait. Cette rampe, taillée dans le calcaire,
c'est lui qui l'a faite. On boit là haut de très bon vin,
à ce que dit papa, le meilleur de l'île, à ce qu'il
paraît. Savez-vous comment ils l'ont appelé ? Les
larmes de Tibère. Enfin, le tavernier me rassura

16

sur la population d'Anacapri, que je croyais morte.
Elle était aux champs et elle travaillait. Braves
gens!

» Chemin faisant, j'apprends à papa la campagne:
croiriez-vous qu'il y a huit jours, il ne distinguait
les citronniers des figuiers qu'à leurs fruits. Maintenant, il connaît tout ce que nous rencontrons : les
genêts qui sont fleuris, les oliviers, même les plantes
marines. Et, connaissant tout ce vert, il s'y attache ;
j'ai un excellent élève et je lui donnerai volontiers
des bons points. Mais, ce qui me causera beaucoup
de travail, ce sera de corriger ses idées. Figurez-
vous, ma bonne mère, qu'il ne croit à rien ? L'autre
jour, nous étions dans une église : on nous montrait
les bustes d'argent des Saints protecteurs du lieu et
une croix de cristal et d'émail qui a été miraculeu-
sement conservée. Un jour, les Maures avaient mis
le feu à l'église qui brûla tout entière ; la croix seule
est restée intacte et j'ai pu la baiser dévotement. Eh
bien! il prétend que cette histoire n'est pas vraie.
Qu'est-ce qu'il en sait ?

» On montre encore dans la cathédrale un clou
planté dans un pilier ; si quelqu'un perd dans l'île
n'importe quoi, fût-ce un objet de prix, il n'a qu'à
entrer quelques jours après dans la cathédrale ; il y
verra pendu au clou ce qu'il avait égaré.

» C'est celui qui l'a trouvé qui l'y rapporte.

» —Parions que c'est faux, me dit papa.

» — Parions, lui répondis-je.

» Le lendemain, nous étions seuls, lui et moi, sur un affreux petit chemin tout caillouteux qui doit être entretenu par des cordonniers. Il jeta ses gants à terre.

» — Oh! des gants, lui dis-je, il n'en vaut pas la peine. Tenez, moi qui ai la foi, je vais laisser là ma croix. Il y a deux diamants...

» — Mais, si on ne la rapporte pas...

» — Si on ne la rapporte pas, je veux la perdre.

» Deux jours après, ma croix était au clou, et papa est devenu tout rêveur. N'est-ce pas que c'est une jolie histoire ? »

. . . .

Capri, le 17 mai.

« ... Il ne me chicane plus sur la religion, je crois qu'il vient à nos idées. Seulement il soutient de bien grosses hérésies sur le genre humain. Toujours pour m'instruire, il m'apprend qu'il n'y a au monde aucun honnête homme et aucune honnête femme. Alors je lui ai parlé de vous, de nos sœurs, de miss Bess, de tout ce que vous faites pour les autres, et j'en sais long là-dessus, bien que je n'en sache pas le quart. Il m'a répondu des choses tristes.

» — Je ne nie rien, m'a-t-il dit, je ne sais pas. Mais
regarde bien au-dessous des plus belles actions, tu
n'y verras qu'une chose: l'amour-propre. Ces braves
filles ont l'air de se dévouer; mais c'est pour se
mettre en avant, ou pour éclipser un autre ordre qui
leur fait concurrence, ou pour acquérir dans le
monde une puissance abusive, ou encore, qui sait?
pour se faire plaisir à elles-mêmes, car il y a de la
volupté à soulager les pauvres diables; à tout le
moins pour gagner le ciel, car, après avoir achevé
la besogne, on compte avec le bon Dieu. On lui pré-
sente la carte à payer; on lui dit: j'ai fait quarante
ans de dévouement, vous me devez une éternité de
délices. Pouah! c'est de l'usure. Il n'y a pas d'honnêtes gens.

» Ne craignez pas, ma bonne mère, que de pareilles
idées puissent gâter les miennes; ce serait vrai, que
je n'y croirais pas. Ce pauvre père, a-t-on dû lui faire
du mal!

» Je lui ai dit l'autre matin:

» — Mais enfin, puisque vous voyez du louche au-
dessous de tout, comment faut-il se conduire pour
être honnête?

» Il n'a pas su que répondre. Ah! que les hommes
ont peu de jugement! car enfin, n'est-ce pas? puisqu'il parle du bien, il devrait le connaître, le voir
au moins dans sa tête. Eh bien! non, il ne l'y voit

pas. Miss Bess aurait dit qu'il n'a pas d'idéal. Vous diriez, vous, qu'il n'a rien à faire. C'est peut-être la même chose au fond.

» Pour me prouver que les hommes sont mauvais, il me lit souvent les faits divers de ses journaux.

» Il va les prendre à la Marine de Capri, comme on dit ici, à l'arrivée de chaque bateau ; c'est pendant ce temps que je vais moi-même jeter mes lettres à la boîte, je ne me fie pas beaucoup à cette dame Rose qui a toutes les vertus, mais qui parle trop ; quand elle n'a personne pour l'écouter, elle parle toute seule. Donc, papa rapporte du port une liasse de journaux : *le Courrier du matin, le Pungolo, le Piccolo*, etc., etc., qu'il ne me laisse pas lire, à cause du feuilleton qui, dit-il, pourrait me perdre, et ça me donne parfois, je le confesse, une rage de savoir ce que c'est qu'un feuilleton. En revanche, papa me conte les faits divers ; ce ne sont que des actes abominables : un mari qui poignarde sa femme, une femme qui empoisonne son mari, un fils qui vole son père, un frère qui brûle la maison de sa sœur... est-ce que je sais, moi ?

» — Voilà, me dit-il, ce que c'est que la race humaine.

» — Mais, papa, lui ai-je répondu ce matin, nous vivons tranquillement à Capri, vous et moi, sans nous assassiner que je sache, sans nous empoison-

16.

ner, sans nous voler, ni brûler la maison. Pourquoi ne le met-on pas dans le journal ?

» — Enfant ! parce que cela n'intéresse personne.

» — Alors qu'est-ce qui intéresse ?

» — Les choses extraordinaires.

» — Il paraît donc que les assassinats, les empoisonnements, les vols et les incendies sont des choses extraordinaires. Les choses ordinaires, ce sont les braves gens qui vivent en paix, comme vous et moi !

» Il n'a pas su que répondre, et j'en suis bien aise. Écrivez-moi donc, poste restante et dites-moi si quelqu'un, vous savez bien, a trouvé de l'occupation. »

. . . . , ...

Capri, le 21 mai.

« Merci de vos bonnes lignes, mon excellente mère, ce n'est pas long, vous n'avez pas le temps d'écrire, mais en peu de mots vous me dites tout. Vous l'avez revu ; il a vingt-deux ans, il se nomme Francesco Baldi, on l'appelle Francisquiel. Ah ! la belle vocation qu'il s'est donnée ! Seulement, toutes les fois que la mer sera grosse, j'aurai une belle peur. Vous ne lui avez pas encore dit où je suis, ni le nom de papa, craignant qu'il ne veuille aller trop vite. Mais vous me conseillez de préparer les voies ; vous viendrez après, vous-même, et vous parlerez à papa.

Que vous êtes bonne ! Ce n'est qu'un petit mot de remerciement que je vous envoie à lettre vue. Demain, j'aurai quelque chose à vous dire et nous causerons longuement. »

. . . .

Capri, le 23 mai.

« ... Nous revenons d'une grande promenade et papa fait sa sieste ; j'ai devant moi deux bonnes heures de pleine liberté. D'abord, nous sommes partis de grand matin pour aller tout au haut de la montagne. Moi-même, qui ai des goûts de chamois, je ne croyais pas que le ciel fût si loin. On monte, on monte par un sentier qui se cramponne à la roche et la prend d'assaut, par le plus raide, avec une brusquerie qui vous déchire les mains et les genoux. Papa s'est très bien comporté, il s'arrête souvent, mais ne perd plus courage et patience. Donc, pendant ces haltes, nous avons causé. Je l'ai attaqué de front, gaiement.

» — Papa, lui ai-je dit, j'ai seize ans, je me fais vieille. Il faudra songer bientôt à me marier.

» — Ah ! *pazzarella* (petite folle)...

» — Pas pazzarelle du tout ; je parle très sérieux. Vous ne voulez pas que je reste fille toute ma vie ?

» — Nous avons le temps d'y penser.

» — Pas du tout; il faut, dès qu'on se met en route,
savoir où l'on va ; sans quoi, on se perd. Tenez, nous
grimpons par un affreux chemin, pourquoi ? Parce
que nous savons que, de là-haut, chez l'ermite, il y a
une vue superbe. Nous avons un but, voilà pourquoi
vous soufflez beaucoup, vous vous essuyez le front,
mais enfin vous allez. Eh bien ! moi je vais au mariage, ou au célibat, l'un ou l'autre. Si c'est au mariage, prenons-en la route ; si c'est au célibat, en-
voyez-moi au couvent.

» — Tu songes à te marier, à ton âge ?

» — Dame ! On ne peut rien faire qu'à l'âge qu'on a.

» Il rit de bon cœur et se remit en route. Quand
on monte, on ne parle pas : c'est là sa force. Au
moment où je crois le tenir, il recommence à
grimper et ne me répond plus. Mais il s'essouffla
bientôt, Dieu merci, et nous fîmes une dixième
halte.

» — Eh bien ! papa, avez-vous réfléchi ?

» — A quoi donc ?

» — A mon mariage.

» — Tu y penses encore ? En ce cas, je veux t'in
struire. Il n'y eut jamais, dans ce monde, un seul
mariage heureux.

» — Et le vôtre ?

» Il fronça le sourcil. C'est singulier : il fait cela
toutes les fois que je lui parle de ma mère, pas de

vous, de l'autre, que j'ai si peu connue, et que
j'aime tant, sans savoir qui elle était. Comme il paraissait de mauvaise humeur, j'attendis la halte suivante. Ce fut lui qui ramena l'entretien où je voulais.
Il me demanda brusquement :

» — Connaîtrais-tu, par hasard, un jeune homme ?
Il me disait cela, je vous jure, en faisant des yeux
d'ogre. C'est pourquoi je lui répondis que non. Au
fait, je ne mentais point ; je ne connais pas M. Francisquiel. C'est vous qui le connaissez, n'est-ce pas ?
C'est vous qui m'avez dit de l'aimer, et je l'aime.

» — A la bonne heure ! reprit papa qui me parut
très content. Les jeunes gens, vois-tu, ça ne vaut
rien ; les uns sont des nigauds qui ressemblent à des
figurines de perruquier ; les autres, des pédants qui
s'hébêtent dans les écoles ; le plus grand nombre,
aujourd'hui, des ladres fieffés qui hantent la Bourse
et autres mauvais lieux...

» Il parla ainsi pendant un bon quart d'heure.
Comme M. Francisquiel ne peut être ni un nigaud,
ni un pédant, ni un ladre fieffé, ce fut moi qui me
remis en route. J'étais très agacée, je cassai dans les
pierres le bout de mon parasol et je montai à grandes
enjambées, comme les Capriotes. Il ne put me suivre
et me cria de m'arrêter ; je me tins debout sur une
roche, cent pas au-dessus de lui.

— » Alors, lui dis-je de là-haut, vous voulez que je

reste fille? C'est bien, renvoyez-moi au pensionnat.

» Il montait toujours, en poussant de gros soupirs.
Quand il m'eut rejointe, il s'assit ou plutôt s'affaissa
lourdement à mes pieds, sur la pierre. Il lui fallut
du temps pour se remettre. Enfin, il leva ses deux
mains vers moi et, prenant les miennes, il me dit
tendrement :

» — Tu veux donc me quitter? Il n'y a que quinze
jours que nous sommes ensemble.

» Vous le savez, je ne peux pas résister à certains
sons de voix. Je m'assis près de lui, je l'embrassai
de mon mieux, malgré cette affreuse odeur de tabac
qu'il a sur les joues, et je lui dis, sans retirer mes
mains qu'il tenait toujours :

» — Non, mon père, je ne veux pas vous quitter, et
c'est pour ne pas vous quitter qu'il faut que je me
marie. Je suis très heureuse à Capri, avec vous, mais
nous ne pouvons y rester éternellement. La vie n'est
pas une course de montagne. Vous avez vos affaires,
vous ne pouvez perdre tout votre temps à surveiller
une petite fille ou une grande fille qui vous cause à
chaque instant de grosses terreurs. Car enfin, vous
ne le cachez pas, vous avez toujours peur qu'on
me mange. Il faudra donc que je retourne au pensionnat et que je me fasse religieuse; si c'est votre
plaisir, je le ferai...

» —Non, non, rien de ça, dit-il en me serrant fortement les mains.

» Je m'y attendais, et je repris, bien câline :

» — Au lieu qu'en me mariant, je serai sous la surveillance d'un autre, et vous vivrez avec nous, bien gentiment, nous trois ; vous aurez la maison et la liberté tout ensemble ; vous pourrez aller, venir, fumer, lire vos journaux à votre aise, et vous ne prendrez de moi que ce que vous en voudrez.

» Il devint rêveur et ne dit plus rien, jusque chez l'ermite, un bon saint homme qui nous reçut cordialement, nous mena dans un cimetière plein de roses, et me permit d'en cueillir deux ; je vous envoie la plus belle.

» Ah ! ma mère, venez donc vite ; si vous n'êtes pas encore montée là, vous n'avez rien vu. Figurez-vous un rocher qui saute en l'air d'un buisson d'absinthe, de myrtille et de romarin, et de là-haut, tout ce qu'on peut voir de mer jusqu'à Terracine et jusqu'aux Calabres. Je vous ai dit que la nature le prend ; il ne l'avait admirée jusqu'ici que dans ses livres. Maintenant qu'il la voit par ses yeux, elle commence à lui parler comme elle parle, simplement. Aux premiers jours, elle ne lui disait que des phrases. Donc, il était en extase, et s'écria tout à coup :

» — Le célibat a du bon. J'ai envie de me faire ermite.

» Le bon moine partit d'un éclat de rire.

» — Vous n'y tiendriez pas trois jours, dit-il en levant les bras et en remuant les mains. La solitude et le célibat, c'est bon pour moi qui vis dans les nuages. Mais pour vous, mon cher homme et pour cette brave enfant, allons donc ! N'est pas né qui veut pour le désert. Vous ne savez pas ce que c'est que l'ivresse du grand air et des hautes cimes. Elle vous tourne la tête, et votre tête, en tournant dans le vide, vous entraînerait bientôt dans ce précipice qui attire les faibles par d'irrésistibles séductions. Croyez-moi donc, retournez à Naples et tâchez d'aimer les hommes; c'est pour vous le seul moyen d'aimer Dieu. Quant à cette brave enfant, mariez-la vite.

» Ah ! le bon père ! Il vint à moi et me montra le pays, me nommant toutes les montagnes qui passaient en procession devant nous, et me racontant leur histoire.

» Papa, commodément assis devant un fiasque de vin que nous avait apporté l'ermite, le buvait à petits coups, ce qui modifia ses impressions; il redescendit du ciel sur la terre, et, après avoir allumé un cigare, machinalement, tira ses journaux de sa poche; tout à coup, il se frappa le front, comme si une forte idée lui venait.

» — Qu'est-ce qu'il y a ? lui demandai-je.

» — Il y a que je pars demain pour Naples.

» — Vous voyez bien, dit l'ermite. Vous n'êtes que depuis une heure au désert, et déjà vous en avez assez. »

XVIII

LA COURONNE D'ITALIE

Pourquoi donc Ruf était-il si pressé d'aller à Naples? Hélas! on a beau être naturaliste, on a encore de petites faiblesses et de menues vanités. Deux ou trois ans auparavant, il avait lu dans *le Piccolo* que le docteur Scharf venait d'être promu au grade de commandeur dans l'Ordre royal de la Couronne d'Italie. Quand de pareils honneurs tombent sur nos amis, cela peut nous faire quelque plaisir, si nous n'y tenons pas pour nous-mêmes; toutefois, don Ruf, en lisant les faits divers de la gazette, eut dans ses mains un frétillement d'humeur. Il n'en fit pas moins au docteur une longue visite où il se confondit en félicitations; le nouveau commandeur, trouvant qu'il y en avait trop, prit l'offensive.

— Mon cher, dit-il à don Ruf, ces choses-là ne font plaisir que quand on ne les mérite pas. Ainsi

je suis sûr que, si on vous donnait la croix, vous
seriez le plus heureux des hommes.

— Mon Dieu! dit don Ruf, en minaudant comme
une vieille fille à qui on offrirait un mari, pourquoi
me la donnerait-on?

— Parce que vous ne l'avez pas...

Le docteur, content d'avoir trouvé cette bonne
raison, se renversa sur sa chaise et son rire strident
frémit dans toutes les vitres. Le jour même, il alla
voir le ministre, son ancien ami, et lui parla de don
Ruf comme d'un galant homme inoffensif et insi-
gnifiant qui voulait faire un livre sur l'atavisme. Le
ministre promit la croix. Mais don Ruf eut des scrupules et fit des difficultés.

— C'est que... je suis républicain, dit-il au docteur.

— Pourquoi pas? le roi l'est bien.

— Oui... mais... si on exigeait de moi des dé-
marches...

Pour ménager cette fierté délicate, il fut convenu
que don Ruf ferait tout bonnement au ministre une
visite où il ne serait pas question de sa croix. La
visite eut lieu, on parla de Claude Bernard, le
ministre pesa le solliciteur et ne le trouva pas
lourd; toutefois, étant de ceux qui préfèrent tout le
monde, il le congédia cordialement avec une poignée
de main, en lui disant d'un air significatif :

— Comptez sur moi.

Après don Ruf, cinquante-neuf autres inconnus
vinrent demander la croix. Le ministre dit à chacun
d'eux une bonne parole et les oublia tous; le lendemain, il repartit pour Rome. Don Ruf, après avoir
attendu quelque temps sous l'orme, était rentré
sous sa tente, dédaigneusement. Mais tout à coup,
sur ce rocher de Capri d'où l'on voyait tant de ciel
et tant de mer — grandeur, gloire, ô néant! calme
de la nature! — il venait de lire dans *le Piccolo*
que le ministre, le même — qui était tombé une ou
deux fois depuis sa dernière visite, mais qui s'était
relevé — se trouvait présentement à Naples, à
l'hôtel de Rome. Or, les ministres en voyage ne
s'arrêtent pas longtemps au même endroit : on leur
demande trop de décorations. Il s'agissait donc de
se hâter. Don Ruf avait les résolutions promptes.
Mais laisser Romaine exposée à tous les dangers que
court une jeune fille dans une île habitée par des
peintres étrangers, peut-être romantiques! — mais
manquer la Couronne d'Italie ; un si joli ruban
blanc et rouge qui vous donne le titre de chevalier!
Emmener Romaine, c'est impossible; où la déposer
pendant qu'on ferait antichambre chez le ministre?
Après tout, Capri n'était pas un repaire de brigands.
En prenant ses précautions, on pouvait s'embarquer
sans être aperçu des romantiques. Et puis Romaine

était parfaitement innocente ; elle n'avait lu ni *André* ni *Jocelyn*. — La Couronne d'Italie l'emporta ; don Ruf mit dans sa valise un costume noir et une cravate blanche. Tout en brossant son habit et en le pliant avec soin, il répétait ses recommandations à dame Rose, qui le regardait faire avec stupéfaction :

— Je pars demain de grand matin, avant le jour ; je ne reviendrai que de nuit. Tu ne sortiras pas de la maison, ni toi, ni Romaine. S'il n'y a pas de quoi manger, fais ton marché ce soir. Si tu entends sonner, n'ouvre pas la porte. Ferme toutes les persiennes du côté du chemin. Aux pauvres qui pourraient venir, tu refuseras l'aumône, il y a des peintres qui se déguisent en pauvres, les romantiques surtout, ou, pour les appeler de leur vrai nom, les sacripants. Voici un revolver, n'aie pas peur ; je vais le décharger par la fenêtre, pour faire savoir aux gens qu'il y a ici des armes. A présent, fais ton marché et couche-toi, tu me réveilleras trois heures après minuit.

Don Ruf ne dormit pas, ni Rose qui vint frapper d'heure en heure à la porte de son maître. Elle sentait bien, l'excellente femme, qu'il s'agissait de quelque chose... elle ne savait quoi, mais ce devait être terriblement sérieux. Le soleil se lève tôt à la fin de mai : avant quatre heures, don Ruf descendit à la Marine où une barque à voiles, une lance comme

on dit dans le pays, commandée depuis la veille,
l'attendait. Et quelle lance ! Trois voiles, six rameurs,
le capitaine, des coussins de velours, une tente déjà
posée, à la poupe un drapeau déployé. Don Ruf
n'avait pas voulu attendre le bateau à vapeur qui
arrivait trop tard de Naples ; il prit par Sorrente
d'où une voiture devait le transborder à Castellamare dans un wagon ; la lance le reprendrait à Sorrente et le ramènerait le soir à Capri ; tel était le
programme. Par malheur, la mer était de l'huile,
pas un souffle de vent d'Ouest ou de Sud-Ouest ; les
voiles restèrent canonnées, il fallut ramer tout du
long. Don Ruf manqua le train de Castellamare et
voulut garder sa voiture jusqu'à Naples, mais les
deux chevaux étaient sur les dents. Il prit une autre
voiture qui le versa entre la Tour Annonciade et la
Tour du Grec, et dut gagner à pied cette station, en
plongeant à mi-corps dans la poussière ; c'est une
route qu'on n'a pas balayée depuis l'an 79, où le
Vésuve détruisit tant de villes ; les géologues y re-
trouvent encore la cendre et la pierre ponce de
l'éruption. Don Ruf n'arriva que très tard à l'hôtel
de Rome, assez tôt pourtant pour voir le ministre
monter en voiture, enveloppé de solliciteurs qui lui
tendaient des suppliques : le malheureux les prenait
au passage et en fourra autant qu'il put dans ses poches, mais des nuées d'autres jaillirent de la rue dans

sa calèche ; il en eut bientôt par-dessus les genoux.
Enfin, les chevaux partirent au galop et don Ruf se
trouva tout penaud et tout poudreux à la porte de
l'auberge.

— Savez-vous, demanda-t-il au suisse, à quelle
heure rentrera Son Excellence ?

— Son Excellence ne rentrera pas, lui répondit
le concierge du ton que prennent les valets brossés
avec les maîtres qui ne le sont pas. Son Excellence
vient de repartir pour Rome.

Don Ruf promit cent sous à un fiacre s'il arrivait
à la gare avant le départ du train. Le fiacre fit de
son mieux et gagna les cent sous, mais la salle
d'attente était encombrée de foule : il y avait là un
millier de mendiants bien vêtus, dont cent, pour le
moins, demandaient la croix. Impossible de percer la
cohue qui suivit le ministre jusqu'au wagon ; le train
s'ébranla, et don Ruf posa près de lui, à terre, sur
le quai, sa valise et son sac pour faire de ses deux
mains un porte-voix et crier au moins son nom au
ministre. Qui sait si, dans un bon mouvement de
sympathie et de repentance, cet homme public n'eût
pas fait arrêter le train, ou à tout le moins ne se fût
pas mis à la portière pour répondre au postulant
réconforté :

— Don Ruf, je vous décore !

Mais le train ne s'arrêta pas, le ministre ne se

mit pas à la portière ; et, quand l'infortuné naturaliste à qui échappait la Couronne d'Italie baissa
de nouveau ses mains pour reprendre son sac et sa
valise, la valise et le sac n'y étaient pl us.

Console-toi, don Ruf ; il te reste encore un
porte-monnaie. Avec quelques sous, tu auras bientôt des habits propres ; il y a un buffet à la gare ;
enfin, si tu as du temps à perdre, tu pourras
adresser une plainte au commissaire qui ne retrou-
vera pas ton voleur. A quelque chose malheur est
bon, tu es tout porté au chemin de fer de Castellamare, tu ne manqueras pas le train cette fois, et
une belle lance à coussins de velours t'attend avec
un capitaine et six rameurs dans le port de Sorrente.
Tu seras, ce soir, à Capri, don Ruf, et tu embrasse-
ras ta Romaine qui jettera ses deux bras autour de
ton cou : c'est plus doux que le collier de l'Annonciade et la Toison-d'Or.

Ainsi parla gentiment, à l'oreille de l'homme déçu
et volé, le bon génie qui épargne toujours aux Napolitains les tristesses longues. Ils ont l'esprit léger,
ou, comme ils disent gaiement, la tête fraîche ! Un
bouchon ne se noie pas. Ajoutez que don Ruf avait
grand'faim : en pareil cas, le plus méchant dîner
chasse tous les mécomptes. Enfin, il faut tout l'orgueil des gens du Nord pour trouver la moindre
honte à être volé ; à Naples, on s'en console aisé-

-ment; c'est affaire d'habitude. Par toutes ces raisons, notre ami repartit sans trop d'humeur et, la brise aidant, arriva chez lui plus tôt qu'on ne l'y attendait. Il en résulta une catastrophe.

Francisquiel avait très sérieusement entrepris avec l'Anglais son métier de sauveteur. Faut-il tout dire? Le costume lui allait bien : le chapeau de paille au large ruban noir portant en lettres d'or le mot de *Sapphirine* (c'était le nom de la goëlette) le coiffait très fièrement; la chemise de couleur et l'ample pantalon rendaient à ses mouvements toute leur aisance; en moins de quinze jours, il était si bien fait à la mer qu'on eût cru qu'il y était né. Il aimait le péril et se plaisait à braver le roulis en se tenant les bras croisés, assis sur une vergue. Chaque jour, pour apprendre son art, il se jetait à l'eau tout habillé, plongeait jusqu'au fond, passait par-dessous la goëlette, ou y remontait sans tire-veille; on n'avait jamais vu un plus beau nageur. Ses yeux pétillaient de joie; il se rapprochait de Romaine. Mère Rosalie, qu'il était allé voir, lui avait dit de sa bonne voix franche :

— C'est bien, Francisquiel, je suis pour toi.

— Ne puis-je pas la voir?

— Pas encore.

— J'ai fait boucher le trou du mur.

— Je le sais.

— Qu'elle passe au moins au jardin, sous la fenêtre. Je resterai près de vous, derrière le rideau. Je ne dirai pas un mot, je retiendrai mon souffle...

— Elle n'est plus ici.

— Où est-elle ?

— Tu le sauras plus tard...

— Son oncle l'a reprise ?

— Elle n'a pas d'oncle...

— J'ai vu un homme ici qui l'embrassait.

— Ne t'inquiète pas de cet homme. Mon pauvre Francisquiel, tu te fies à moi, n'est-ce pas ?

— Oui, sainte mère.

— Eh bien ! ne t'impatiente pas, ne t'inquiète pas ; qui va doucement va sainement ; qui va sainement va longuement. Ne cherche pas à la voir, ne hâte rien, tu perdrais tout. Laisse-moi faire.

Francisquiel promit à la mère tout ce qu'elle voulait, mais n'en était pas moins furieux contre don Ruf. A quel titre ce vieillard, si Romaine ne lui appartenait en rien, était-il accueilli au pensionnat ? De quel droit ce baiser, si ce n'était pas un baiser d'oncle ? Il y avait là-dessous un mystère qui le troublait. Et puis tant de choses : tous ces mauvais conseils donnés par le naturaliste, toutes ces histoires honteuses où il se plaisait, toutes ces théories infâmes sur le genre humain, toute l'impureté de ces lèvres d'où sortait à flots une sanie amère. Et c'étaient ces

lèvres qui avaient eu l'audace de se poser sur le
front de Romaine ! Ne l'auraient-elles pas sali, les
misérables ? Ainsi raisonnait Francisquiel, exalté jusqu'au puritanisme par la chasteté de l'amour vrai.

Il prit en horreur ce don Ruf qui l'avait poussé à
tant de polissonneries expérimentales, et, en re-
gagnant le port, à travers le tumulte de la ville, il
s'en voulut de l'avoir écouté, admiré si longtemps.
Mais la vague lente est une berceuse qui nous calme.
Quand il fut remonté sur la goëlette et que, le soir
tombé, couché sur le pont, sous les étoiles, il se
livra tout à fait au grand silence, à la grande paix
de la nuit et de la mer, alors la figure de don Ruf,
qui obsédait sa pensée, s'évanouit dans un rêve
nuptial : il ne vit plus que Rosalie, Romaine, la
joyeuse austérité d'un cloître plein de rires et de
fleurs, un intérieur de chapelle, où une robe blanche
et une tête brune qui sentait l'oranger en fleur, se
courbait sous la bénédiction de l'abbé Simplice, et il
se dit en aspirant la brise fraîche qui tombait du
ciel :

— Fions-nous à la mère.

Depuis lors, il attendit très patiemment, deux ou
trois jours. Cependant le troisième soir, il était
inquiet et parcourait le pont avec un commencement
de fièvre.

— Vous vous ennuyez, lui dit l'Anglais ; il n'y a

rien à faire, la mer est trop belle. On ne peut forcer
les tempêtes de venir. En attendant, on pourrait
naviguer un peu, cela délasse. Connaissez-vous
Capri ?

— Pas encore.

— Il faut voir ça. Je m'y suis beaucoup ennuyé,
mais Murray dit que c'est très beau, Hudson Lowe y
a été ; c'est tout ce qui m'y intéresse. On m'a montré
l'endroit où les Français sont venus le surprendre.
Il s'est bien battu et il a capitulé très dignement.

— Allons à Capri, dit Francisquiel.

Le lendemain de bonne heure on chauffa la machine et on aperçut bientôt, à la hauteur de Sorrente,
la lance pavoisée qui portait don Ruf. Mais, la mer
étant calme, on n'y prit pas garde. Comme on avait
du temps, on cingla vers la pointe du Moine, la plus
rapprochée du cap de Minerve et on côtoya les escarpements de l'île où on ne pouvait aborder que sur un
point. Francisquiel regardait avec étonnement le
grand mur qui tombe droit dans l'eau verte, les
grottes naturelles où entre la vague avec un bruit de
contentement, comme si elle était heureuse de ne
pas se briser contre un écueil ; les couleurs des
roches, ou plutôt de la roche, car il n'y en a qu'une
qui tantôt se marbre de grandes taches jaunes ou
rouges, tantôt creusée, bossuée, rongée, s'effrite ou
's'effondre, s'échevèle en grappes de stalactites énor-

mes que tapissent fastueusement des herbes de toutes
les couleurs. Mais dans les grottes, sur les cimes,
dans les anfractuosités de la côte et jusqu'au fond
de la mer, d'où poussaient jusqu'à fleur d'eau des
verdures étranges, des floraisons fantastiques d'une
richesse et d'un éclat qui attirait fatalement, Francisquiel ne voyait que Romaine. Toujours la même
image et toujours la même odeur, celle qui sort des
pierres mêmes au pays où fleurit l'oranger.

A la Marine de Capri, l'Anglais voulut dîner à
bord, car il avait un excellent cuisinier et se défiait
des gargotiers de l'île. Après son repas, il fuma un
long cigare, et, après avoir consommé beaucoup de
liqueurs, il refusa de descendre; il connaissait déjà
tout cela : les ânes, les filles maigres, les pierres de
toutes couleurs qu'elles vendent aux étrangers, les
douze palais de Tibère et le reste.

— Tout cela est fort ennuyeux; je reste sur la *Sapphirine*. Si je m'ennuie trop, j'irai voir le rocher qui
fut escaladé par le général Lamarque. Il a battu
Hudson Lowe, mais par surprise, sans quoi cette île
serait encore à nous. Il y aurait des usines et des
parcs.

Francisquiel débarqua donc tout seul, et s'amusa
un instant au bruit du rivage; Capri même, avec ses
ruelles bordées de fileuses qui, assises l'une en face
de l'autre, se touchaient presque des genoux et pou-

vaient se parler à l'oreille, l'égayait. Toutes ces bonnes gens, contentes de peu, heureuses de vivre, travaillaient, riaient, chantaient, causaient allégrement en famille; la rue était la chambre commune où on se réunissait de l'aube au soir. Les maisons, trop petites pour qu'on y pût vivre, ne servaient qu'au sommeil de la nuit, mais le sommeil du jour, la toilette, la cuisine, le dîner, le travail, les visites, même les fêtes, tout cela se faisait en plein air. Des fillettes dansaient la tarentelle sur une terrasse. Un prêtre inoccupé, assis sur une chaise, devant une porte, fumait sa pipe. Tout ce monde disait bonjour à Francisquiel accueilli comme un ami de la maison. Alors il pensa au genre humain tel que nous l'a décrit le naturalisme.

— Don Ruf, se dit-il, devrait bien venir à Capri, ne fût-ce qu'une semaine. Il s'y guérirait.

Mais don Ruf le ramena brusquement à Romaine, et il voulut être seul. Quittant aussitôt le village, il s'engagea dans un sentier où il ne voyait personne et se trouva bientôt au frais, entre une roche et un mur : sur le mur une loge et sur la loge... Il ne put retenir un cri.

— Romaine!

Elle accourut aussitôt et se pencha sur le parapet. Son cœur battait très fort, mais elle se remit vite.

— C'est donc vous, dit-elle en riant, malgré son

émotion, dès qu'elle put parler; vous pouvez entrer, il n'y a personne.

Francisquiel prit son élan pour escalader le mur.

— Non, pas par là, par la porte, vingt pas plus haut; je vais vous ouvrir.

Rose dormait dans la cuisine; elle en avait grand besoin, la pauvre fille, après la nuit blanche que la Couronne d'Italie lui avait coûté. Don Ruf, du reste, à cette même heure et par la même raison, dormait aussi dans un coin de wagon, entre Naples et Castellamare. Il avait déjà pris le chemin du retour.

— La mère vous a donc permis de venir? dit Romaine en ouvrant la porte...

— Non, pas encore, balbutia Francisquiel.

— Comment? non?...

— C'est le hasard seul qui m'a conduit ici...

— Alors?...

— Alors... je m'en vais...

Et il recula, avant d'avoir touché le seuil, mais d'un air si triste, que Romaine eut envie de pleurer.

— Le hasard, c'est peut-être le bon Dieu, dit-elle. Rien ne se fait qu'il ne le veuille. Allons, venez.

Elle referma la porte bien doucement pour ne pas réveiller Rose, et conduisit son ami sur la terrasse où il y avait des témoins : la mer et le ciel. Là, ils causèrent à bâtons rompus d'abord, puis peu à peu

plus posément. Rose se réveilla, don Ruf aussi qui
descendit de wagon et monta en voiture à Sorrente ;
Rose crut entendre du bruit et tendit l'oreille, mais
elle se rendormit aussitôt au murmure de la terrasse, comme don Ruf au bruit des roues dans la
calèche qui l'emportait rapidement. De quoi causaient donc les deux amoureux? De tout, excepté
d'amour, mais l'amour était dans leurs yeux qui
avaient l'air de s'éviter, dans leurs mains qui ne se
touchaient pas, dans leurs bouches qui ne s'appro-
chèrent pas une seule fois l'une de l'autre. La mer,
les roches, l'ermite, Anacapri, *Tchitchil*, le pensionnat, mère Rosalie, miss Bess, l'église, le docteur Scharf, les Camaldules, le trou dans le mur,
l'abbé Simplice, les genêts, la *Sapphirine*, le sauvetage, l'hôpital, les Calabres, Alfred de Musset, Walter
Scott, la Vie des Saints, les étoiles : que de choses
à se dire, que d'impressions toutes fraîches à
échanger! Ils faisaient connaissance. Ils ne dirent
pas un mot de don Ruf : elle, pour ne pas attrister
l'entretien, pressentant que l'obstacle était là ; lui,
par pudeur, tâchant d'oublier certains entretiens,
certaines scènes...

Cependant don Ruf descendait à Sorrente et s'em-
barquait sur la lance qui, poussée par un vent frais,
caracolait sur l'eau, les voiles gonflées, tandis que
dame Rose, éveillée tout à fait, se tenant dehors sur

le pas de la porte, cherchait à happer au passage une bonne âme à qui parler. Le premier être qui lui apparut fut son maître qu'elle n'attendait pas encore.

— Comment! tu es dehors? bougonna don Ruf.

— Je n'ai pas quitté la maison de tout le jour.

— Il n'est venu personne?

— Il n'est venu personne.

Don Ruf entra dans la maison et alla droit à la terrasse. Francisquiel causait, Romaine riait.

— Malheureux! s'écria le naturaliste, que fais-tu là?

Francisquiel étourdi, tombant du haut de son rêve, la cervelle envahie d'affreux soupçons, répondit amèrement :

— J'expérimente.

XIX

LA GROTTE BLEUE

On se trompe beaucoup en disant que le monde se compose de misérables, mais on ne se tromperait pas moins en croyant qu'il existe de parfaits héros. Certes, les femmes célèbres dont miss Bess avait raconté l'histoire à Romaine, depuis la prophétesse Débora qui fit la guerre aux Chananéens, dont le roi Jabin, résidant à Azor, opprimait le peuple de Dieu, jusqu'à Manon-Jeanne Phlipon, femme Roland, qui monta sur l'échafaud avec tant de courage, ont été la gloire de leur sexe, de leur pays et de leur temps, mais si l'une d'elles, fût-ce Judith, qui tua Holopherne, ou Jahel qui tua Sésara, se fût trouvée toute jeune encore, à la tombée de la nuit, surprise par son père en tête à tête avec un jeune homme, il y a cent à parier contre un qu'elle se fût sauvée précipitamment. C'est ce que fit Romaine.

Les deux hommes se turent un instant, fort embarrassés l'un en face de l'autre ; Francisquiel se tenait debout, adossé à un pilier de la terrasse, don Ruf se promenait avec agitation, ruminant des phrases indignées ; il s'attendait à des excuses qui ne venaient pas. Au bout de quelques minutes qui furent longues, irrité du silence de Francisquiel, il murmura *sotto voce*, car il ne voulait pas qu'on l'entendît de la rampe :

— Parleras-tu à la fin ?

— Je n'ai rien à dire.

— Que fais-tu ici ?

— Qu'y faites-vous vous-même ?

— Je suis chez moi.

— Qui le savait ?

— Mais cette jeune fille...

— Eh bien ! quoi ? cette jeune fille.... Vous savez toute mon histoire avec elle ; je ne vous avais caché qu'une chose, son nom. Je l'appelais Térésine.

— Quoi ! cette Térésine...

— C'est elle. Vous m'avez dit : Va de l'avant ! C'est vous qui m'avez conseillé de l'épier en perçant un mur. C'est vous qui m'avez poussé à l'église où je l'ai suivie : c'est vous qui m'avez fait reprendre mon habit d'ânier pour la conduire aux Camaldules. C'est vous qui m'avez fait acheter une échelle pour

descendre de la masserie dans le pensionnat. Si je
vous avais écouté, elle ne serait plus ici maintenant,
elle serait depuis longtemps chez moi, nous ferions
du naturalisme. De quoi vous plaignez-vous? Quel
droit avez-vous sur elle ? Je vous ai vu un jour l'embrasser au pensionnat; j'ai couru à la porte pour
vous tuer, je l'aimais. Vous m'avez dit : « C'est ma
nièce. » Depuis lors je n'avais plus qu'une idée
en tête : la revoir, me faire aimer d'elle et vous
demander sa main. Mais vous mentiez : ce n'est
pas votre nièce. Que vous est-elle donc? Je n'en
sais rien, je m'y perds, j'étouffe. Vous l'avez enlevée du pensionnat pour l'amener ici, secrètement,
clandestinement : vous vous cachez toujours. Il n'y
a que la honte qui se cache. Et c'est à moi que vous
demandez des explications? C'est vous qui devez
m'en donner. Parlerez-vous à la fin? Qui est-elle?

Don Ruf n'avait qu'un mot à dire pour arrêter ce
flux de paroles : il ne le dit pas cependant. Ce qu'il
venait d'entendre l'étourdissait, lui roulait dans la
tête un tourbillon d'idées troubles. En quelques secondes, il se rappela plus de choses, remua plus
d'impressions qu'il n'en eût pu rendre en parlant
toute la nuit. S'il s'était senti capable de résumer
tout cela un peu nettement, il se fût dit sans doute :

— J'ai voulu me servir de Francisquiel pour constituer deux expériences : l'une sur une femme, l'au-

tre sur un enfant, et il s'est trouvé, grâce à mes ca-
chotteries, que cette femme était Mariannine et que
cette enfant était Romaine !

Francisquiel répéta sa question plus vivement en
secouant le bras de don Ruf.

— Je ne sors pas d'ici que vous ne m'ayez répondu.
Qui est-elle ?

Mais le père s'obstinait à garder un secret qui lui
avait déjà causé tant d'ennuis; il se mêlait à cette
manie de dissimulation une certaine honte et la peur
du ridicule. En ce moment reparut tout à coup
Romaine; elle était revenue de sa première frayeur,
et, entendant du bruit sur la terrasse, accourait au
secours de son ami, qui répétait éperdument :

— Elle n'est pas votre nièce, qui est-elle donc?
qui est-elle? qui êtes-vous?

— Il est mon père et je suis sa fille.

Francisquiel parut atterré; don Ruf roula des
yeux furibonds.

— Va-t'en! cria-t-il à Romaine.

Elle s'éloigna, la tête basse et le cœur très gros.
Il y eut un nouveau silence.

La colère du jeune homme s'était changée en remords : il s'en voulait de l'odieux soupçon qui lui
avait traversé la tête; il se repentait aussi d'avoir
insulté don Ruf.

— Pardonnez-moi, murmura-t-il très doucement,

mais vous auriez dû me le dire. Je suis venu ici
pour me promener, j'ai pris ce chemin comme j'en
aurais pris un autre, je l'ai aperçue par hasard sur la
terrasse, je ne lui ai pas dit un mot qui pût la faire
rougir, je n'ai même pas touché, j'en jure Dieu, sa
main que je vous demande. Donnez-la moi et vous
serez heureux avec nous.

— Non, dit formellement don Ruf ravi de reprèn-
dre l'avantage.

— Pourquoi?

— Je n'ai pas de raison à vous donner. Sortez,
monsieur !

Francisquiel, fou de désespoir, sauta sur le parapet de la terrasse. Mais don Ruf avait gagné des bras
et des jambes aux ascensions d'Anacapri et du mont
Solaro. Il prit le jeune homme à bras le corps et le
porta jusque dans le salon où il lui dit :

— Voyons, Francisquiel, pas de romantisme. Il
n'y a pas là de quoi se tuer, mon pauvre enfant. Je
veux tout oublier, mais promets-moi de t'en aller
par le chemin ordinaire et de dormir cette nuit bien
tranquillement. Demain matin, promène-toi sur le
port, j'irai te rejoindre.

Sur quoi il le conduisit jusqu'à la porte qu'il
ferma d'abord à double tour, puis il tira le verrou
et se demanda s'il gronderait Romaine. Ce qui le
décida bien vite à n'en rien faire, ce fut d'abord une

grande fatigue et aussi le sentiment qu'elle était sans
péché. Ah! si l'aventure fût arrivée à une autre, il
n'eût pas douté que les choses se fussent passées
comme dans ses romans. Mais c'était sa fille.

Ayant toutefois un reste de colère à écouler, il
appela Rose, mais Rose s'était enfermée dans sa
chambre et enfouie sous des couvertures : c'est ce
qu'elle faisait toutes les fois qu'elle redoutait une
explication. Après l'avoir appelée plusieurs fois, don
Ruf but un grand verre d'eau et, tombant de sommeil, se traîna jusqu'à son lit; il oublia de monter
sa montre.

Dès qu'elle l'entendit dormir, Romaine chaussée
de petites pantoufles qui ne faisaient pas de bruit,
courut sur la terrasse : quelque chose lui disait que
Francisquiel devait être sur le chemin. Elle tenait à la
main le vieux panier de la maison, celui qui avait
servi autrefois à recueillir les petits gâteaux lancés
à Mariannine. Mais cette fois, au lieu de petits
gâteaux, il y avait un cahier de papier et un crayon.
La lune qui argentait la mer éclairait vivement la
moitié de la terrasse et jetait une blancheur jusque
dans l'ombre de la rampe. Romaine se penchant sur
le parapet, mit un doigt sur sa bouche et le panier,
pendant à une longue cordelette, ne fit que descendre
et remonter toute la nuit. Pauvres enfants! Ils
avaient l'âme si chaste et le cœur si plein! Trente-

huit ans à eux deux. Puis Capri, le parfum d'oranger,
la mer, la lune...

Le lendemain matin don Ruf, en se réveillant,
regarda sa montre; elle marquait deux heures vingt
minutes. A travers les persiennes le jour appa-
raissait pourtant en bandes claires, mais le jour,
même à la fin de mai, ne se lève pas si tôt, ce devait
être la lune. Don Ruf essaya de se rendormir, mais
n'y put arriver; alors il se mit à réfléchir. Les
pensées du matin sont toujours bonnes. Il lui prit
une certaine compassion pour Romaine : est-ce
qu'elle aimerait ce Francisquiel? En se rappelant
tout ce qu'il savait de cette berquinade (c'était son
mot), il se dit avec une certaine émotion :

— Il doit y avoir quelque chose. Hier, quand je
suis entré, elle paraissait souriante; plus tard, pendant la dispute, elle est intervenue avec une étrange
animation. « Je suis sa fille, il est mon père. » Hum!
Il y a là une griserie de sentiment, un coup de folie.
Pauvre petite! Je vais lui causer un gros chagrin. Il
faut la distraire. Je la conduirai aujourd'hui même
à la Grotte bleue.

Après cette bonne résolution, il regarda de nouveau sa montre; elle marquait encore deux heures
vingt minutes; il courut alors à la fenêtre et ouvrit
les persiennes; le soleil était déjà haut dans le ciel.
Et pas de bruit dans la maison: Romaine, qui ne

s'était couchée qu'à l'aube, était encore assoupie
dans un beau rêve ; Rose, n'ayant d'autre souci que
d'ajourner l'explication, n'avait pas jugé bon de se
lever.

Ce fut cette fois don Ruf qui réveilla les dormeuses, d'une voix claire et gaie qui les étonna.
Quand Romaine se montra, dans le peignoir blanc
d'où sortait si bien sa tête brune, don Ruf lui pinça
le menton avec le pouce et l'index qu'il porta ensuite
à sa bouche : c'était sa caresse des bons jours. Puis
il l'appela en patois *dormillône* et lui annonça, en
patois toujours, une belle promenade en bateau à
voile. Rose, qui mit beaucoup de temps à s'habiller,
et ne se présenta qu'en profil perdu, rasant le
mur, n'eut pas même une rebuffade. Le café, trop
vite fait, ne valait rien ; on le but sans grogner.

— Et où allons-nous en bateau ? demanda Romaine
qui déjeunait sur la terrasse avec don Ruf.

— A la Grotte bleue.

Le mot ne fut pas perdu ; Francisquiel était sur
la rampe. Après avoir attendu en vain deux longues
heures à la Marine, avec une impatience croissante
qui s'était changée en inquiétude, il venait savoir si
quelque malheur était arrivé dans la maison. Rassuré par les paroles qu'il avait entendues, il redescendit sur le port où, une demi-heure après, don
Ruf l'aborda cordialement.

— Eh bien! jeune homme, as-tu passé une bonne nuit?

— Excellente.

— J'en suis fort aise; nous pouvons donc causer en amis. Tu es drôlement vêtu; cst-ce que, par hasard, tu serais entré dans la marine?

Francisquiel exposa le métier qu'il faisait et montra la goëlette amarrée dans le port.

— Toujours du romantisme! Tu ne te guériras donc jamais du pathos, mon pauvre garçon? Le danger, la tempête, lord Byron, le Corsaire! Ah! que c'est vieux! Rentre donc dans la vie de tous les jours, dans le train-train ordinaire et logique. Nous vivons dans un temps où on ne se noie pas.

— Pourquoi ne voulez-vous pas me donner Romaine?

— D'abord à cause de ça; parce que tu fais du don quichottisme. Tu n'as aucun sentiment de la réalité. Puis, voyons, ne te fâche pas, ne t'afflige pas, regardons les choses comme elles sont. Qui es-tu pour me demander ma fille?

— Un lazzarone, je le sais. Que vous importe? Vous m'avez dit cent fois que les mortels sont égaux...

— Oui, en théorie. Mais il s'agit de ma fille. Et, que diable! on a sa dignité à soutenir...

— Il me semble qu'un honnête homme...

— D'accord. Tu es un brave garçon, je le sais,

mais cela ne suffit pas. Il faut un nom à donner à ma fille. Et, ma foi! le tien... Mon Dieu! je le reconnais, ce n'est pas ta faute... mais enfin, mets-toi un moment à ma place.., il y a certaines taches...

— Vous m'avez dit que dans le vrai monde, ces taches ne passent plus du père au fils, que c'est un vieux thème usé par les romans et les drames vertueux, qu'on demande aux gens où ils vont, non d'où ils viennent. Vous m'avez montré à Quiaïe les voitures qui passaient, et vous m'avez dit : « Tous ceux qui roulent là dedans sont fils de voleurs. »

— Oui, mais il s'agit de ma fille.

— Vous m'avez dit : « Si j'avais une fille, je te la donnerais. »

— Propos en l'air, mon garçon ; rentrons dans la réalité de la vie. Encore si tu faisais quelque chose...

— Que faites-vous vous-même ?

— J'écris un livre sur l'atavisme...

— Comme je tire de l'eau les naufragés. Nous n'avons encore commencé ni l'un ni l'autre...

— Enfin, veux-tu que je te dise, je ne suis pas bien sûr de ta moralité.

— Par exemple !

— Tu n'as pas d'idées bien nettes en religion...

— Vous m'avez toujours prêché l'athéisme...

— Sois donc sérieux. Il s'agit de ma fille. Il y a eu dans ta vie des passages scabreux...

— Lesquels, s'il vous plaît?

— Un souper à Frise...

— Qui m'y a mené?

— Une Prussienne, une Moscovite...

— Qui me les a fait connaître ?

— Enfin, mon ami, console-toi. La vie est longue; il y a d'autres filles que Romaine. Nous nous reverrons à Naples, au café, je te donnerai des conseils. Domine ton chagrin ! Fais-en une œuvre d'art. Cesse d'être un sujet qui souffre. Deviens un savant qui expérimente. Adieu, Francisquiel.

Don Ruf tourna le dos au jeune homme et remonta chez lui d'un pas assuré, très fier de s'être montré si ferme. Chemin faisant, il rencontra un joli homme vêtu en officier de marine, qui l'aborda sa casquette galonnée à la main. C'était le capitaine de la lance qui l'avait mené à Sorrente.

— Patron, avez-vous besoin de moi?

— Certainement. Nous allons tout à l'heure à la Grotte bleue.

Une demi-heure après, en effet, avant midi, don Ruf redescendit avec Romaine. Arrivé à la Marine, il regarda de tous côtés pour s'assurer que Francisquiel n'y était plus. Après quoi il monta dans la lance ; la mer était belle, les rameurs qui voguaient lentement côtoyèrent un rempart de cailloux reliés avec du ciment ; au fond de l'eau gisaient des débris de colonnes. C'étaient les bains de Tibère ; la lance ralentit sa marche, et une petite barque, très mince, sortant d'un trou percé dans la roche, arriva lestement, en quatre bonds légers, comme si elle ricochait sur le flot.

— Nous y sommes, dit le capitaine.

— Où est la grotte ?

—C'est cette ouverture que vous voyez là-bas. La lance n'y entrerait pas ; il faut descendre dans ce canot qui vient vous chercher.

— Et y descendre un à un, ajouta le barcarol, parce qu'on n'y peut passer qu'en se couchant au fond de la barquette.

— Diable ! fit don Ruf.

Il se voyait contraint à se séparer un instant de Romaine. Le cas était grave. S'il descendait le premier, il la laissait au pouvoir du capitaine qui portait des favoris en côtelette et une casquette ornée d'un galon. Si c'était elle, au contraire, qui le précédait dans la grotte, il la livrait à la merci d'un batelier inconnu. L'idée lui vint de renoncer à l'aventure, mais il eût passé pour un poltron, ce qui est toujours désagréable en public. Le batelier était vieux et avait un air d'honnêteté qui ne pouvait mentir. Don Ruf se connaissait en hommes.

—Il n'y a personne dans la grotte ?

— Qui voulez-vous qu'il y ait ?

18.

— Et on y peut débarquer quelque part ?

— Oui, monsieur Excellence.

— Débarques-y donc la signorine et reviens aussitôt me chercher.

Don Ruf suivit anxieusement l'opération ; quand la
barquette eut disparu dans le trou, il compta les
secondes avec un frisson de lèvres qui égaya les
rameurs. Que se passait-il dans cet antre ? Pour
avoir l'esprit en repos, il ne faut pas être naturaliste.
Enfin, la barquette reparut et don Ruf poussa un
long soupir de soulagement.

Romaine, en ce moment, était assise auprès de
Francisquiel. A droite de la grotte, une sorte de
débarcadère « étroit pour un, large pour deux »,
sert de palier à une rampe qui monte lentement
dans la roche et aboutit à un cul-de-sac où il fait
très chaud ; une pierre rectangulaire, fermant en
haut le souterrain, condamne le chemin dérobé qui
allait autrefois à l'une des douze villas de Tibère.
C'est par là que descendait Barberousse quand il
allait se baigner. Francisquiel, qui avait bien payé le
barcarol, s'était caché à l'extrémité de la rampe ; il
en descendit au bruit que fit la rame entrant dans
la grotte, et dit à Romaine qui frémit en le voyant :

— Avez-vous peur ?... Si vous doutez de moi, restez dans la barque et retournez près de votre père.
Si vous ne doutez pas de moi, venez.

Elle vint, et le barcarol alla chercher don Ruf.

— M'aimez-vous, Romaine ?

— Vous avez vu mon père ?

— Il ne veut pas.

— Que dois-je faire ?

— M'aimez-vous, Romaine ?

— Il voudra peut-être un jour...

— Vous ne me répondez pas...

— Nous sommes jeunes, nous pouvons attendre.

— Dites-moi si vous m'aimez.

Elle se tut, Francisquiel pleura. Alors elle se rappela une vieille chanson qu'on lui chantait pour l'endormir quand elle était petite, et doucement, tristement, sans trop penser à ce qu'elle faisait, elle se mit à la fredonner.

> Te souvient-il de l'heure
> Où nous étions ensemble,
> Où sur ta main qui tremble
> Mes pleurs coulaient ainsi...
> Il ne faut plus qu'on pleure,
> Disait ta voix qui chante...

Francisquiel l'interrompit pour entonner le refrain...

> Je t'aime tant, méchante,
> Qui n'as de moi souci...

Mais elle ne lui laissa pas dire le dernier vers et

en improvisa un autre murmuré si bas qu'il ne fit
pas même le bruit d'un soupir :

Et moi, je t'aime aussi.

Alors seulement ils se regardèrent et regardèrent la grotte ; ils étaient bleus, tout était bleu :
bleue la mer transparente, au fond de laquelle lui-
saient le sable et le gravier comme une couche et
une poussière de diamant, bleue la lumière phos-
phorescente qui jetait partout des éclairs, bleus les
rochers arrangés par le hasard comme pour un
décor fantastique, bleus les écueils qui surgissaient
çà et là comme des vagues pétrifiées, bleues toutes
les pierres qui sortaient de la voûte et des parois
comme un fourmillement de saphirs et de turquoi-
ses, bleue la robe de Romaine, bleu le vêtement de
Francisquiel, bleues leurs quatre mains qui n'en
faisaient qu'une ; l'air même qu'ils respiraient ensemble paraissait bleu. Ils nageaient dans l'azur.

— Tu m'attendras, n'est-ce pas, Romaine ?

— Oui, Francisquiel, je t'attendrai.

— Et tu ne seras jamais à un autre ?

— Jamais à un autre.

— A moi seul, toujours ?

— Toujours !

Et elle appuya sa tête sur l'épaule de Francisquiel,
qui, se tournant un peu, sentit l'odeur et le velours

d'un front uni qu'il effleura du coin des lèvres. Ce
fut un immense bonheur, et ce fut tout.

La voix du barcarol (signal convenu) résonna tout
à coup de l'autre côté de l'ouverture, en chantant un
refrain cher aux pêcheurs de la côte :

> La vague bat de là, de ci.
> Écoute, écoute, écoute ici !

Francisquiel eut bientôt disparu dans le couloir
qui menait chez Tibère.

— Attention ! Excellence, cria le batelier à don
Ruf, couchez-vous dans la barquette.

— Mais je n'ai qu'à baisser la tête. Nous aurions
pu entrer ensemble, ma fille et moi.

— Couchez-vous dans la barquette, ramenez en
dedans vos bras et vos mains !

Le barcarol poussa la proue vers la grotte et rentra aussitôt les rames, puis, renversé lui-même dans
la barquette, l'enfila dans l'ouverture en appuyant
ses deux mains aux parois. Quand don Ruf put se
relever, il fouilla des yeux la caverne en tous sens
comme s'il y eût cherché un brigand. Romaine,
inquiétée par cette inspection, se leva pour masquer
l'entrée de la rampe.

— Comment ! c'est tout ça ? dit don Ruf qui n'était
pas en veine d'admiration. Une machine de féerie,
voilà tout. On dirait du carton peint, la nature même

fait du romantisme. D'abord c'est petit (cinquante mètres de long, pour le moins, sur vingt-cinq mètres de large : don Ruf était exigeant), puis ce n'est pas bleu, c'est verdâtre. Jeu de réfraction, phénomène de transmission, bon pour les physiciens qui ne sont pas des naturalistes. Il y a ici un vol évident commis par les écrivassiers qui rédigent des guides de voyageurs et qui sont payés par les gargotiers et les barcarols. Et cet amphibie nous a introduits séparément pour nous faire payer double course. Viens, Romaine, nous sortirons ensemble : il n'y a qu'à se renverser un peu dans le bachot. Tu as bien dû t'ennuyer en m'attendant, ma pauvre fille...

— Non, papa ; j'y resterais volontiers toute ma vie.

Ce mot pénétra dans la rampe et y résonna longuement, voluptueusement, avec des vibrations palpitantes.

— C'est la musique de tout ce bleu, pensa Francisquiel.

XX

CATASTROPHE

En retournant à Naples, la goëlette rencontra une barque où le docteur Scharf, assis sur l'arrière, commandait une escouade de pêcheurs. Il s'obstinait à fouiller la mer pour y chercher des bestioles inconnues.

— Voulez-vous monter, docteur? lui cria Francisquiel.

— Où allez-vous?

— Où vous voudrez, dit l'Anglais, qui cherchait une distraction.

Le docteur monta sur la goëlette, et, présenté à l'Anglais qui le promena de Pausilippe à Misène et de Misène à Procida, il le fit rire pendant trois heures. Mais Francisquiel, à cheval sur le beaupré, ne regardait rien et ne soufflait mot.

— Il est comme cela depuis deux jours, dit l'Anglais. Parlez-lui, je vous prie, et tâchez de le distraire.

Le savant aborda le rêveur en riant :

— Hé bien ! l'ami, qu'est-ce qu'il y a ? Serions-nous féru d'une Capriote ?

— De grâce ne riez pas : c'est très sérieux.

Le visage du docteur prit cette expression de gravité qui le changeait tout à coup et tout à fait. A mesure que parlait Francisquiel, cette physionomie si mobile se contractait violemment ; ceux qui connaissent le terrible Scharf savent les yeux qu'il fait quand il se fâche.

— Ce Ruf est un pleutre ! s'écria-t-il. Depuis dix ans, il nous cache sa fille ; on croirait vraiment qu'il nous prend pour une bande de voleurs. Et puis, ce n'est pas sa fille ; il n'a jamais été marié qu'à l'église ; encore une coquinerie de notre ami Simplice. Si vous enleviez la petite, il ne pourrait vous la reprendre ; avec cette manie qu'il a de se cacher, il a sottement perdu tous ses droits. Ce n'est qu'une fille naturelle. S'il mourait sans testament, elle serait sur le pavé. Et il vous la refuse, à vous qui valez dix fois mieux que lui ? C'est ignoble !

— Je puis donc l'enlever ? dit Francisquiel, à qui l'idée souriait.

— Oui, vous le pouvez, et il n'aurait que ce qu'il mérite.

Puis tout à coup, le docteur redevint grave.

— Mais vous ne le ferez pas, reprit-il. Après tout, c'est un père, et elle-même, une honnête fille. Ce serait mal. Celui qui se permettrait tout ce que la loi ne défend pas serait une parfaite canaille. Après tout, si don Ruf eut des torts, ce ne sont pas nos affaires. Soyons indulgents pour les autres, et sévères pour nous.

C'est singulier : chacun a sa morale et sa religion, plusieurs n'en ont pas, et pourtant, dans tous les cas, pour tout honnête homme, il n'y a qu'un moyen d'être honnête homme.

Telle ne fut pas la réflexion que fit Francisquiel : il pensait à autre chose. Fort intrigué, il demanda des détails sur le mariage de don Ruf. Le docteur les donna gaiement, et Francisquiel pouffa de rire.

— A la bonne heure ! dit l'Anglais en revenant vers eux, le voilà déridé.

Le soir même, l'abbé Simplice reçut la visite d'un garçon très décidé qui lui demanda de bénir secrètement son mariage avec Romaine.

— Non, mon ami, répondit l'abbé.

— Vous avez bien marié don Ruf...

— C'est la plus mauvaise action de ma vie, et il en est résulté bien des malheurs. Cette fois-ci, je serais encore plus coupable. J'irais contre la volonté d'un père et je tromperais quelqu'un, ce qui est le pire des péchés.

— Mais don Ruf ne mérite pas de ménagements. Il s'est conduit comme un...

— Ce n'est pas à nous de l'en punir. Le chrétien pardonne aux autres et ne châtie que soi-même.

— Voilà qui est étrange, pensa tout haut Francisquiel ; le docteur Scharf m'a dit la même chose.

— Le docteur Scharf, c'est un protestant et un renégat, répartit l'abbé en fronçant le nez, ce qui l'enlaidissait.

Le lendemain, de bonne heure, Francisquiel monta chez la mère Rosalie et dut l'attendre dans la cour du pensionnat : il en profita pour faire une visite à *Tchitchil* qui le reconnut et le regarda très tendrement. L'âne, fort engraissé, s'était habitué à la vie du cloître ; l'âge ayant apaisé chez lui les passions trop vives, il se délectait à l'ombre de l'écurie, dans le recueillement de la vie contemplative, en grignotant avec lenteur le fruit succulent du caroubier.

— Mon garçon, dit la Bourguignonne à Francisquiel, quand elle eut entendu ce qu'il avait fait à Capri, tu as eu tort de brusquer les choses. Je n'aime pas ce petit guet-apens de la Grotte bleue : oh ! ne redresse pas la tête comme un coq ; si j'avais fait cela, je n'en serais pas fière, entends-tu ? Je gronderai Romaine et je lui défendrai de faire un pas vers toi sans l'aveu de son père.

— Ah çà! vous êtes donc tous contre moi : vous, l'abbé, même le docteur.

— Je ne connais ni ton docteur, ni ton abbé, mais il n'y a qu'un moyen de marcher droit. C'est sur don Ruf qu'il faut agir. Je te promets d'aller moi-même à Capri et de lui parler dans ma langue. Et il m'écoutera; c'est moi qui te le dis.

Francisquiel eut alors une idée qu'il trouva lumineuse : ce fut d'emmener à Capri, sur la goélette, non seulement la mère Rosalie, mais aussi le docteur et l'abbé.

En lançant ainsi sur le roi ennemi toutes les pièces de son jeu, il espérait donner le mat en trois coups. L'Anglais, qui le battait tous les jours aux échecs, lui avait appris cette stratégie élémentaire. Consultés séparément, sans être avertis qu'ils feraient route ensemble, le bon Simplice et l'excellent Scharf consentirent de grand cœur à cette partie de plaisir. Francisquiel l'écrivit aussitôt à Romaine dans une lettre bien tendre, bien chaste, où il la tutoyait; c'est par là qu'on commence à Naples. La lettre, écrite en français (il n'aurait su l'écrire en italien), était adressée à Capri, poste restante. Il savait que tous les deux ou trois jours, pendant que Rose et don Ruf faisaient leur sieste,

Romaine allait furtivement chercher au village son petit courrier de Naples et de Neuchâtel.

Le malheur voulut que don Ruf attendît de l'argent; il alla un matin le demander à la poste. Don Ruf avait d'excellents yeux, bien qu'il ne s'en servît guère. Pendant qu'on dépouillait pour lui le paquet des *S*, il surprit le nom de Scopone écrit sur trois enveloppes. Seulement, devant Scopone il y avait « Mademoiselle » et non « Monsieur. »

— Nous n'avons rien pour vous, dit le buraliste.

— Et pour ma fille, mademoiselle Romaine Scopone? demanda négligemment don Ruf. Elle est souffrante aujourd'hui et m'a prié de prendre ses lettres.

Le buraliste, sans défiance, remit les trois enveloppes; c'était défendu sans doute, mais dans ce beau pays d'insouciance, on fait de très bonne foi ce qui est défendu. Par la même raison, à peine enfermé dans la petite chambre où il couchait, don Ruf ouvrit les trois enveloppes.

La première, timbrée du Locle, contenait cinq feuilles de papier très mince dont le poids n'excédait pas quinze grammes et qui étaient couvertes d'écriture en long et en travers.

La première page disait ceci :

« Ma chère enfant, j'arrive des Avents; les nar-

cisses sont fleuris à la montagne. Savez-vous ce que
signifient ces mots : les narcisses sont fleuris à la
montagne ? J'en doute fort, car il faut l'avoir vu pour
s'en faire une idée. Ce n'est ni botanique, ni paysage,
ni folie alpestre, c'est autre chose : une féerie, la
plus splendide à mon gré dont la nature ait jamais
fait les frais; c'est mieux encore, c'est de la poésie,
et quelle poésie ! Pure, fraîche, brillante, éblouis-
sante, ruisselante, débordante, transportante, renver-
sante de magnificence et de simplicité. Rien qu'une
fleur, et, par la profusion de cette fleur, tout un pays
transformé en une corbeille odorante, en un poème
vivant, en une symphonie idyllique et triomphante
devant laquelle pâlissent toutes celles que rêva
Beethoven. Il faut avoir vu le narcisse à la montagne comme il faut avoir lu Walter Scott. Rien au
monde ne donne au même degré l'idée de la puissance vitale que recèle en son sein la noire croûte
de la terre : il n'y a plus de sol, il n'y a que des
narcisses; les coteaux en sont vêtus comme les
brebis de leur toison; la matière n'existe plus, l'effusion créatrice a tout absorbé. — La plaine couverte
de moissons peut produire une impression semblable,
mais c'est pâle en comparaison; et puis le blé, c'est
le pain, c'est l'estomac qui demande sa pâture, c'est
la fatalité de la faim, c'est l'impitoyable loi du travail, c'est l'esclavage de la glèbe, c'est la sueur du

pauvre qui sème plus qu'il ne récolte — tandis que le narcisse est un luxe que s'accorde la nature : nul ne le broute, nul n'en pétrit la graine, il ne produit ni huile, ni farine, pas même du fourrage : ce n'est qu'une couleur, une forme, un parfum : poésie pure, joie des yeux et libre essor de la fantaisie... »

Cela continuait ainsi pendant vingt pages. Don Ruf en eut vite assez et mit la lettre de côté en se disant, avec un air de profonde compassion :

— Ce doit être de miss Bess.

La seconde lettre ne contenait qu'un billet, en grosse écriture bien ronde et bien ferme :

« Ma petite Romaine, je ne suis pas contente de toi, j'irai te gronder un de ces jours. Il faut avant tout obéir à ton père ; je t'embrasse tout de même et je t'aime bien.

» Ta mère : ROSALIE. »

— A la bonne heure ! pensa don Ruf, voilà qui s'appelle parler. Elle a du bon, la Bourguignonne.

Et il remit le billet sous l'enveloppe qu'il recolla soigneusement. La troisième lettre était celle de Francisquiel. En la lisant, don Ruf apprit bien des choses qui lui déplurent. D'abord que l'ex-ânier tutoyait sa fille, ce qui lui parut monstrueux, puis qu'ils s'étaient vus à la Grotte bleue, ce qui lui parut fantastique.

Il n'y avait personne dans cet antre, je l'ai inspecté dans tous les coins, et j'ai de bons yeux. Où donc se cachait-il, le misérable?... Ah ! j'y suis !

Et don Ruf se frappa le front. Il avait découvert que le vieux batelier n'était autre que Francisquiel. Le polisson s'était donc grimé : artifice ignoble ! Le naturaliste oubliait qu'il en avait fait autant, deux fois pour le moins dans sa vie. Mais on oublie tout ce qu'on veut. Puis quel style à plumet ! Du pur musse-tage. Des algues vertes, des ailes embaumées, les perles des roseaux..., rien de moderne. C'est menu, c'est mièvre ; parlez-moi de ces paysages où les pierres même sont gonflées de passion !

Ce qui ennuya le plus don Ruf, ce fut la fin de la lettre où Francisquiel annonçait la prochaine arrivée de la mère, du docteur et de l'abbé : « Ils parleront tous trois pour nous, ma Romaine, aie bon courage. »

— C'est bon à savoir, ils ne nous trouveront plus ici.

Cependant le dîner fut tranquille : après avoir préparé d'énergiques récriminations, le père n'eut pas le courage de les adresser à sa fille : il craignait de la voir pleurer. Toute la causerie se passa en allusions, en questions embarrassantes.

— Dis-moi, Romaine, ce barcarol qui t'a menée dans la grotte, comment était-il?

— Pas beau, pour sûr. Un œil sournois, un nez en pomme de terre, une grosse bouche édentée, des joues piquées de poils blancs...

— Tu l'as bien regardé, ce me semble!

— Oh! j'ai vu tout ça d'un coup d'œil...

— Comment sais-tu que sa barbe piquait?

— Je le pense.

— L'aurais-tu embrassé, par hasard?

— J'aurais mieux aimé embrasser une brosse.

— Elle dissimule bien, pensa don Ruf.

Au reste, il ne la croyait pas coupable d'un gros péché. Ah! si c'eût été une autre! D'ailleurs, la lettre romantique de l'ex-ânier, précisément parce qu'il la trouvait bête, l'avait rassuré sur les points essentiels.

En se levant de table, il voulut produire un effet.

— Inutile aujourd'hui d'aller chercher tes lettres. J'ai passé ce matin à la poste et je les ai prises. Les voici.

Et il tendit à sa fille le billet de la mère et l'épître de miss Bess, cette dernière recachetée avec de la cire... Mais don Ruf avait manqué son effet. Loin de se troubler, Romaine, qui s'en voulait d'écrire en cachette, fut ravie que son père le sût et ne s'en fâchât pas. Elle lui sauta au cou en répétant:

— Vous êtes bon, bon comme la mère.

Puis elle courut dans sa chambre où elle dévora les deux lettres qu'elle relut dix fois. Celle de miss Bess lui parut trop courte, celle de la mère lui causa du remords. Elle se promit en soupirant d'être une petite fille bien docile. Puis elle pensa longuement à la Grotte bleue et se demanda :

— Qu'avons-nous fait de mal ?

Le soir, don Ruf lui dit en prenant son air impérieux :

— Fais tes paquets; nous partons demain pour Naples.

— C'est que... la mère doit venir nous voir un de ces jours.

— Nous serons arrivés avant qu'elle parte. Écris-lui de ne pas se déranger.

Romaine n'était pas fâchée de retourner à Naples; elle se rapprochait de Francisquiel. Aussi, comme elle suivit le précepte de la mère ! Sa soumission étonna don Ruf, qui fredonna la chanson de *Rigoletto :*

> La donna è mobile
> Qual piuma al vento...

Puis il alla faire ses malles et, à cet effet, s'enferma chez lui à double tour. Pourquoi cette précaution ? A cause de ces livres à couverture jaune

19.

qui ne le quittaient pas, et qu'il reprenait tous les jours avant sa sieste et après son souper : c'étaient vingt-deux volumes in-18 où don Ruf ne trouvait rien de mauvais, car il n'y a de mauvais que le mensonge, et toute la vérité, la vérité vraie, était renfermée dans cette littérature, œuvre inspirée d'un savant et d'un voyant. Don Ruf estimait, de plus, que les jeunes filles doivent tout savoir, même ce qu'ignorent toujours les honnêtes femmes. Pourquoi donc tremblait-il à l'idée seule que Romaine pût entrevoir une de ces couvertures jaunes ? Une seule fois il avait oublié de fermer sa porte à clef ; Romaine, le croyant absent, était entrée sans frapper dans la chambre de son père, et comme le passage du livre était palpitant d'intérêt (il s'agissait de deux jeunes personnes qui grisaient leur oncle pour lui escamoter vingt francs), don Ruf n'entendit pas le pas léger de sa fille.

— Papa, c'est donc bien joli ce que vous lisez là ?

Il bondit sur son séant et cria d'une voix étranglée, en cachant le livre sous ses couvertures :

— Qui t'a dit de venir ? Je ne lis rien, va-t'en, va-t'en.

Voilà pourquoi il faisait ses malles à huis clos ; il mit beaucoup de temps à emballer ses vingt-deux volumes.

Romaine, qui l'entendait piétiner d'impatience

et pousser des imprécations, lui dit à travers la porte :

— Voulez-vous que je vous aide? Ce sera fait en un tour de main.

— Non, non, non, non et non!

La voix allait crescendo; le dernier *non* partit comme un coup de foudre. Enfin, le lendemain, assez tard dans la matinée, don Ruf, Romaine et Rose descendirent à la Marine, où leur bagage les avait précédés; le naturaliste portait lui-même le ballot précieux contenant les vingt-deux volumes, qui, soigneusement empaquetés, enveloppés de carton et de toile cirée, liés de cordelles et tenus au moyen d'une courroie, pesaient huit bons *rotoli* pour le moins. C'était lourd, et don Ruf, qui à chaque instant passait le ballot d'une main à l'autre, sentait aux coudes des fourmillements fastidieux.

— Papa, je vous en prie, dit Romaine, passez-moi ce paquet, vous vous fatiguez inutilement.

— Je crèverais plutôt, s'écria don Ruf en s'éloignant d'elle, comme si le paquet eût contenu de ces projectiles qu'on lance aux czars.

Pendant ce temps, Francisquiel était fort embarrassé. Il avait bien obtenu du docteur et de l'abbé la promesse qu'ils viendraient ce matin-là sur la goëlette, mais quelle mine allaient-ils faire l'un et l'autre en s'y trouvant nez à nez? Aussi, le sauveteur

donna-t-il rendez-vous au prêtre sur le port où
devait aussi se trouver la Bourguignonne; tous les
trois montèrent ensemble à bord avant le docteur
Scharf : c'était déjà un point de gagné. Mais il
fallait encore éloigner la rencontre autant que possible : il y avait, par bonheur, dans le salon du
navire, une riche collection de livres illustrés. Les
myopes, ne pouvant contempler la nature, ni même,
à la distance voulue, une œuvre d'art, ont toujours
aimé les images.

L'abbé se coucha presque à plat ventre sur une
table et se mit à aiguiser ses joues en lame de rasoir sur les estampes d'un énorme in-folio. Restait
à occuper la mère Rosalie, parce que le docteur
aurait pu redescendre à terre en voyant une bé-
guine à bord. Fort heureusement, la Bourguignonne
était femme à s'occuper toute seule. Elle voulut
d'abord visiter la goëlette et admira très fort la
propreté anglaise qui l'avait moins frappée sur les
bâtiments napolitains; quand arriva le docteur, elle
était à la cuisine et demandait quantité d'explications au chef qui était Français, comme tous les
chefs dignes de ce grand nom. Puis, elle voulut voir
la cabine de Francisquiel, une merveille d'ébénis-
terie; toutes les cloisons ne formaient qu'une boi-
serie à panneaux réguliers encadrés de moulures
très fines et ornés de poignées en bronze; en tour-

nant et en tirant ces poignées, on découvrait une couchette, une cheminée, une armoire, une porte, une fenêtre, un cabinet de travail, un cabinet de toilette, un appartement complet tenant sur un espace de cinq mètres carrés.

— Tout cela est fort bien, dit la mère, qui appréciait le confort ; mais as-tu des boutons à tes chemises ?

— Je ne sais pas.

— Nous allons voir.

Et la Bourguignonne fit l'inspection des hardes ; puis elle s'assit près de la fenêtre, et, tirant un petit nécessaire de sa poche, elle se mit à recoudre des boutons. Le navire, qui filait vent arrière, tanguait un peu, mais elle n'y prit point garde. Par la fenêtre, elle ne voyait que du bleu où de petites vagues, avec un gargouillis très gai, jetaient comme des bulles de savon. Et elle cousait diligemment, la bonne mère, heureuse de faire quelque chose, tandis qu'au-dessus d'elle, sur le pont, passaient et repassaient des battements de bottes et des éclats de rire : c'était l'Anglais qui se promenait en causant avec le docteur Scharf.

Cependant don Ruf était arrivé, en portant toujours son paquet, à la Marine de Capri ; Rose le suivait en grommelant, parce qu'elle craignait la mer ; Romaine paraissait radieuse. Il était décidé qu'on

n'attendrait pas le bateau à vapeur qui ne venait pas
tous les jours ; la lance était prête, et les six rameurs à leur place. Cependant le capitaine crut
devoir donner un avertissement :

— Patron, dit-il à don Ruf, il souffle un petit mis-
tral qui tourne de l'Ouest au Nord : nous voguerons
vent debout.

— Est-ce qu'il y a du danger ?

— Il n'y a jamais de danger avec moi, mais nous
risquons d'avoir un peu de tarentelle.

— Eh bien ! quoi ? nous danserons. Qu'en dis-tu ?
Romaine.

— Je ne demande pas mieux.

— Par la bonne âme de votre mère, s'écria Rose,
rentrons à la maison. Il faut n'avoir pas de religion
pour se jeter à l'eau par un temps pareil.

De petites vagues crachaient déjà sur les écueils,
mais don Ruf était pressé de partir. Il voyait très
loin en mer, du côté de Naples, une vapeur inquiétante ; c'était peut-être le bateau qui amenait la
mère, le docteur et l'abbé. Ce qui le tourmentait
surtout, c'était le paquet qu'il tenait à la main et
qu'il avait eu tant de peine à descendre. Que serait-
ce donc s'il fallait encore le remonter ?

— Allons, poltronne, dit-il à Rose, on ne se noie
plus depuis les romans de Cooper.

Et il monta dans la lance, en tenant toujours son

paquet, la main dans la manique de la courroie.
Tant qu'on rama, tout alla bien; mais la voile hissée,
la lance frétilla gaiement ; Romaine riait, Rose im-
plorait tous les saints, don Ruf serrait son paquet et
avalait quelque chose d'amer qui lui montait à la
gorge. Il tint bon sans doute, craignant de paraître
avoir peur ; cependant il ne fumait plus. Le vent
fraîchit et la lance, de plus en plus gaie, se trémous-
sait, oscillant et subsultant comme si elle naviguait
sur un tremblement de terre ; Rose poussait des cris
déchirants; Romaine ondulait voluptueusement, ber-
cée dans un rêve ; don Ruf sentit comme une grosse
vague qui jaillissait de son estomac à sa bouche...
le paquet en pâtit, hélas! le naturaliste, exténué,
murmura d'une voix défaillante :

— Retournons à Capri !

— Pare-à-virer ! souffla le capitaine dans son
porte-voix, car il s'était donné le luxe d'un porte-
voix. Un des matelots courut détacher l'écoute, qui
resta engagée dans le taquet, pendant qu'on virait de
bord; la voile se mit à fasier fiévreusement, puis se
pencha, gonflée comme un ballon, du côté où don
Ruf était assis. La lance fut bientôt renversée sur le
flanc; tout le monde était tombé à la mer.

XXI

FIN DES VINGT-DEUX VOLUMES

Pourquoi Romaine était-elle si gaie pendant la manœuvre ? Parce que, sur le beaupré de la goëlette, arrivant comme une flèche, elle avait reconnu Francisquiel qui la regardait. En voyant tourner la lance, il avait pressenti un malheur et s'était jeté à l'eau ; il y fut avant Romaine et la reçut dans ses bras, pendant qu'on descendait la chaloupe. Rose, plus morte que vive, fut sauvée par un des rameurs qui la fit payer cher. Quant à don Ruf, il barbotait sous la voile qui, heureusement, restait encore gonflée au-dessus de lui. Mais il n'y avait pas un moment à perdre. Romaine était déjà dans la chaloupe ; Francisquiel, en quelques brassées, atteignit la voile qu'il éventra d'un coup de couteau. Il était temps ; don Ruf, perdant connaissance, venait de lâcher les ris auxquels il s'était cramponné, bien plus, la courroie du paquet précieux qui descendit lentement jusqu'au fond de la mer. Le menu fretin voulut en goûter et s'en trouva mal : l'encre d'imprimerie contient un poison fatal aux petites bêtes.

Romaine était déjà enfermée dans la cabine de Francisquiel, avec la Bourguignonne qui la déshabilla lestement, l'enveloppa dans une couverture et l'étendit sur la couchette ; après quoi elle alluma du feu dans la cheminée et en approcha les vêtements qui sentaient la mer. Romaine, étourdie d'abord et grelottante, se laissa frictionner avec une sensation de bien-être ; la chaleur revint, et c'était bon.

— Où suis-je donc ? demanda-t-elle.

— Tu es sur le lit de Francisquiel.

A ce mot qu'elle dit, la Bourguignonne ne put s'empêcher de rire : elle trouvait cela drôle et ne voyait de mal que là où il y en a. Romaine rougit jusqu'au blanc des yeux ; pourquoi ? Qui peut le dire ? Elle avait encore toutes les ignorances du berceau. Elle rougissait pourtant, et se sentait bien.

En ce moment, on entendit tourner le bouton de la porte.

— On n'entre pas, dit la Bourguignonne.

Francisquiel s'éloigna, mouillé jusqu'aux os, mais ivre de joie ; il avait compris que Romaine était là.

Cependant don Ruf, hissé à bord, non sans peine, était couché en travers, nu comme la main, sur le

large divan de l'Anglais. L'abbé, qui avait quitté son
livre au bruit du naufrage, se mit à la besogne avec
une ardeur qui étonna tout le monde; le docteur,
trop affairé pour être furieux, ne prit point garde à
lui.

— Courage! mes amis, disait l'excellent Scharf,
du linge mouillé, de la flanelle ! Frottez-moi ce corps
du haut en bas; nous le sauverons, le cœur bouge.
Allons! les frotteurs, cela va bien, plus fort, plus
fort. Moi, je fais le soufflet en pressant les côtes et
en éloignant mes mains. Ouf! ouf!

— Et papa ? demanda tout à coup Romaine.

— Je vais voir.

La Bourguignonne sortit aussitôt de la cabine en
referma la porte à clef derrière elle. Quand elle arriva devant la chambre de l'Anglais, qui était ouverte, le docteur lui cria :

— Halte-là! Mademoiselle. Il y a ici un homme...
totalement dévêtu...

— Ça m'est bien égal.

— Entrez alors, ma bonne mère; vous valez mieux
que votre robe. Et frottez aussi, frottons tous. La
peau rougit, tout à l'heure elle était livide. Victoire!
il respire, mais frottez toujours; frottez, l'abbé;
frottez, la mère; il va ouvrir les yeux, des yeux
ternes. Qu'est-ce que j'ai dit? A-t-il l'air bête?
Encore un effort; bien, l'abbé, courage! Il ne sait

pas où il est, la mémoire est encore dans l'eau.
Il faut la repêcher, frottons de plus belle. Ah! le
voilà qui se secoue. Sauvé, sauvé, bonne mère!
A présent vous pouvez sortir ; nous allons le rhabiller.

— Béni soit le Sauveur! soupira Simplice en
s'essuyant le visage.

— De quel sauveur parlez-vous ? Est-ce du juif?
demanda le docteur en fronçant le sourcil.

— Vous y croyez bien, puisque vous êtes protestant.

— Moi, protestant ? Point du tout, je suis athée.

— A la bonne heure! s'écria l'abbé qui tendit la
main au docteur. Il fallait me le dire plus tôt.

Un moment après, l'abbé comprit qu'il venait de
lâcher une sottise, et il aurait bien voulu la reprendre. Mais il ne reprit pas la poignée de main,
et tout porte à croire qu'il sera désormais le meilleur
ami du docteur.

Cependant la Bourguignonne était retournée près
de Romaine. La porte de la cabine était fermée en
dedans, au verrou.

— On n'entre pas! cria la jeune fille.

— C'est moi, mère Rosalie. Ouvre donc.

— Je vous en supplie, n'entrez pas!

— Je t'apporte des nouvelles de ton père.

— Dites-les-moi à travers la porte.

— Si tu n'ouvres pas, tu ne sauras rien.

Romaine ouvrit timidement, puis courut se cacher dans un coin de la cabine, le dos tourné à l'entrée, accroupie et les bras croisés sur sa poitrine, dans l'attitude d'une déesse surprise au bain.

Elle s'était levée, et, Dieu sait par quelle fantaisie, habillée des vêtements de Francisquiel. Le pantalon, retroussé en dedans, allait presque, et la vareuse rouge, un peu longue, avait l'air d'un paletot; mais le chapeau de paille coiffait à ravir ces beaux cheveux noirs, encore collés et lustrés par l'eau de mer. La Bourguignonne aurait dû se fâcher, mais elle trouva Romaine si jolie qu'elle l'embrassa très fort en disant :

— C'est bête.

Quant à Rose, que tout le monde oubliait, elle avait fait la conquête d'un chauffeur anglais, âgé, mais facétieux, qui ne savait pas un mot de patois napolitain. Ce loup de mer la descendit près de la machine où elle se sécha en un clin d'œil. A peine séchée, elle eut grand'soif et demanda un verre d'eau qu'elle avala d'un trait; le chauffeur lui avait offert un verre de gin. Elle n'en mourut pas, mais tomba dans un profond sommeil d'où on ne put la tirer que le soir. Elle se réveilla dans un hamac et ne put jamais expliquer comment elle y était entrée. Il lui semblait que le diable la tirait par les cheveux.

Quand don Ruf eut repris l'usage de ses facultés,

il fut de fort mauvaise humeur. Il avait d'abord mal à la tête et mal au cœur, ce qui n'égaie personne ; de plus ses malles étaient perdues, même ses livres qui valaient à eux seuls soixante-dix-sept francs. Plaie d'argent n'est pas mortelle ; toutefois don Ruf, qui était bon comptable, n'aimait pas à perdre son papier-monnaie, en quoi il ressemblait à beaucoup de gens. Ce qui le fâchait davantage encore, c'était la présence de la mère, du docteur et de l'abbé sur la goëlette, où il était monté par force majeure. Il voyait dans cette aventure un guet-apens concerté avec le capitaine de la lance et les rameurs. Tout à coup, l'idée lui vint que Francisquiel était à bord avec Romaine. Il demanda aussitôt sa fille et voulut qu'elle restât seule auprès de lui jusqu'au débarquement. Elle n'eut que le temps de reprendre ses vêtements séchés et rajustés par un coup de fer (encore une habileté de la Bourguignonne). Et jusqu'au soir, dans cette baie où la côte, la mer et le ciel, chantant d'accord, étaient en fête, sur ce navire où elle sentait Francisquiel à qui elle avait tant à dire, la pauvre fille dut rester jusqu'au soir seule avec un homme, que tourmentaient des nausées, des soupçons maussades et soixante-dix-sept francs de chefs-d'œuvre à racheter.

Enfin on mouilla dans la rade, et le docteur envahit la cabine avec l'abbé, la Bourguignonne et Francisquiel.

— Nous sommes arrivés...

— Ce n'est pas malheureux, dit don Ruf. Va-t-on débarquer tout de suite ?

— Non, mon cher, on soupe à bord. Pour vous attendre, nous avons fait le grand tour, en longeant la côte. A présent nous mourons de faim...

— Moi pas.

— Vous nous regarderez faire.

— Je veux descendre.

— Eh bien, soit ! Mais avant de descendre, il serait peut-être poli de remercier Francisquiel qui vous a sauvé la vie.

— Je l'ai empêché l'autre jour de se jeter en bas de ma terrasse. Donnant, donnant, nous ne nous devons plus rien.

Alors le docteur fit un acte d'autorité.

— Sortez tous! cria-t-il d'une voix tonnante.

Tout le monde sortit; don Ruf ouvrit de grands yeux effarés, et voulut suivre les autres.

— Non, vous, restez ! commanda le docteur. Romaine n'est pas votre fille, entendez-vous; vous ne l'avez même pas reconnue et légitimée. La loi ne vous accorde aucun droit sur elle. Par cette raison, nous la garderons ce soir; allez-vous-en seul, si vous voulez, et venez la chercher avec des gendarmes. Il faudra montrer vos papiers; où sont-ils ?

En sortant de la cabine, Romaine s'était approchée

furtivement de son ami, et lui avait dit de sa voix la
plus douce :

— Merci, Francisquiel.

Elle en eût dit plus long, mais la mère était là,
la vraie mère.

Un moment après, le docteur sortit de la cabine,
en ramenant don Ruf.

— Il a entendu raison, dit-il, et nous reste ce
soir. C'est le plus aimable et le plus gracieux des
hommes.

— A table ! cria l'Anglais qui plaça la Bourguignonne à sa droite et Romaine à sa gauche. Francisquiel se trouva tout porté pour être assis, par
hasard, à côté de Romaine. Don Ruf, entraîné
malgré lui, se mit à l'autre bout de la table, entre
le docteur et l'abbé. On soupa sur le pont, au clair
de lune; le chef était Français, et le vin n'était pas
de Naples, pas de Capri, ni de Marsala...

— Pas de chimie ! dit le docteur ; vive la France !

La Bourguignonne leva son verre où le clos-vou-
geot (authentique) rutilait. Don Ruf eut beau s'enfermer dans une dignité froide, il se sentit bientôt
revenir à Byron, qui a dit en beaux vers :

The best of remedies is a beef-steak
Against sea-sickness...

Bien plus, après deux ou trois coups de château-

Yquem, il se pencha vers l'oreille du bon Simplice
et l'initia aux mœurs de la rue de Choiseul. L'abbé
ne les trouvait pas drôles, mais il faisait si beau ! La
lune pleine (c'était le 1ᵉʳ juin de l'année où nous
sommes) se levait dans la gloire et jetait sur la mer
des poignées de diamants ; les fanaux de la ville
pâlissaient dans cette lumière ; une brise de terre,
fraîche, caressante, amenait de la grève des musi-
ques et des chansons avec des parfums d'acacias et
de citronniers ; toutes les voluptés, toutes les féli-
cités à la fois... Ah ! comme ils s'aimaient, les deux
jeunes !

Seulement don Ruf ne se laissa pas entamer.
A toute la logique du docteur, à toute l'onction de
l'abbé, il opposa une mollesse et une inertie invin-
cibles. Quand, plus tard, la mère vint au secours
des deux hommes et qu'elle dit tout bas au naturaliste, en lui montrant du coin de l'œil le jeune
couple :

— Mariez-les donc...

Il répondit en se levant pour donner le signal du
départ :

— Ça ne peut pas se faire.

Voilà ce qui se passa le 1ᵉʳ juin 1882, fête de saint
Nicodème. Depuis lors on est resté une quinzaine de
jours sans nouvelles de Naples. On en a demandé
au docteur Scharf qui, étant fort occupé, trouve du

temps pour tout. Voici quelques fragments de ses lettres :

« 21 juin. — ... Don Ruf a disparu avec sa fille ; j'étais allé le voir le lendemain du sauvetage : porte close, maison vide, le canard et l'alouette envolés. Toujours bouche cousue, il a couvert son jeu et sa marche ; on ne sait où le prendre ; l'abbé lui-même y perd son latin, et je ne crois pas qu'il en ait beaucoup. J'ai eu l'idée de m'adresser au questeur et de faire jouer le télégraphe officiel ; le fugitif eût pu être arrêté sous plusieurs chefs : détournement de mineure, séquestration de personne, etc., etc. Si je n'en ai rien fait, c'est pour éviter le bruit, mais j'ai des colères vertes. Ce pauvre Francisquiel est au désespoir ; nous avons eu des tempêtes ces derniers jours ; il s'y lance comme un fou ; il a déjà tiré de l'eau une dizaine de pêcheurs ; de plus, une grande dame et son amant qui voulaient se noyer ensemble. Le mari est furieux ; mais l'affaire a fait du bruit, et Francisquiel est regardé comme un héros. On a demandé pour lui la Couronne d'Italie. Le pauvre garçon aimerait mieux Romaine. J'ai grand peur qu'avec ses sauvetages il ne finisse par laisser volontairement sa peau dans la mer. »

« 30 juin. — Francisquiel est un peu plus calme.

20

Il a reçu de Rome une fort belle lettre signée par le ministre et pleine d'adjectifs ; on lui annonce en prose noble que, s'il veut la Couronne d'Italie, on la lui donnera. Il est venu à l'hôpital me demander ce qu'il fallait répondre. Le pauvre garçon, ignorant comme une carpe, est incapable d'écrire une lettre en italien. Je lui ai demandé s'il tenait beaucoup à la chevalerie. Il m'a répondu (je m'y attendais) qu'il ne tenait qu'à Romaine. Alors l'abbé, qui est un saint, mais un saint de Naples, j'entends un saint qui n'est pas un sot, nous dit en riant : — « Je tiens ma réponse ! » Et, prenant sur ma table une grande feuille de mon plus beau papier, il se coucha dessus pendant une demi-heure ; il en résulta une demi-page de myope, en caractères menus et serrés ; quarante lignes de vingt mots. La demi-page disait en résumé ceci (je passe les redondances) :

« Excellence, vous êtes bien aimable, mais je suis jeune et j'ai le temps d'attendre, tandis que mon beau-père, M. Ruf Scopone, est un homme âgé (*attempato*) qui a connu, sous les Bourbons, la paille humide des cachots, et qui prépare, dans le silence du cabinet, un grand ouvrage sur l'atavisme. Depuis longtemps cet homme de bien, voué à l'étude de l'histoire naturelle et sociale, aurait dû recevoir de son pays la juste indemnité due aux persécutions subies, au rare mérite et au long travail ; que Votre

Excellence veuille donc bien transférer à mon beau-
père la bienveillance et la faveur dont elle daignait
m'honorer. Je lui en serai éternellement reconnaissant... »

» Suivaient les phrases voulues à l'adresse du
roi, de la reine, du prince héréditaire et de toute la
famille royale. Vous savez que je ris bien, quand je
m'y mets ; il y a trois heures que l'épître est partie
et j'en ris encore. Décidément cet abbé est un maître
homme ; quel malheur qu'il croie si fort à ce juif ! »

« 7 juillet. — Francisquiel reçu la réponse du
ministre, une dépêche superbe. Le roi, la reine, le
prince héréditaire, toute la famille royale ont été
vivement touchés non seulement de la conduite hé-
roïque, mais encore des sublimes sentiments du
sauveteur. En conséquence, un *motu proprio*,
signé d'avant-hier, confère à l'illustrissime Francesco Baldi et à son non moins illustre beau-père,
Rufo Scopone, le droit de passer à leur boutonnière
un ruban blanc et rouge avec une croix au bout, les
jours de gala. Bien plus, c'est le roi qui paiera la
croix. Par surcroît de faveur, c'est Francisquiel qui
est chargé de communiquer la nouvelle à son beau
père. — Tout cela est fort bien, mais nous ne savons
pas encore où chercher don Ruf. »

« 20 juillet. — Nous sommes sur la piste. Hier au

soir, chez le libraire Detken, j'ai vu empaqueter vingt-deux volumes in-18, tous du même auteur. J'ai pensé aussitôt que ce paquet pourrait bien être destiné à don Ruf.

» — A qui adressez-vous cela ? demandai-je au libraire.

» — A un étranger qui habite S..., province de Salerne.

» — Comment nommez-vous cet étranger ?

» — M. de Saint-Médan.

» Je ne sais pourquoi ce nom de Saint-Médan me paraît louche. Fort heureusement je connais à S... un filateur suisse, homme fort aimable. C'est demain dimanche; j'irai le voir avec Francisquiel. »

« 21 juillet. — Je reviens de S... une journée chaude, mais le filateur a une excellente cave, des cigares qui ne sont pas de la régie, et une provision de neige qui lui permet de créer un hiver artificiel. Il a de plus un vrai parc bordé par un ruisseau qui a le droit de s'appeler fleuve, parce qu'il se jette dans la mer. Dans ce parc, des arbres superbes, des dattiers en pleine terre et un jeu de boules qui me plaît : on y joue assis; des gamins vous rapportent les globes en bois de gaïac que vous avez lancés. Entre chaque coup on boit une gorgée de bière à la neige. Or (c'est ce qui vous intéresse) , j'ai demandé

au filateur s'il connaissait un M. de Saint-Médan.
— « Parfaitement, me dit-il, c'est un original
qui est venu me demander un jour si j'avais des
fils à marier. Je lui ai répondu que non, ce qui a
paru le ravir ; alors il m'a prié de le laisser entrer
quelquefois dans mon jardin avec sa fille. C'est un
père féroce ; il ne permet à cette pauvre enfant, qui
paraît charmante, de voir aucun homme jeune,
fût-ce un ânier ou un portefaix ; il ne la quitte pas
des yeux, l'empêche de lire et d'écrire. Ce qui l'a
rassuré dans mon jardin, c'est de le voir enclos de
gros murs construits autrefois contre les brigands.
La jeune fille n'a d'autre plaisir que de s'asseoir
là, sur ce banc, toute seule, et elle regarde couler
l'eau. Pendant ce temps, le père, qui m'ennuie,
se promène avec moi et me raconte des saletés
tristes. »

» A ce portrait, je reconnus don Ruf. Trois coups
de cloche sonnèrent à la porte du parc.

» — C'est lui, me dit le filateur. Il s'annonce ainsi
au portier, qui ne va pas ouvrir s'il y a un étranger
dans le jardin.

» — Faites ouvrir tout de même et retirez-vous
un moment. Toi, Francisquiel, va te cacher dans la
serre.

» Je me dissimulai de mon mieux moi-même dans
un bosquet au bord de l'eau. Romaine y vint tout

droit et, en me voyant, eut un frisson de surprise.

» — Il est dans la serre, lui dis-je tout bas. Prenez courage ! tout ira bien.

» Sur quoi, je fis un détour, en marchant dans l'herbe, pour étouffer le bruit de mon pied léger, et, quand je fus arrivé derrière don Ruf, je le frappai sur l'épaule.

» — Eh ! bonjour, M. de Saint-Médan.

» Il se retourna, tout pantelant, et me dit quelques mots dans le patois des bègues.

» — Allons, repris-je, remettez-vous, mon bonhomme, on ne veut pas vous faire de mal. Au contraire, j'ai une bonne nouvelle à vous annoncer et je viens jusqu'ici pour cela. Vous avez la Couronne d'Italie.

» — Je n'aime pas qu'on se moque de moi..

» — Je suis sérieux comme un oiseau de nuit. Foi de galant homme.

» Comme j'avais pris mon air grave, il finit par me croire, et les coins de sa bouche se relevèrent comme une moustache en croc.

» — Et à qui dois-je cette bonne fortune, à vous sans doute ?

» — A Francisquiel.

» Sur quoi je racontai l'histoire et je montrai la lettre du ministre.

» — Alors, dit don Ruf, après une pause de stupeur, c'est comme beau-père de ce garçon que je suis décoré ?

» — Oui, comme beau-père du chevalier Baldi.

» — Mais si j'écris que je ne le suis pas...

» — Le chevalier Baldi est fort bien en cour; cela ferait à Rome un effet déplorable.

» — Il faudra donc que je me sacrifie. Romaine !

» — Elle est dans la serre avec Francisquiel.

» — Au fait... allons jouer aux boules !

» Nous jouâmes aux boules, assis, avec le filateur qui nous avait rejoints et qui ne sait pas encore pourquoi M. de Saint-Médan porte le prénom de don Ruf.

» Le naturaliste se montra fort gracieux, convenable même et gagna coup sur coup cinq parties.

» A la gare, où il nous a reconduits, il a serré la main de Francisquiel, en lui disant avec bonhomie :

» — Au revoir, chevalier !

» En somme, je le crois très content, mais son bonheur n'est pas sans nuage. Le paquet de Detken ne lui est pas encore parvenu. La poste a dû l'expédier à Salerne, chef-lieu de préfecture, puis de Salerne au chef-lieu d'arrondissement, puis du chef-lieu d'arrondissement au chef-lieu de canton; je pense que dans ce va-et-vient les vingt-deux volumes in-18 se seront perdus en route.

» Dans quelles mains sont-ils tombés, grands dieux! Ce sera peut-être pour vous, trop heureux conteur, une nouvelle histoire à écrire.

TABLE

		Pages
I.	Claude Bernard	1
II.	Les Antécédents	18
III.	L'Atavisme	35
IV.	Les Documents humains	52
V.	L'Éducation naturaliste	69
VI.	Première expérience	86
VII.	L'Expérience continue	103
VIII.	L'Expérience tourne mal	118
IX.	Fin de l'expérience	135
X.	L'Éducation romantique	152
XI.	La Morale naturaliste	169
XII.	Seconde expérience	187
XIII.	L'Expérience continue	203
XIV.	L'Expérience se complique	221
XV.	Cent-Huitième édition	233
XVI.	Retour au romantisme	256
XVII.	Lettre d'une petite fille	273

		Pages.
XVIII.	La Couronne d'Italie..........................	290
XIX.	La Grotte bleue..............................	306
XX.	Catastrophe................................	322
XXI.	Fin des vingt-deux volumes..................	340

F N DE LA TABLE

MOTTEROZ. — Direct.-Adm. des Imprimérios réunios, B, Puteaux

NOUVEAUX OUVRAGES EN VENTE
Format in-8°.

A. BARDOUX   f. c.

LE COMTE DE MONTLOSIER ET LE GALLI-
CANISME, 1 vol............... 7 50

BENJAMIN CONSTANT

LETTRES A MADAME RÉCAMIER, 1 vol. 7 50

L'ABBÉ GALIANI

CORRESPONDANCE, 2 vol......... 15 »

LORD MACAULAY

ESSAIS D'HISTOIRE ET DE LITTÉRA-
TURE, 1 vol............... 6 »

L. PEREY ET G. MAUGRAS

JEUNESSE DE MADAME D'ÉPINAY 1 vol. 7 50

MADAME DE RÉMUSAT   f. c.

MÉMOIRES, 3 vol............... 22 50

ERNEST RENAN

L'ECCLÉSIASTE, 1 vol............... 5 »

MARC-AURÈLE, 1 vol............... 7 50

G. ROTHAN

L'AFFAIRE DU LUXEMBOURG, 1 vol.... 7 50

PAUL DE SAINT-VICTOR

LES DEUX MASQUES, 2 vol............. 15 »

THIERS

DISCOURS PARLEMENTAIRES. T. I à XIII. 97 50

VILLEMAIN

LA TRIBUNE MODERNE. T. II........ 7 50

Format gr. in-18 à 3 fr. 50 c. le volume.

ADOLPHE BADIN   vol.

PETITS COTÉS D'UN GRAND DRAME...... 1

TH. BENTZON

LE RETOUR...................... 1

BRET HARTE

CROQUIS AMÉRICAINS.............. 1

HENRY CAUVAIN

ROSA VALENTIN.................. 1

E. DENOY

PAR LES FEMMES................. 1

ÉDOUARD DIDIER

LES DÉSESPÉRÉES................. 1

A. DUMAS FILS

LA QUESTION DU DIVORCE........... 1

GEORGE ELIOT

DANIEL DERONDA................. 2

O. FEUILLET

HISTOIRE D'UNE PARISIENNE.......... 1

OCT. FOUQUE

RÉVOLUTIONNAIRES DE LA MUSIQUE.... 1

A. GENEVRAYE

LE THÉÂTRE AU SALON............. 1

J. DE GLOUVET

LE BERGER...................... 1

HISTOIRES DU VIEUX TEMPS......... 1

GYP

PETIT BOB...................... 1

LUDOVIC HALÉVY

L'ABBÉ CONSTANTIN.............. 1

A. HOUSSAYE

MADEMOISELLE ROSA.............. 1

CH. JOLIET

CRIME DU PONT DE CHATOU.......... 1

VICTOR JOLY

CRIC-CRAC..................... 1

EUGÈNE LABICHE

THÉÂTRE COMPLET.............. 10

H. LAFONTAINE   vol.

L'HOMME QUI TUE................ 1

LAFORÊT

AVENTURES DE DÉSIRÉ COURTALIN..... 1

DANIEL LESUEUR

MARIAGE DE GABRIELLE........... 1

PIERRE LOTI

LE ROMAN D'UN SPAHI............. 1

MARY LAFON

CINQUANTE ANS DE VIE LITTÉRAIRE.... 1

RAOUL NEST

LES MAINS DANS MES POCHES.......... 1

E. NOEL

FIANCÉS DE THERMIDOR........... 1

G. DE PEYREBRUNE

GATIENNE..................... 1

A. DE PONTMARTIN

SOUVENIRS D'UN VIEUX CRITIQUE...... 1

ERNEST RENAN

CONFÉRENCES D'ANGLETERRE.......... 1

VICOMTE RICHARD (O'MONROY)

COUPS DE SOLEIL................ 1

HENRI RIVIERE

LA JEUNESSE D'UN DÉSESPÉRÉ......... 1

GEORGE SAND

CORRESPONDANCE................ 2

FRANCISQUE SARCEY

MISÈRES D'UN FONCTIONNAIRE CHINOIS. 1

E. TEXIER ET LE SENNE

LADY CAROLINE................. 1

MARIO UCHARD

LA BUVEUSE DE PERLES............ 1

LOUIS ULBACH

LE MARTEAU D'ACIER............. 1

PIERRE VÉRON

CES MONSTRES DE FEMMES.......... 1

CLAUDE VIGNON

UNE PARISIENNE................ 1

Paris — Imprimerie Ph. Bosc, 3, rue